U0894788

长篇小说

The Meaning of Names

名字的意义

[美] 凯伦·休梅克 著
黄建树 译

江苏凤凰文艺出版社
JIANGSU PHOENIX LITERATURE AND ART PUBLISHING

图书在版编目（CIP）数据

名字的意义 / (美) 凯伦・休梅克 (Karen Shoemaker) 著；黄建树译. -- 南京：江苏凤凰文艺出版社，2022.11

书名原文：THE MEANING OF NAMES

ISBN 978-7-5594-5037-1

Ⅰ. ①名… Ⅱ. ①凯… ②黄… Ⅲ. ①长篇小说－美国－现代 Ⅳ. ①I712.45

中国版本图书馆CIP数据核字（2021）第047392号

江苏省版权局著作权合同登记：图字：10-2019-619号

名字的意义

[美] 凯伦・休梅克 著　　黄建树 译

责任编辑　刘洲原
特约编辑　未　生
责任校对　孔智敏
出版统筹　孙小野
出版发行　江苏凤凰文艺出版社
　　　　　南京市中央路165号，邮编：210009
网　　址　http://www.jswenyi.com
印　　刷　三河市金元印装有限公司
开　　本　880毫米×1230毫米　1/32
印　　张　11
字　　数　300千字
版　　次　2022年11月第1版
印　　次　2022年11月第1次印刷
书　　号　ISBN 978-7-5594-5037-1
定　　价　56.00元

献给我的母亲

克里斯蒂娜·玛格丽塔·沃格尔·格特尔特

1918年10月14日—2011年5月8日

在胚胎时期，女婴的卵巢被赋予固定数量的卵子；出生时，她们体内已存有自己身体日后产出的所有卵子。在并不比她们母亲小指指尖大的器官之中，孕育着下一代的种子。

“我们就是巢箱[1]，”母亲告诉我们，“未来一直在我们体内。”

[1] 指鸡舍里供母鸡下蛋的盒子。（本书注释若无特殊说明，均为译者注）

第一章

格尔达五岁时，她姐姐回到家，死在了家中。不，她回家不是为了寻死，而是为了生孩子，可她最终却撒手人寰。她嫁给了埃内斯蒂家的一个小伙子，一个她们的父亲看得上的小伙子——甚至在那时，格尔达都看得出来这一点。五岁的她知道如何读懂自己父亲的需求与想法——他认为，有些人是天选之子，世俗的成功则标志着上帝的青睐。菲利普向格尔达的姐姐求婚时，仿佛她爸爸德吕克老爹也爱上了她姐姐。之前尚不清楚她姐姐到底有何价值，可突然间，姐姐的价值变得显而易见。老爹知道上帝看得上谁，也知道富有的埃内斯蒂家的那个小伙子便是其中之一。他大肆庆祝，将订婚的消息告诉众人，就好像那个年轻男子是他亲手赢得的奖品。格尔达的那些伯伯来家中小坐时，他便拼命炫耀自己找了个好女婿。每当他说起那个小伙子的名字——“我那女婿，菲利普·奇利斯·埃内斯蒂”，他的胸膛便会像草原松鸡那样鼓起来，似乎他不说出那小伙子的全名，他的那些兄长（之前他总是在他们面前保持沉默）就不知道他到底在谈论谁。

伊丽莎白比格尔达年长十四岁。她的手指很长，指尖有些钝，仿佛她天生就长了一双适合干苦活儿和累活儿的手。她拇指根部的“肉垫”上有一块伤疤，是在格尔达出生的那一天，被公鸡的利喙啄伤的。家里人打发她去屋外待着，不让她靠近母亲分娩的那张床，就在那时候，那只披着羽毛的畜生一边尖叫着，一边张开翅膀冲向了她。多年后她对格尔达说，那时候的她本应该感到害怕，可看到手上出现的那个血淋淋、锯齿状的S形伤口时，她却很确信，他们盼着的那个婴孩将会活着出生，并且是个女孩。

“S代表着姐妹，”在她们蜷缩在一起要睡觉时，伊丽莎白常常小声对格尔达说，“S代表着庇护[1]。”她在手上勾画出那个字母的形状，然后说：“要记得啊，‘格尔达’这个名字的意思是庇护[2]。”通过回忆姐姐的那块疤痕的形状，格尔达学会了写字。一开始是S，接着是其他所有字母，最终是整个语种。

即使到现在，格尔达依然记得她姐姐的那双手和那块伤疤，不过她已想不起姐姐的某些容貌特征了。她不确定伊丽莎白到底是有一双像她爸爸那样的灰色眼睛，还是有一双像她那样的褐色眼睛。她的头发又黑又厚，时常卷起来，她便总是把头发盘成髻。站着时，她与她们房间里的衣柜一样高，在格尔达看来，她就像整个天堂那么大。但是她的脸，

[1] 本句中提及的“姐妹”“庇护”对应的英文分别是“sister”和“shelter”，首字母均为“S”。

[2] 在德语中，“格尔达”（Gerda）这个名字有“保护”之意。

格尔达已经不记得长什么样了，只记得她的那双手。

尖叫声响起时，妈妈和来家里帮忙接生的那些女人并未看见格尔达。趁着她们按住她姐姐的时候，她从门口偷偷溜到了床下的狭小空间。她在那里待了一整天外加半个晚上，没有人去找她。伊丽莎白的叫声充斥着整栋房子，没有人注意到格尔达不在。在床下，格尔达的脸几乎挨着那些细床板条，她眼见着姐姐拖着笨重的身躯，饱受疼痛的折磨，身体变了形，在那里滚来滚去。女人们的脚步时快时慢，在她的眼前晃来晃去。她们离格尔达只有几英寸远，但似乎又相隔千里。

听见有人说“快完了”时，格尔达把手紧紧贴在粗麻布床垫上，她觉得那是婴孩所在的位置，然后祷告起来：“啊，最最仁慈的童贞马利亚……”她哽咽着，想不起伊丽莎白教过她的那些祷告词了。她拼命地回忆着《托赖圣母诵》[1]，但把它和她本应记得的《圣母经》[2]的祷告词混在了一起：“神圣的马利亚，上帝的母亲，请在现在，在我们临终之际，为我们这些罪人祈祷吧——”但“死亡”这个词比莉齐[3]的尖叫声更让她感到害怕，她一下子忘记了一篇那么简单的祈祷文。“啊，最最仁慈

[1]《托赖圣母诵》（*Memorare*）是一篇天主教祈祷文，该词是为了寻求圣母马利亚的代祷（intercession，宗教词汇，意指由信徒为其他有需要的人祈求神的怜悯及恩惠）而作；Memorare 一词为拉丁语，意思为“记住”（remember），而《托赖圣母诵》的英文直译为“Remember, O Most Gracious Virgin Mary”（啊，最最仁慈的童贞马利亚，求你记住吧）。

[2]《圣母经》（*Hail Mary*），又译作《圣母祷词》，是天主教、东正教以及英国圣公会等教会的主要祈祷经文。该祷告词也是为了寻求圣母马利亚的代祷而作。

[3] 伊丽莎白的昵称。

的童贞马利亚，”她又低声吟诵着，“啊，最最仁慈的童贞马利亚，啊，最最仁慈的童贞马利亚，啊，最最仁慈的童贞马利亚……”她重复着这句话，直至房间完全陷入寂静。

挣扎过后，伊丽莎白的右手垂放在床沿，离格尔达的脸仅有几英寸远。格尔达慢慢伸出手，用指尖摩挲着伊丽莎白拇指根部的伤疤，直到有人强行拿起那只手，将它与另一只手叠放在伊丽莎白胸前。

他们将她葬在圣·米迦勒教堂后面的一座小山上。菲利普·奇利斯·埃内斯蒂给那婴孩取名为玛丽，将她放入了同一副棺材里。他留下了伊丽莎白结婚时的嫁妆，从此再也没有踏入德吕克家一步。

那一天，妈妈的脸色像墓碑一样惨白，这个女人此前一直扮演着她们母亲的角色，而现在，她的眼中一片黑暗，失去了神采。父亲则独自离开了坟头，他那身黑色丧服在她们眼前渐渐远去，格尔达至今依然能想起那幅画面。一阵阴冷的风卷起干枯的树叶，在格尔达和她母亲周围疯狂地打着转，这时候，父亲从视野中消失了。格尔达紧紧抓着她母亲的粗羊毛裙，生怕自己也会被风吹走，然后大声叫道：“爸爸！等一等！”叫着叫着，有人冲她发出了嘘声，示意她安静下来。

她觉得那是伊丽莎白的声音——请上帝宽恕——因此她掩面不去看姐姐，就像面对一只长着翅膀、大声尖叫的猛兽时会做的那样。格尔达哭着追赶父亲，把姐姐留在了圣·米迦勒教堂后面的那座小山上。她怎么可能知道在她奔跑时，另一道伤疤正在形成呢？这道伤疤引出了一门语言，一门她不忍说出口的语言。

1918 年 1 月

“我知道你在想些什么，弗里茨·沃格尔，”格尔达小声说道，“你是存心想让我错过火车。”

他装作睡着了，有节奏地轻声打着呼噜，呼出的气息吹向她小小的后颈。她的头发很浓密，其中几缕正随着他的呼吸而摆动。他搂着她，一双大手托着她柔软的腹部，两人的双腿则在一起纠缠着。黑暗之中，被子下的她被完全困住了。她想要挣脱出来，却并未避开他，而是主动迎向他，然后闭上了双眼。她的嘴唇沿着他的锁骨慢慢移动，停在了他的颈窝，接着张开双手，抓着他的双肋——囚禁着他的那颗心的牢笼——把他拉向自己。他充满欲望，全身的重量落在了她身上，在这样的亲密接触中，时间不知不觉地流逝，早晨即将来临。

甚至在她微微起身准备离开的时候，她还抱着他。她回想着昨天收到电报后所计划的待办事项。她妹妹发来的消息既简短又生硬，留给她回应的时间寥寥无几，她能做的只有行动起来，接着，她立即为长途跋涉参加姨妈的葬礼做起了准备。她顾不上考虑远方的亲人们是否欢迎自己，也无暇顾及弗里茨对她此行的反应。她在心中逐一清点为三个儿子收拾的那些衣服，她将带着他们去参加葬礼；然后，她重新想了想给女儿写下的那些说明，女儿将和弗里茨一起留在家里。她嗅着他身上的麝香味，脑海中一直惦记着两样东西：一样是装进背包里的火车票，另一样是她为凯蒂准备的食物——牛肉玉米罐头，还有腌猪肉。这些做起来很简单，一个八岁孩子能应付得来。昨天晚上，她给男孩们洗好了澡，他们共用的旅行箱也早已经收拾妥当，装到了四轮马车上。听到耳垂下方，从弗里茨唇间传出的愉悦颤音，她叹了口气，想起自己还需要打包路上吃的午餐，还需要喂鸡，还需要准备些在漫长旅途中可供调皮闹腾的孩子们消遣的玩意儿。

读到电报后，她迅速行动起来。凯蒂和两个年长点的男孩轮流转动着洗衣机上的摇杆，一件接一件地把衬衣、裤子塞入熨平机[1]中脱水，她则整理、熨烫着洗干净的衣服。

“动作快点儿。”她对弗兰克和雷说道，“小心别把手绞进机器里。”她告诉他们，如果衣服或是手绞到了滚轴之间，他们可以砰的一声拉下控制杆。那些在日常生活中会出现的危险情况让她有机会换着法子来教会孩子们如何自救。“我可做不到无处不在。”她告诉他们。

她的小傻瓜雷听到她这番话，翻了个白眼，咕哝道：“在我看来，你

[1] 一种洗涤机械，属于洗衣房设备，其主要部件一般是两个辊（现代的熨平机可能含有三个辊），辊通过手摇或电力转动，为衣物脱水。

就是无处不在。”

弗里茨从牲口棚里回到家中，此时屋子里满是蒸汽，很暖和，散发着一股洗好和熨好的衣物的味道，暖意则来自烤着褐色的硬皮面包的烤箱。他没有看到邻居拿着电报来他们家，所以对格尔达正在实施的计划毫不知情。他站在后门口，惊讶地发现家里乱作一团。他看见格尔达的时候，她正努力拖着身后砰砰作响的黑色旅行箱下楼。他冲上去帮她，以免她弄伤自己，却没能来得及对她说“不”，同她争论她到底该不该下定决心，回到内布拉斯加州东部，参加她姨妈的葬礼——这正中格尔达的下怀。他是个行动派；虽然她并不想承认自己有此打算，但她知道，如果能让他忙个不停，他就会做任何她让他做的事。如果他停下来，仔细琢磨她正在做的这件事会产生多么大的影响，他就会让自己的双脚扎根于脚下的土地，变成一座山，那座山并不是她的靠山，而是一座她必须越过或移开的高山；她也知道，这座山很难被征服。他们把旅行箱挪到台阶下面，走出乱糟糟的厨房，然后格尔达伸出手来，用指尖碰了碰弗里茨的手腕内侧。

“收到电报后，我打电话找过你，弗里茨。我打了好多电话，可你就是不接。”格尔达把电报递给了弗里茨。“弗里茨——”她说着停下脚步，靠在弗里茨身上，脸贴着他的脖子，掌心则放在了他的心脏上方。

弗里茨搂住她，伸直了胳膊拿着电报，越过她的肩膀，眯眼看着那封电报。

“她是你妈妈的亲姐妹，对不对？”

“嗯。”格尔达再次忙了起来，挨个指挥着孩子们。见她忙个不停，弗里茨向她走去，跟在她身后，从一个房间走到另一个房间，看着她做完一件又一件事，列着一条又一条她不该去参加葬礼的理由，使他偏离了重心，只能跟着她的节奏来，但他每说一条理由，她都会反驳他。是的，她上次见姨妈还是在多年前，因此她更应该去见一见那些还活着的亲戚。不，她父亲没有任何改变，也许永远都不会有任何改变，可这次回娘家是为了她母亲，为了她和弗里茨的孩子们，因此那笔旧账最好还是一笔勾销。是的，现在正在打仗，但战场在那边，在欧洲，而我们在这里，在内布拉斯加州，远离战火。不，自从搬到斯图尔特以来，她就再也没坐过火车了，可她是个成年女性，知道如何照管自己的孩子，难道不是吗？她一边忙活，一边扭头冷静地说着这番话。说到最后，只有一件合情合理的事情能做，而格尔达正在做。

他们一起干着活儿，包括格尔达、弗里茨，以及三个年长点的孩子——甚至连小宝宝利奥也很配合，自己逗着自己玩。一直忙到午夜过后，他们才上床休息，闭上眼便立即进入了甜美的梦乡。与此同时，屋外方圆几里之内，只听得见一只仓鸮轻柔的叫声。夜深雾重，万物的表面都结了霜，变成了白色，物体的边缘也因为微小的冰碴儿而变得模糊不清。

黎明时分，弗里茨再次试图让她回心转意，可他俩都知道，格尔达的计划正在进行之中，弗里茨也只能用这种办法再留她一小会儿。

“你还会回来的，对吧？”弗里茨把头埋进格尔达浓密的头发中小声问道，仿佛不愿意让她听见这个自己忍不住要问的问题。

“当然了，”这个出乎意料的问题让格尔达笑了起来，她仰头看着弗里茨，“我不会离开你的。我只是去参加一场葬礼而已。我只去几天。”她本想加上一句“我保证”，可眼下，这句话似乎很愚蠢，也没什么必要。“你为什么会这么问呢？”她不会回家，不会回到他身边——她可从没动过这样荒谬的念头。

弗里茨转过身去，眼神空洞地盯着天花板。

“弗里茨，你为什么会这么问呢？”

“要是你父亲让你留下来，你打算说些什么呢？”

格尔达摇了摇头：“他不会让我留下来的。这简直是——胡扯。”

“真的吗？”弗里茨转身面向她，眼神少有地犀利，“真是这样吗？”

格尔达吻了他，缓慢而悠长：“我可是个成年女性，弗里茨。你难道没意识到这一点吗？”

他倒是意识到了这一点，突然热切地把她揽入怀中，这让她有些喘不过气来。“你得回来，”他嘴唇紧贴着她的耳朵说道，“你得回来。”

一眨眼的工夫，他把她的旅行箱拎上火车，又向她挥手道别，如鲠在喉。

火车驶离车站时喷出的缕缕蒸汽飘浮在铁轨上方凝滞的冷空气中，太阳升起，照亮了车站。在黎明的粉色光线的照射下，漆黑的火车蜿蜒穿过被白霜覆盖的世界，这一幕既美丽，又让人心碎，但弗里茨却并未注意到，他已经转身领着凯蒂回到四轮马车上，随后又回到了空荡荡的家中。凯蒂学着母亲的样子，拍了拍他的胳膊，然后弗里茨便出门到牲口棚干活儿去了。凯蒂站在窗前，看着父亲如高墙一样的背影，离她越来越远。他呼出的气息变成了白雾，猛地向上飘去。

格尔达此刻应该在去阿特金森的途中吧，他想。这么想着，他仿佛跟着她一路向东，脑中闪现着途经的每一个车站（离家越来越远，越来越远……）。虽然这么做一点意义也没有，可是，太阳似乎也跟着她朝东边去了。不知不觉间，天色由银色转为灰色，这一天很快便遁入了冬日的黑暗之中。

弗里茨白天都在牲口棚里，和牲口以及工具待在一起，在那儿，他不会意识到格尔达不在身边，可是，哪怕是在那儿，这个事实也会让他觉得心情沉重，连呼吸都感到吃力。走之前，格尔达给他准备好了晚餐，是他爱吃的辣肠，可这些辣肠却不肯下肚，像卡在他胸口下方的火球。他想象自己对她说："我吃着你给我做好的晚餐，可那晚餐似乎一整晚也在吃着我。"可是，他意识到格尔达并不在他身边，也听不到这番话，这时候，胸中的那个球似乎越变越大，到最后，他简直没办法深呼吸了。他走到寒冷的屋外，抬头看着夜空。云朵快速地移动着，隐约可以见到一轮小小的月亮。

清新的空气中飘荡着马车轻快的叮当声，一辆四轮马车正从大路驶过来。弗里茨未见其影，先闻其声，他等在那里，以为那辆马车会打牲口棚东边的马路经过，却看到那些马儿拐入了他家的小路尽头，于是他沿着小路前去迎接。

借着四轮马车摇曳的灯光，他看见了邻居阿洛伊斯·鲍姆和他雇来的帮手。虽然天气很冷，但阿洛伊斯没戴帽子，头发像锥子似的立着，随微风飘动；弗里茨猜，格尔达会说这头发对一个文明人来说实在是太长了。马儿们在阿洛伊斯看到弗里茨之前，就察觉到了他，它们扬起头，踉跄着轻步挪到了一旁。弗里茨走到马儿们身侧，叫了一声“博斯”，轻轻拍了拍离他最近的那匹马的鬐甲。他能感受到那匹大马一整天所经历的艰辛；他知道，阿洛伊斯是从外地回来的，那地方要比斯图尔特这样的闭塞小镇更遥远。

“刚才我还在希望你醒着呢，弗里茨，”阿洛伊斯刹住马车，“我看见你家灯还亮着。”

弗里茨朝自家方向瞥了一眼，厨房窗前的那盏灯亮着，在灯光的映衬下，屋子其他地方显得黑乎乎的。即便站在这里，他还是能感觉到家里空荡荡的。

“是啊，”弗里茨回答道，“正好清理一下牲口棚，把一切准备妥当。冬天总得有个头吧。”他拿起帽子，在头上戴好，“我是这么觉得的。”

阿洛伊斯手里攥着皮质缰绳，弯来折去，一时间，他什么也没说。

“都这么晚了，你还在外面呢。”弗里茨不太愿意问别人问题，但还是感到很好奇。

“去了一趟奥尼尔。”阿洛伊斯连头都没抬，“这孩子，”他冲着他身旁的小伙子点了点头，“上个月刚满二十一岁。”

他用不着解释。弗里茨知道，他们去那儿是为了登记报名，申请入伍。报名仪式每三个月在县里的政府大楼举行一次，从去年六月就开始了，那时候，美国刚刚加入那场在欧洲打响的战争。

“那你今天还真是出了趟远门呢。”他评论道。

“是呀[1]。”阿洛伊斯挺直了身子坐着，他弓起背来拉伸肌肉，“回来的路上，在阿特金森逗留了一段时间。”说话时，他吐字清晰，仿佛正在练习一门新学的语言，并且希望自己能正确发音，“在镇子边上的一家小餐馆停留了一会儿。”

弗里茨知道，阿洛伊斯停下来可不是为了专程来说他俩在哪儿吃的饭，霎时间，他觉得很不耐烦：“我知道那个地方。”

阿洛伊斯突然吐了一口，带着烟草味的唾沫在空中画出一道金黄色的弧线，恰好落在了两匹马之间的空地上。

“他们已经不卖德国泡菜了，”他第一次直视着弗里茨，“也不卖汉堡了。”

弗里茨再次觉得胸口一紧，之前卡在胸口的球似乎变得更大了。

“如今，他们的菜单上只有‘自由卷心菜’[2]和‘碎牛肉三明治’了。”

两人你看看我，我看看你，可似乎谁也不知道还能说些什么。

---

[1] 原文为德语 Ja。原文中的德语字词、短语以字体区分，此后不再重复加注。——编者注

[2] 第一次世界大战期间，美国人曾用“自由卷心菜”（liberty cabbage）来代替“德国泡菜”（sauerkraut，源自德语），以此来消除一切跟德国的联系。

“这儿附近住了很多德国人，”那个小伙子大声说道，“多得不得了。”

阿洛伊斯回应道：“是啊，可人数一直在减少。”说话时，他没有看着那个男孩。然后，他又看了看弗里茨，说道：“不过没有人打算搬走。”

“只是换了种说法而已，”小伙子懒洋洋地坐在座位上，年纪稍大的人若是这么坐着，肯定会腰酸背痛，“我们还是能在那儿吃饭。”

阿洛伊斯猛地抖了抖马背上的缰绳，驾车朝大路驶去，或许他有太多话没说，又或许他无话可说。弗里茨站在院子里，环顾四周，仿佛黑夜也活跃了起来。他先是走向了牲口棚，觉得自己应该给其中一匹马套上马鞍，骑马去追上格尔达，可等他走到牲口棚时，他听见凯蒂打开了厨房的门。她没有大声叫他，只是站在一块长方形的光影下，用瘦弱的胳膊紧紧地抱住肩膀，望着黑漆漆的屋外。看到这一幕，弗里茨想要大声喊道：“跑啊！”

跑到哪里去呢？他寻思着。从哪里开始跑呢？

他当然知道，虽然身处远离德国的此地，他们也并非与这场战争毫无瓜葛。每当人们聊起天来，不论聊的是什么话题，总会有人情不自禁地谈起一些“外界对德国人怀有敌意”的谣言。八年前他搬到斯图尔特时便认识的一些人如今似乎变得近视起来，每当他向他们问好，他们都会对他的问候视而不见，除非离得非常近，近到没办法忽视他。即便如此，那些有关德国人受到歧视的报道，看起来依然像是从遥远的土地上传来的。据传，一个年轻的德国人在圣路易斯的街道上被人们以私刑处死，怀俄明州也发生了同样的事情。而在艾奥瓦州，有人因为在公开场合说德语而被关进了监狱。

内布拉斯加州可不会出这种事，弗里茨觉得。不会发生在这里。正如那个小伙子所说，住在这里的德国人非常多。德国人是不会自相残杀的。哪怕是拿自己的性命冒险，他也坚信这一点。突然间，一个念头重重地压在他的胸口，压得他又一次喘不过气来。他会拿格尔达的性命冒这个险吗？还是说，他已经这么做了？

* * *

关于告别，有一种迷信的说法——如果你眼睁睁地看着某个地点在你眼前消失，那么在有生之年，你将再也见不到它了。格尔达很了解这个说法，所以她不会让自己和孩子们眼睁睁地看着斯图尔特站一点一点从视线中消失。于是她让孩子们忙个不停，确保他们不会将鼻子紧贴在车窗上，在火车拐弯时依然盯着斯图尔特站看。她不想招惹命运，以致回家受阻；可如果她不用仪式和关注来安抚命运，那么它一定会阻止他们回家。她指挥孩子们铺好毯子，将装在篮子里的东西放在座位下面。可是，就在火车绕过斯图尔特以东最远处的那个弯道时，她在不经意间抬起头来，目睹了斯图尔特站从视线中消失。一丝丝恐惧如同猫毛一般，紧紧地粘在她身上，怎么也刷不掉。*天父啊，我有罪，求求您保佑我吧。我深受迷信之害，并且任其指引我和孩子们的行动。*她觉得，这样注定会失败的；她用掌根揉了揉眼睛，试图将眼前这一幕擦掉。她有些恍惚，孩子们爬上了窗台，特别兴奋，并没有注意到她的忧虑。

她把双手交叠放在大腿上，等着自己的呼吸平缓下来。她注意到自己外套的袖口已经磨损了。这件外套曾经很漂亮，她一边想，一边用沾湿的手指轻拂松散的细线。突然间，她眼前浮现出父亲长满老茧的手指用力地扯着深绿色的羊毛编织外套，以此来检查它有多结实的画面，仿佛他能预见将来会有阵阵大风向她发起攻击，而且只有他知道外套该织成什么样、该织得有多厚，才能保护她。

这件外套真的很漂亮。她为自己这第一时间的想法而自责了许久。虽然她和弗里茨买不起新的外套，但这并不是她得在她父亲面前低下头来的理由。

“你们找找看，看能不能沿着河边找到老鹰和鸭子。”她坐得更直了，将注意力再次转向了男孩们。就像他们的父亲那样，他们得做点什么，好让自己一直很开心。“老实说，弗兰基[1]，你最大，眼神也最好使。我打算让你来负责看一看从这里到外婆家一路上都有哪些鸟儿。”

“那我呢？”雷问道，“我的眼神也很好使呢。”

“它们会派上用场的，小伙子。我打算让你来负责看一看那些牛群。我希望你们俩都能帮利奥紧紧地盯着那些奶牛。”

“需要盯着那些马儿吗？”弗兰克问，他指了指行驶在那条与铁轨平行的路上的一辆四轮马车，“现在有两匹马了。”

“一辆汽车！一辆汽车！”雷兴奋地喊了起来，“路上有一辆汽车！”

[1] 弗兰克的爱称。

听到他这么喊，他们全都来到了窗前，甚至连其他乘客也扭头看了过来。司机从车窗里伸出一只戴着手套的手，孩子们则疯狂地挥起手来，仿佛那司机在单独跟他们打招呼。

孩子们看着路上的汽车，格尔达则端详着一脸兴奋的他们。她似乎很少有时间去端详他们，去了解他们不断变化的面孔，以及日渐成长的身体。两个年长些的男孩看起来就像他们父亲的缩小版，一头波浪般的金发若是长得太长，就很可能卷起来，坦诚的圆脸上嵌着一双蓝眼睛。只有利奥继承了格尔达娘家那边男性的容貌特征：额头很高，脸很长。看着利奥的时候，她仿佛看见了自己的父亲。利奥甚至连手都很像父亲，最开始，还是小宝宝的利奥拥有一对柔软且微胖的小拳头，后来，手指渐渐变细，手越来越长，长成了“适合弹钢琴的手”——她母亲曾这么形容她父亲的那双手。如今，看着利奥张开手指，贴在车窗上，她想到，等父母亲看到这双手以后，他们肯定……他们肯定会怎么样呢？他们看到这双手以后会做些什么呢？会原谅她吗？这就是她想回家的原因吗？难道是想让他们原谅她吗？想着想着，她嘴里泛起一股金属味，为了驱散这种味道，她从包里拿出一本绘本，等到男孩们对车窗外的世界和数数失去兴趣以后，她准备让他们读一读这本书。

自从她和弗里茨离开西点镇以后，她每天都会想起自己的父母。他们前往西边的时候，女儿凯蒂鼻子贴着车窗，还是个学步的娃娃，弗兰克则尚未出生。时间怎么会过得这么快呢？

我也曾是个孩子。醒来时，能闻到煎培根和煮咖啡的味道，听到干完活儿回到家中的男人们低沉的声音，寒气让他们的厚大衣变得硬邦邦的，碗碟碰撞的叮当声和低沉的男声，交汇成一首让人感到安慰的歌。

一个孩子若没有亲身经历过那令人眼花缭乱的崭新的一天，又怎么会意识到那样的时光就如同一份礼物一样呢？那段时光曾经就是此时此刻。她曾生活在其中，呼吸着清爽的空气，可接下来，那段时光便逝去了。她想起自己待在娘家的那段生活，这时候，一幕幕模糊的场景涌入了她的脑海。此时此刻，格尔达还是个小女孩，参加完姐姐的葬礼后正往家里走，她一只手紧紧地抓着母亲粗糙的羊毛裙。此时此刻，格尔达正清洗着一块破棉布，棉布上沾满了标志着她成为女人的红色血渍。此时此刻，格尔达正向窗外的人挥手道别，她的父亲站在站台上，帽子拉得很低，遮住了耳朵，双手深深地插在大衣口袋里；母亲站在他身旁，目不转睛地看着火车的车轮，车轮已经在铁轨上动了起来，火车即将向西驶去。

“抬起头来看看我吧，妈妈，”她冲车窗小声说道，她呼出的气息化成两道薄雾，从鼻子两侧向上飘去，“看着我，说你爱我吧。”

啊，小女孩，我想摇晃你。抱着你。

还没看到电报上的签名，格尔达就知道电报不是父亲发的：上面的字太多了。她的确已经有很多年没见过他了，但她还是很确定，父亲依然是那个父亲，他更关心的是经济实惠，而不是表意清晰。她从背包里拿出那张叠起来的浅黄色的纸，又看了一遍。

“今早癌症夺走了埃尔莎姨妈的性命。礼拜二下葬。妈妈需要你。我也一样。爱你的凯瑟琳。”

凯瑟琳。格尔达离开的时候，她还是个反复无常的小女孩，可如今，她也能写出这样的话来了：“妈妈需要你。”这样的字眼温暖了格尔达内心深处某个冷冰冰的地方，她又读了一遍电报。

窗外，平原一望无垠，没有色彩，也没有变化。清晨看起来像是正午，整个白昼也可以如同夜晚一般。地平线，即天空与地面相接的那条线，消失了；远处与近处毫无区别。透过结了霜的车窗向外看去，若有任何形状出现，那形状也只有大小之分。大多数时候，你只能看到白茫茫的一片。

在这样的日子里，世界萎缩到每个人都能一目了然的程度。天地合一之际，唯有自我可作为参照。除开火车停站之时，车上的大多数乘客都陷入了一种沉默的恍惚之中。一月的风掠过没有树木的平原，刮起一阵刺骨的寒雪打在车窗上，发出嘎嘎的声响；迎风而行的列车也会时不时地打起哆嗦来。人们为了保暖，穿着大衣，盖着毛毯，抑或裹着牛皮做的睡袍，挤作一团。行驶中的火车有种催眠奇效，让格尔达从前一晚读到电报就开始狂跳不止的心脏镇定了下来。她觉得自己心里踏实了一些，便让孩子们一直玩着手指游戏，或者让他们猜谜语，后来，有节奏地行进着的火车哄着孩子们入了眠。很长一段时间内，她什么也没做，只是看着世界打她身边经过。

过道对面坐着另一个女人，除格尔达外，她是唯一在斯图尔特站上车的女士。启程之际，手忙脚乱的格尔达几乎没注意到她，而现在，她跟大多数其他乘客一样，也打起了瞌睡。在一片寂静中，格尔达打量起那女人的衣服来，发现衣服的剪裁很复杂，看起来是裁缝，而不是农妇缝制的。她注意到了诸如袖口是机器缝的，而非手工缝制再熨烫平整等细节。她看了看自己的袖子上的褶皱处，跟那女人的衣服做了做比较。那女人带着的旅行包是酒红色的，颜色很深，用的布料很厚实，包面上绣着图案，还配有皮质手柄和黄铜配件。初看时，格尔达并未注意到旅行包的边角有一处磨损，也未注意到接缝处有一处缝补得很糟糕的破洞，可一旦注意到这一切，她随即也注意到这件剪裁讲究的衣服的下摆有些破损，而且那女人的外套肘部都磨得发亮了。她更加仔细地打量起那女人来。那女人看上去疲惫不堪；尽管她的脸在睡梦中已经松弛下来，但她看起来仿佛非常需要休息。连裹在腿上的毯子滑落到地板上，她都没有反应。格尔达把手伸过去，拾起毯子，塞到了那女人的背后与座位之间。

只有那些离车厢前排的火炉最近的人似乎还能四处走动或与人闲聊。位于车厢中部的格尔达看着坐在前排长椅上的三个男人。他们也是那天早上在斯图尔特上的车，他们三个急匆匆地冲在两位女士前面，更像是不守规矩的男孩，而不是成年男子。此时，他们时而发出吵闹的喊声，时而相互发出嘘声，示意对方安静下来，他们专心玩着某种游戏，像是在掷骰子，又像是在玩纸牌；不过她看不清他们到底在玩什么游戏。

他们尽管很孩子气，却是一副工人的模样。他们的面色都很红润，这是在平原上典型的极寒和酷暑的极端环境下劳作过的缘故。他们朴素寻常的衣着，使她想起了她最开始给弗里茨做的、后来又经常给他缝缝补补的那些衣服。

弗里茨的衣服似乎总是不合身，总是有点太小了。他是个大块头，身高六尺三[1]，臀部与肩部同宽。就像车厢前排的那几个男人，他在室内走动时，动作也很粗犷，仿佛除了头顶上的天空以外，任何东西都让他感到不自在。也许那几个男人是农民，或是铁路工人，是那种习惯了做重体力活的人。他们看起来很像她家乡的大多数男人，很眼熟，像是某个她见过却没有打过招呼的邻居。也许她曾在街上或商店里打他们身旁经过。

铁轨上的车轮发出的隆隆声和火车车厢发出的嘎嘎声盖过了那些男人说话的声音，对格尔达而言，她看着那些男人，只是为了让自己的眼睛歇一歇。虽然他们隐藏得很好，但她还是看见他们将一个酒瓶传来传去。他们抬头张望谁在看他们的时候，她便垂下了眼睛。

一位戴着黑色卷边毡帽的男士在靠近皮尔杰的某处上了车。他一边沿着过道走，一边摘掉了帽子，这一举动看起来既自然又很有教养，可是，当他在车厢前排的火炉附近的某个位置就座时，他又戴上了帽子，

[1] 此处的计量单位为英尺，1 英尺相当于 0.3048 米，因此弗里茨的身高约为 1.92 米。

因为天气实在是太冷，顾不上风度礼节了。那位男士有一双深色的眼睛，肩膀很宽，他让格尔达想起了自己的某个伯伯，不过她也说不上来具体是哪一个伯伯。她父亲的两个哥哥，约瑟夫和安布罗斯，都是一副在美国赚到钱了的模样，有这副模样的人总是昂着头，身子挺得直直的，也很清楚自己有底气这么做。

就在威斯纳城外，事情起了些变化。此前，她一直看着窗外，在火车转了个大弯、朝南驶去的时候，一个车站渐入眼帘。一开始，那栋贴着红色墙面板的建筑还很小，紧接着，它变得越来越大，再然后，她再也看不见那栋建筑了，透过窗户依然能看见的，只有白色的土地与天空。在这个巨大的世界上，人类太过渺小；在这片平原上，他们似乎离一切都非常遥远。一想到这儿，格尔达打了个哆嗦，她回过头来，看了看坐在车厢前排的那几个男人，注意到那三个年轻的男子彼此靠得更近了。他们耸着肩膀，头紧凑在一起。那个穿着黑色外套的男人坐在自己的座位上，帽子向前拉着，可这一幕让她觉得那男人只是刚刚停下了自己的步伐。

不知道为什么，她伸出手，把孩子们身上的毯子裹得更紧了。迷迷糊糊的利奥从两个哥哥之间爬了出来，爬到了她腿上，然后又睡着了。她用眼角的余光瞥到其中一个年轻男子站了起来，开始冲穿着黑色外套的男人做手势；接着，另外两个年轻男子也站了起来，开始冲那男人大喊。一个声音告诉她，这件事发生时，不要直接盯着现场看。他们说的大部分话她都听不明白，含含糊糊的，语气很愤怒；听得懂的她又不愿意听。脏话满天飞，她这一辈子也只听过一两次这种脏话。那三个年轻男子面目扭曲，涨红了脸；坐着的那个年长的男人摊开双手，似乎是想安抚他们。

坐在这四人周围的那些人渐渐醒来，然后坐了起来，不过没有人走上前去加入他们。接下来发生的一切实在是太过迅速，根本来不及大声叫出来，也来不及伸手去拉刹车索，让火车停下来。真的来不及，格尔达很确定这一点，这一切发生得实在是太快了，还没来得及说什么，便已经结束了。前一刻，那几个年轻男子还在大喊大叫；一转眼，他们便殴打起另一个男人来，又沿着过道把那男人往门那边拖。那男人的黑色羊毛外套已经从一个肩膀上拽了下来，他们拖着他经过格尔达的时候，外套又挂在了她座位的边缘处。其中一个年轻男子猛地一拽，没把挂住的衣服拽下来，反倒拽到了那男人的一只胳膊；接着，她听到了咔嚓的断裂声，声音实在刺耳。那男人尖叫起来，叫得像一头被割了喉的母猪。另一个年轻男子抓住他的头，朝椅背猛地撞了过去。鲜血四溅，一小滴一小滴的血洒到了孩子们睡觉时盖着的毯子上。格尔达的手伸了出去——后来，她告诉自己，她这是要去阻止那些年轻男子，或者去帮助那个年长的男人，可事实上，她只是把毯子往回扯了扯，把孩子们往自己的怀里拉了拉。她只能尽力去保护自己能够保护的那些东西。

他们就像扔一捆破烂衣服一样，轻而易举地把那男人从行驶的火车上扔了下去，那男人也的确像一捆破烂衣服那样，从铁轨旁的斜坡滚了下去，消失在远处的一片苍白之中。格尔达飞快地转身面向车窗，差点把小宝宝利奥摔到了地上。“不！”她大叫一声，一只手伸出去抓住利奥，另一只手则伸向了窗外的那个陌生人。

那时候，车厢里的所有人都醒着，一些人震惊地四处张望着，另一些人看起来惊慌失措。过道对面那位女士尖尖的鼻子因为惊吓而变红了，她看着格尔达，仿佛准备向她冲过去。像是完成任务般的三个年轻男子，踉踉跄跄地回到了车厢里，他们身后的金属门发出了响亮的声音。

“要是你们这些该死的德国佬觉得，自己就算批评了这个伟大的国家也不会受到惩罚，那我们就会给你们点颜色看看。”他们中的一个人叫嚣道。

噗的一声，仿佛有一个气泡炸开了，有人微笑了起来，又有人放声大笑起来。车厢里，有人开始拍手叫好，还有人开始跟那三个年轻人握手，突然间，那三个人似乎变得又高又壮，比车厢里的其他人还要高，还要壮。其中一人说道：“我可不想等到穿上军装以后才开始保护这个国家免受德国佬的侵害。”

“我们会好好料理那些热爱德国皇帝的下贱坯！”有人大声喊道。另一个声音回应道：“这里不欢迎德国佬！”三个年轻男子一起偷偷享用的那瓶酒被传来传去，从某个想要来上一口的人的手中传到了另一个人的手中。格尔达感到刺骨的寒意从她的手脚处涌了上来，随着血液流淌到周身，她因为恐惧而感到浑身瘫软。在她对面，那个独自出行的女人缩回到座位上，扯起外套围住脖子，身子还不住地往外套里面缩，直到最后，只剩一双眼睛露在外面。她一直盯着地板，眼里还噙着泪水。

车厢里异常热闹，吵醒了格尔达的孩子们，他们任由毯子落到地上。雷和弗兰克的脸很圆，是非常典型的德国人脸形，他们聚精会神地看着她，看着乱糟糟的周围。“他们为什么会笑呢，妈妈？”弗兰克问她，她连忙示意他安静下来。她把孩子们拉向怀里，让他们坐在她腿上，最后冲着弗兰克稀疏的金发小声说道：“嘘——嘘——嘘。待着别说话。”雷从她怀里挣脱了，想去看一看周围到底发生了些什么。

他们太小了，没办法理解到底在发生着什么，她心想，他们太小了。她不想对孩子们做任何解释，也绝不会放任这个世界伤害自己的心肝宝贝们。

如今，他们远离了家乡，可战争——曾经她自信地以为，战争太过遥远，不会对他们有任何影响——却突然间来到了格尔达·德吕克·沃格尔和她的三个孩子面前。

第二章

埃德·加诺威医生刚准备踏上医院北边楼梯，便听到了尖叫声。一时间，他停下了脚步，站在那里搜集着那声音可能提供给他的信息。

尖叫的是个女人，声音是从男病房里传来的——不是从病人口中发出的。

每呼完一口气，尖叫声便会响起，声音里有疑虑、怀疑，但没有生理上的痛苦。

每次吸气以后，都会传来从喉咙里发出的呻吟声，医生听得出这声音很凄凉，是哀悼者常常会显露出的那种凄凉之情。病房里有两名病人，其中一名是个没有子嗣的鳏夫，邻居发现他患了肺炎，随后将他送到了医院。另外一个要年轻一些，两天前，加诺威不得已截掉了他的左腿，以阻止因脚部伤口护理不当引起的坏疽向上蔓延。

尖叫的人可能是那名年轻病人的妻子。

加诺威继续爬楼梯，他解开了自己的厚大衣，准备好迎接即将到来的一切。死神有自己的一套仪式，而哀悼者也有自己的需求。每当遇到有人当众显露这种需求，他总是有些心神不宁。在他看来，悲痛是一件很私密的事，可是痛苦的尖叫却毫无私密可言。当众沉溺于悲痛之中一点好处都没有，死去的人也不会从床上爬起来做出回应；总有一天，哀悼者得承认挚爱的人已经永远离开，自己的某一部分再也找不回来了。他虽然对此感到困惑，却依然怀有恻隐之心。因此，他知道自己会抱住这个扑进他怀里的年轻女人，任由她捶打自己的胸膛。

“那个年轻人最终还是死掉了。”加诺威草草地在一张干净的薄信纸上写下了这句话，同时等着妻子米兰达做好参加弥撒的准备。第二天一早，他要做的头一件事就是给弟弟拉克寄一封信，在过去将近三十年的时间里，他每个礼拜一都会这么做。礼拜五的时候，一封拉克——他也是医生——在礼拜一寄出的回信会抵达加诺威的家门口。

虽然他们已经有超过十年时间没见面了，但他们比他们认识的其他任何人都清楚对方每天过的是什么样的日子。他们给彼此写的信又长又散漫，更像是日记，而非信件。加诺威按照日期将这些信件归档，并在每个档案盒的正面都附上了标注有具体话题的索引。每个礼拜，两人都会给对方写一封信，如果时间允许，他们还会在信中多说说自己正在治疗的病例、患者的最新状况、天气情况，以及他们对上至华盛顿的最新动向，下至脚部腐烂等大小事情的见解。他们从彼此的信件中了解到的医学与政坛的最新消息，都赶上从现有期刊中获取的了。拉克如今在堪萨斯州的赖利堡工作，战前，他曾在奥马哈和芝加哥工作求学，还在南方待过一小段时间，最远曾抵达巴拿马运河。他寄给加诺威的信件上的邮戳各式各样，这有时会让加诺威极度渴望远游，不过他自己并不喜欢这种想法。

“我承认，我牺牲了病人的一条腿，但我也救了那男人。可是，昨天快到傍晚的时候，他的情况急转直下，突然发起了高烧，甚至从河里运来的那桶碎冰也没办法让他退烧。要是他们早一天找我就好了。”加诺威放下笔，揉了揉眉脊。那个年轻人是在砍柴时受伤的，他的短柄斧砍到了树上的一块节疤，斧子弹开后，随即狠狠击中了他的脚踝，他挥斧砍柴用的力道全部作用到了脚踝上。如果他足够幸运，脚当时就被完全斩断，那么他也许当即就能被家人送到医院了。可事实上，他们等着“上帝施以援手，将他治愈”——那个年轻人的父亲如是说。

加诺威到达时，伤口已经溃烂，膝盖以下的皮肤几乎全变黑了。这家人住的那栋小木屋位于斯图尔特西北部的峭壁之上；他们呼救时那里的暴风雪正猛烈。加诺威不得不在可通行的路上走了好远，他穿着雪地靴，小心翼翼地踩着来接他的那个人留下的脚印。木屋的门一打开，肉腐烂后散发的臭味便扑鼻而来，他立刻意识到，药物能起多大的功效，完全取决于当事人有多强的信念。他迅速行动起来，粗鲁地发号施令，指挥别人在尽可能不弄疼伤者的情况下把他挪到别处去。他可不会在餐厅的餐桌上做手术。

加诺威想起了那男人在被叔伯们一路抬到四轮马车上时，用那双冷得犹如大理石的蓝眼睛瞪着自己的样子。当时，加诺威提到了“截肢”，而他则清清楚楚地说了一句“不”，可是，除了动嘴反抗，他什么也做不了；他妻子和母亲则是不顾一切，拼了命地想要救他。在最终寻求医疗救助之前，他们肯定起了一些争论；至于他们到底争论了什么，加诺威只能猜个大概。那男人的父亲是个身材魁梧、胡子刮得干干净净的人，加诺威走进屋里的时候，他站到了一旁，然而，其他人总是会先看看他，随后才按加诺威的吩咐忙活起来。加诺威说不清楚他们的举止背后到底是害怕，还是尊敬。那位父亲没有跟着儿子去镇上。

加诺威想，他们现在肯定会咒骂那男人的父亲，不过，在某一时刻、某种程度上来说，他们那悲痛的目光也会落在医生和那些护士身上，毕竟这些人陪男人度过了他最后的时光。这也在意料之中。任何创痛都需要一个焦点，可以是一个人，也可以是一个地方，来承载人生中躲不开的不测导致的愤怒与悲伤；对此，加诺威已经习以为常了。作为一个在工作中时常与死亡打交道的人，他知道，他可能还来不及吃早餐，就被一个悲痛欲绝的家庭中伤诽谤，转而又在夜幕降临时分，被另一个家庭奉若神明，因为他拯救了他们深爱的人。

他认为，自己应该介于这两种极端之间。给人治病时，他根据自己的教育背景与从业经验来做决定；那些抱有怀疑态度的人，那些不愿接受治疗的人，甚至是那些虽然谨遵他的医嘱、最终却还是死掉的人，都不会影响到他。在这封信里他已经说得够多了，而在之前给拉克的许多封信里，他说得甚至更多，所以，现在没有必要继续就此话题絮絮叨叨下去了。

他把信纸放到嘴边，轻轻地吹干了墨水。

圣·博尼费斯天主教堂前的那条路空荡荡的，很少在礼拜天早上出现这种情况。加诺威挽着妻子的胳膊，帮她绕过了街边的一个雪堆。前天下午晚些时候，一阵大风呼啸而过，在小镇上留下了长长的沙丘状雪堆，最终，雪堆又硬生生地冻结成了翻卷的波浪。只需要稍加想象，你便可以在内布拉斯加州中部的这个小镇上看见一片“沙漠”或“海洋”。他总是很喜欢新下的雪带来的那份静谧，并不在乎天气有多冷。如果能由着自己的性子来，他便会敞开外套，头上什么也不戴，走上一小段路去教堂——寒冷的天气会让他头脑清醒。

可是，今天，他穿的外套扣子一直扣到了下巴，戴的羊毛帽紧贴着耳朵。这全拜米兰达所赐。出发去教堂之前，她像对待孩子一样，把他裹得严严实实的，粗鲁地给他扣上扣子，还责备他在这样恶劣的天气下死不认输的劲头。一番折腾下来，米兰达很满意，接着便穿上厚外套，戴上羊毛手套，还有去年秋天从西尔斯·罗巴克[1]订购的海狸皮帽子——这可是让她得意的新宠。他还没跟她讲那个年轻人的事，除非她问，否则他是不准备提及的。他们早就学会了在一起过日子时不谈这样的话题。

[1] 全称为西尔斯·罗巴克公司（Sears, Roebuck and Company），曾经是美国也是世界最大的私人零售企业。创始人理查德·西尔斯（Richard Sears）在1884年就开始尝试邮购商品，专门从事邮购业务，出售手表、表链、表针、珠宝以及钻石等小件商品。

“我这辈子从没戴过这么漂亮、这么暖和的帽子！”她几乎每次戴它的时候都会这么说，再难得地对他露出微笑。她年轻时滑雪出过一次事故，缺了一颗牙齿，结果就是她的嘴唇有点歪——下唇很丰满，看着很顺眼，可上唇的一边却越来越薄，到嘴角处索性消失不见了。她看起来总是心事重重，总在吸嘴唇，以便更好地集中注意力。可她笑起来的时候嘴唇却不歪，还会变得丰满，这样一来，她的整张脸看起来就很对称、很顺眼。

“这风真够懒的，”他们走上马路的时候，米兰达说，“实在是太懒了，都不愿意绕过你，干脆直接从你身上穿过去。”

他们刚刚到达教堂门前陡峭的台阶，钟声就开始一声接一声地鸣响。约翰尼·考普自封为教堂的管理员，负责打理教堂里与灵魂无关的一切事宜，他在台阶中部扫出一条狭窄的小路，远离台阶两侧的扶手，而大多数教区居民需要扶住栏杆，才能爬上结冰的台阶。埃德和米兰达停了下来，考虑着他们应该走哪条路到教堂前门：到底是踏着雪、扶着栏杆平稳地上去呢，还是什么也不扶从台阶中间上去呢？

“约翰尼本该做一个艺术家的，”米兰达说，“他的天赋全都浪费在日常的维护工作上面了。”

“艺术家？”埃德说。

米兰达挥舞着一只手，向埃德示意约翰尼如何铲雪，约翰尼不会随意将雪乱抛，而是精确地把雪铲成扇形，这样一来，他开辟的那条小路看起来就像在两个高高的雪堆之间流动的一条小溪。两侧的栏杆旁各自形成了一条小道，铲雪时，约翰尼曾小心翼翼地避开那里；这两条小道和约翰尼开辟的那条小路在橡木大门前相交。两扇门中间的那条线标出了路中心的精确位置，这时，埃德才意识到，约翰尼用雪在每一级台阶上都留下了一条白色细线，甚至连撒在结冰的台阶上的碎石也是故意这样放置的，一点也不散乱。埃德抬起头，看着通往大门的那二十级台阶，觉得很奇怪，似乎有一股力量要把他拉向教堂门口，这感觉让他有些烦恼。他稍微扯了扯围在脖子上的围巾，深吸了一口气，仿佛做好了迎接什么的准备。

“在栏杆旁开辟一条小路会更有意义吧。”他小心地踏上台阶，把手伸向米兰达。

米兰达环顾了空荡荡的街道后才牵住他的手。通常，这时候会有一些人赶在钟声停止、风琴拉响前匆忙入座，可今天，放眼望去，只看得见加诺威夫妇俩，其他的教区居民却不见踪影。

“我猜，要么我们连坐的地方都没有，要么我们可以随便挑座位，”她不动声色地说，“如果出现后一种情况，新来的神父一定会对我们这群亵渎神明的人感到不满。”就在上个礼拜天，有一位新神父获得了任命，这将是他头一回独自布道。

他们步入教堂的时候，风琴手才刚开始演奏，奋勇地舞动着四肢，试图用轻快的音符填满这座大教堂。米兰达和埃德沿着中间的过道走到他们经常坐的那张靠背长椅前，长椅位于中间偏左的地方，在圣·博尼费斯雕像前。加诺威坐了下来，把脸转向教堂前面，开始等待弥撒结束。

新来的神父开始布道，这时加诺威想到了黑特韦尔神父，过去的十年里，他一直领导着圣·博尼费斯教区。那位老神父是个男中音，他的歌声印在了加诺威脑海深处兽性的那一面。进堂式[1]期间，每当黑特韦尔唱起《垂怜经》[2]，歌声都会激起加诺威内心的忏悔之情。可是，他之所以会产生歉疚之情，并非他自觉罪过，而是因为他失去了太多。每个礼拜六，那一刻总会来临，每当神父吟咏起祈祷词，乞求得到宽恕，加诺威都会感到异常失落，悲痛似火焰一般，在他胸中和喉咙里燃烧起来。尽管他每次都试图与这些情绪抗争，可熏香与神父的声音合在一起，总会击溃他的防线。他闭上双眼，慢慢地、严肃地回忆起自己的小女儿来。那时候，她还不及他捧起的两只手大；她如此沉静，这沉静形成了一个浩瀚的宇宙，宇宙中满是没有星星的夜晚。他觉得，此刻忆起女儿也算是一种祈祷吧，虽然他并不知道为何会祈祷，也不知道该向谁祈祷。谈及神明，有一件事他很确定：他唯一一次乞求得到上帝怜悯的时候，上帝并未做出任何表示。一想到这儿，他便睁开眼，继续等待弥撒结束。

新来的神父比黑特韦尔年轻得多，从年龄上来看，似乎应该是个朝气蓬勃、充满活力的人。可是，加诺威在他的就任仪式上见到他后，幻想便破灭了。

[1] 弥撒通常包含五个部分，其中进堂式（The Introductory Rites of the Mass）为第一部分。此时，弥撒开始，全体站立，咏唱进台咏（进堂圣歌），主祭者与辅祭者在歌声中走向祭台。

[2]《垂怜经》（*Kyrie Eleison*），是基督宗教用于礼仪的一首诗歌，亦是一般弥撒曲中的第一个乐章。亦译作《怜悯颂》《求主怜悯》等。

荣格尔斯神父是个大块头，却长了一张奇怪的娃娃脸。他给自己那头浓密的鬈发抹了过量的发油，好让头发一直服服帖帖的。他脸上的肉很厚，脖子很粗，这让他原本就小的嘴巴看上去更小；他有个令人尴尬的癖好，每说完一句话就会抽下鼻子。这个礼拜天，他头一回主持弥撒仪式，却还没找到合身的衣服，身上穿着的是黑特韦尔神父留下的祭衣，小得胳膊和腿都露了出来，看起来挺像个喜剧演员。

加诺威并非以貌取人之辈。然而，当荣格尔斯神父缓慢而笨拙地沿着辅祭[1]身后的中间过道走近圣坛的时候，加诺威真心希望能有个人和他交换眼色。荣格尔斯神父身上那件祭衣的缝合线绷得紧紧的，就在他施屈膝礼的时候，加诺威屏住了呼吸，期待听见衣服裂开的声音。他今天就指望着这件事来逗自己开心了。

头一回参与由荣格尔斯神父主持的弥撒仪式，时间过得特别慢。神父絮絮叨叨地说着话，声音呆板且危险，似乎想哄人入睡，而不是引人敬奉或祈祷。他的拉丁语发音非常糟糕，而且他明显没办法精确分辨音调，这一切使得局面更加难堪。他明明说的是拉丁语，唱的也是拉丁语，却仿佛从未听别人读过拉丁语。有好几次，加诺威都情不自禁地龇牙咧嘴起来，因为他发现神父犯了一些特别离谱的错误。如果说弥撒中有什么特别之处曾带给他快乐，那就是神父们无比虔诚地吟咏拉丁语经文时发出的声音，可荣格尔斯神父甚至连他的这么一点乐趣也剥夺了。

[1] 宗教礼仪中的辅助男童，尤见于罗马天主教。

布道之初，荣格尔斯走下圣坛，走到讲坛前，怒视着几乎空荡荡的教堂。他那粗壮的手指紧紧地抓着讲坛，加诺威觉得他很有可能把讲坛搬起来。他一句话也没讲，就这么过了好几分钟，不过，那几分钟里也并非真的一点声音也没有——可以听见他的呼吸声。米兰达用眼角余光瞥了一眼埃德，可除此之外，她并没有觉得有什么不太对劲的地方。埃德回头看了看，迅速清点了一下人数。二十，哦，不对，克罗格一家坐在另一边，除开加诺威夫妇，还有二十六位教区居民到场。人数不多，可考虑到暴雪封住了进城的路，这个人数也不算少。

他回头望了望神父汗涔涔的脸。不，他不得不承认，人数还是不够多，如此看来，斯图尔特这里的人实际上还远远称不上虔诚。他决定自己担起责任来，在弥撒结束后向荣格尔斯神父解释那些教区居民缺席的可能原因。虽然近二十年来，埃德一直是圣·博尼费斯教区的一员，但他并不是一个信教之人。他之所以上教堂，是因为大家期望他这么做，毕竟他在这个社区的地位过于依赖他的那些潜在病人对他的看法。在1918年，就算你是医生，你也不见得会获得成功。在医疗行业，从业者受教育的程度参差不齐，也无力维护自己的良好声誉。一些骗子自许医生，可人们总是拿他们没办法。还有些江湖郎中走遍全国，兜售能治好打嗝、甲状腺肿大、不育等疾病的灵丹妙药。前不久，还有一个能言善辩之徒大肆宣传自己有方子能让男人“重振雄风”。加诺威费了九牛二虎之力，才说服自己的病人放弃将山羊的腺体植入睾丸的移植手术。那可是山羊的腺体啊！

在这样一个世界，一个得到法律认可的专业人士——加诺威觉得自己就是这么一个人——之所以能成功，不仅因为他能够妙手回春、救死扶伤，还因为他在各个方面都很有能耐，比方说，他在街上或做完礼拜后能与人随意交谈，又比方说，他在参加晚宴时举止得体。到头来，这取决于他表达或者掩饰自己信仰——不管是政治上的信仰，还是其他方面的信仰——的尺度。

荣格尔斯挺直了身板，于是那件过短的祭衣变得更短了；他久久地怒视着台下的人，盯得那些靠背长椅都嘎吱响了起来，又引得后排传来了几声咳嗽声。最后，他说道："感谢大家的到来。"他抽了抽鼻子，说道，"大家花了不少气力，才从温暖的被窝里爬起来，来到了上帝的家中敬奉他，我希望大家不要觉得这件事给自己添了很大的麻烦。"他又一次抽了抽鼻子，说道，"保罗在写给歌罗西人的信中谈及的那个邪恶的撒种者，就是恶魔。他播撒的是黑暗的恶草，大家也许不知道，这是一种厉害的毒药。"他再次抽了抽鼻子，说道，"看来恶魔已经来到了这里，在你们这群乡下人中播下了毒药。"他继续抽着鼻子，说道，"一种跟懒惰与冷漠有关的毒药。"

因为未到场的人的罪过，他毫不客气地斥责着到场的人。神父一边讲话，一边抽鼻子的时候，坐在长椅上的加诺威情不自禁地坐得离他越来越远。在某个时刻，他收起二郎腿，双脚牢牢踏在地上，双手放在膝上，仿佛打算起身。米兰达虽然没看着他，却紧紧抓住他的胳膊肘。他并不打算站起来，只是想换个舒服一点的姿势，不过她的举动倒是提醒了他，他必须更加注意自己的举止。于是他又一次靠在木质长椅的椅背上，等待着弥撒结束。

加诺威倒是乐意看一看，在这样一天，教区居民从神父手中接过圣餐时，每个人脸上究竟是怎样的表情。每一位参加弥撒的人如往常一样跪在圣餐台前，顺从地抬脸看向神父，可是，等到他们站起来，转身朝长椅走去的时候，他们的脸都变成了一张张面具。虽然有些人嘴里咀嚼着圣餐，其他人的嘴却一动不动，不过每个人都掩饰得很好，没让神父看到。最后一批领圣餐的人回到座位以后，最最奇怪的时刻来临了。加诺威从来没有领过圣餐，不过米兰达会去领，因为她从小在天主教会长大。等到每个人都坐回自己的座位时，荣格尔斯神父依然拿着圣餐杯，盯着加诺威不放。看他这副架势，仿佛他觉得自己可以在彼时彼地逼加诺威忏悔，继而逼他成为一个彻头彻尾的天主教徒。可加诺威只是看着神父，直到神父转过身去，走回圣坛，结束了礼成式[1]，又草草地宣告众人可以离开教堂了。

其他人都走了以后，加诺威夫妇俩才走到教堂的前廊，只见神父独自一人待在那里。最后一个人离开时未将身后的大木门关好，前廊非常寒冷，神父呼出的气息如同团团白雾，缭绕在他嘴边。

“你叫什么名字？”荣格尔斯开门见山地问道。

米兰达瞟了埃德一眼，结结巴巴地说道：“我——我叫米兰达……”

---

[1] 一整套弥撒中的最后一部分。

“这是我妻子，米兰达。我是加诺威医生，”加诺威帮她说完她没说完的话，“上个礼拜，在你的就任仪式上，我们见过面，不过你要是不记得，我也不会怪你。当时你见了差不多有一百个人，难道不是吗？”他试图让自己说话的语气听起来欢快些，不过他并不觉得自己真的欢快。

荣格尔斯抬了抬眼，不再看着神色惊恐的米兰达，转而直视起加诺威来。当时的气氛之所以让人感到不适，也许正是因为他的这一举动。加诺威离神父非常近，不禁注意到荣格尔斯的双眼紧挨着，而且看起来特别小。要是碰上一个不积口德的人，他可能会说那是双猪眼睛。

“那么，埃德，”荣格尔斯说，“你没有来领圣餐吧？不过我还是得向你表示感谢，毕竟你来了。”

加诺威顿了顿，把自己的外套扣好。“别往心里去，神父。”加诺威说，“我记得黑特韦尔神父布道时，有很多次，教堂比今天还空呢。那些人能来的时候就会来的，到时候你就知道了。”

他再次将自己的一只手放在了米兰达的后腰上，催促她出门，可荣格尔斯还不想放他走。

“那你呢？你不领圣餐，难道是因为你确实犯了某种不可饶恕的罪吗？”

米兰达倒吸了一口气，抬头看着自己的丈夫。一时间，加诺威一言不发，只是盯着神父看，试图弄明白他到底持怎样的态度。按照教堂的说法，有很多不能领圣餐的原因，为什么荣格尔斯偏偏挑中这个原因来冒犯他呢？陷入思考的他顿了顿。在离这里不远的某个地方，人们正在为一个长着大理石纹理的蓝眼睛的年轻男子挖墓。

“欢迎你来斯图尔特，荣格尔斯神父，”他轻声说道，“我很确定，到时候你就会发现，这里的人可不像今天看起来的那样，一点信仰都没有。他们之所以没来，都是有充分且正当的理由的，我敢打包票。”说完他推着米兰达，两个人一起走出大门，走到外面高高的台阶上时，一阵风刮来，猛地推开了教堂的大门，将一阵夹杂着飞雪的冷空气吹进了教堂里。

他俩迎风走在回家的路上，寒冷的天气让埃德有机会更加冷静地思考当时的情况，可是，和米兰达吃午餐的时候，他脑子里除了那些刻薄的话，什么都想不出来，于是他干脆什么都不说。米兰达坐在桌子另一端，手里拿着一本小说，看她这副模样，她似乎已经忘掉了之前发生的小插曲。他俩进行了一场特殊的交流，几乎只听得见瓷杯碰到瓷餐盘发出的叮当声，米兰达在翻页时一张纸从另一张纸上滑过的声音，偶尔还能听见清嗓子的声音。

午餐过后，埃德走进客厅，丢了一小块煤到炉子里，想要驱散房间里的寒气。他掀开写字台的折叠盖板，摆好信纸、笔和墨水瓶，却没有打开墨水瓶盖。他用手指擦着信纸上的污渍，此前，他迫切地想开始写下一页，还没等上面的墨水干透，就把它正面朝下放在了桌上。若他看得足够仔细，他还是能够辨认出前一封信上的一两个单词，可大多数时候，那些墨渍看起来就只是墨渍而已。此时，他用手指在墨渍上划过，却无从下手。如果他想对谁说一说自己的感受，他一定会对拉克说，可他到底感受到了什么呢？

他走到大观景窗前，站在那儿，透过玻璃上的霜花看着笼罩后院和花园的暴风雪。他找不到冒险出去的理由，觉得被关在了笼子里。而在春天、夏天以及秋天的时候，他总是可以在一天中的傍晚时分溜到花园里忙活一阵子。

他真正热爱的还是这个与身体有关的世界。拾掇花园于他而言，更像是一种兴趣爱好，而非一种职业，真正让他着迷的，还是人的身体：人的身体如何运作？驱使它运作的是什么？阻止它运作的又是什么？他认为人体是一台美丽的机器，并对病人那不加修饰的身体感到敬畏。他所从事的职业能让他研究自己最为迷恋的东西，每念及此，他都心生感激。

尽管如此，他还是认为，身体仅仅是精神的载体，并没有花太多时间与精力去担心人死后，其精神或身体会怎么样。在他看来，人类本质上都是物质产物。哪怕是最聪明的科学家也无法掌握神秘的生命原理，话虽如此，可加诺威却认为，这只是暂时的；他还觉得，没有理由把生命的火花视作神力存在不容置疑的证据。他对世界的运转方式很感兴趣，至于世界的运转原因，那是神父们该操心的事。多年以前，尤其是在母亲早逝后，他和拉克花了大量时间讨论生命的意义，可成年之后，他却觉得没有必要争论这个问题，更不用花上太多时间思考它。直到现在，他都是这么想的。

荣格尔斯曾问道，你到底犯了哪一种不可饶恕的罪，让你既无法接受恩惠，又无法寻求救赎。

两天后，加诺威敲响了神父家的大门。荣格尔斯并未邀请他进屋，两人便在神父家毫无遮挡的小门廊上说起话来。他们的谈话一点也不像镇上的人常有的那种闲谈，在这种情形下，加诺威说了些他并没有打算说的话，一些自他孩提时代起就没公开对别人说过的话，一些只有拉克听过的话，一些关于他的信仰抑或是所缺失的信仰的话。作为回应，神父的说话声越来越大，到最后，两人周围的空气里满是火药味。事后，加诺威用手套轻轻敲打着自己的掌心，迅速走过几个街区，去了医院。柔软的银白色云层遮住了大部分天空，可是蔚蓝色的小块越变越大，到最后，太阳露了出来，一股不合时宜的暖流让树上和屋檐上的冰开始松动、坠落，发出某种音乐般的轻快声音。加诺威没听见那声音，他依然觉得那位年轻的神父自命不凡、不可理喻，可是，这场对话也激起了他的兴趣。荣格尔斯神父用地狱之火来威胁他，指责他说话不过脑，灵魂太粗糙；他上一次提到的某种不可饶恕的罪，如今由一种变成了好多种，而且这一系列罪过无法弥补；不过，这一回，加诺威在离开的时候并没有生气。荣格尔斯有狂热的信仰，足以弥补他在智识上的不足。加诺威回想起他和拉克很久以前欣赏并且常常引用的一位哲学家的话："我们为自己创造了一个适于生活的世界，接受了各种体、线、面，因与果，动与静，形式与内涵。若是没有这些可信之物，则无人能坚持活下去。不过，那些东西并未经过验证。生活不是论据，生活条件也许本就有错误。”[1]

也许是他亲自安排荣格尔斯进入了他的生活。一想到自己与荣格尔斯神父的谈话，他的四肢便有了一种切肤之感，或许是兴奋，又或许是恐惧。

[1] 尼采:《快乐的科学》，黄明嘉译，华东师范大学出版社，2007 年。

第三章

“不管怎么说，你都不该回来，”她父亲对她说道，算是跟她打了招呼，“你以为你在这里露个面，就能让死去的人活过来吗？”

父亲说话时，格尔达感激得差一点双腿一软跪在地上。她觉得他知道了火车上的那个男人的事，自己也用不着再向他描述那段恐怖的旅途经历了。

“当时他真的死掉了吗？”此前，她希望他只是受了伤而已，也希望那几个男子只是把他扔下了火车，并没有杀掉他。

在站台上，她父亲走到行李搬运工卸下旅行箱的位置，弯下腰来，一把抓起了旅行箱，他忙活到一半时停了下来，看着她。“你以为你是来参加谁的葬礼的？我的吗？”他讥讽地摇了摇头，拿着她的旅行箱朝马车走去。

她心怀误解，而他则语带嘲讽，这样一来，她似乎不可能对他敞开心扉，说出那些她不得不说的话。尽管在那起流血事件发生后的漫长时间里，她是因为觉得可以说给父亲听，所以才从未流露出恐惧。

“嘘——”此前，她对孩子们说道，“外公会在火车站等我们的，一切都会好起来的。嘘——嘘——外公会接我们回家的。”她冲着利奥的深色头发不断地重复着这句话，说着说着，每个人都回到了座位上，孩子们也不再扭来扭去。两个大一些的孩子站在她的膝盖和她身前的座位靠背之间，仿佛在保护着她，而实际上，受到保护的是他们俩。他们一会儿注视着母亲的那张脸，一会儿又研究起他们周围的那些人来，到最后，只剩下火炉周围的那一小圈人还在闹腾着，那三个男子也在那里，正公然将酒瓶传来传去，到最后，酒瓶空了，他们的眼皮变得沉重起来，然后闭上了嘴。

随后，这节车厢变得异常安静，似乎连火车头发出的轰隆声和轨道上的车轮发出的咔嗒声也逐渐消失了，最后只听得见车厢里发出的声响——后排的一个男人的咳嗽声、袋子被打开又合上的咔嚓声、金属撞击木地板的声音、人们挪动脚步的声音、皮革与木头之间沙沙的摩擦声。过道对面的那位女士突然抽了抽鼻子。格尔达看着她，可那女人看起来既没有把格尔达当作盟友，也没把她当作敌人。

她会告诉父亲到底发生了什么，他也会明白这意味着什么。他会帮她厘清事情的来龙去脉，她便会回忆起每一个细节，甚至是那些看似不相关、不重要的细节：比方说，那男人帽子的戴法；再比方说，他独自一人在某个连车站都算不上的停靠点上了车，那里甚至都没有站长竖起标志旗，示意火车停下来。她会把这些事情讲给她父亲听，而他会跟她解释清楚这一切到底是怎么回事。

那天一早，她出门的时候还是一个成年女性，可是，等到她摸着黑从西点镇站走下火车时，她却觉得自己和牵着她手的孩子们一样年幼。从站台一路走来，沿途是她再熟悉不过的城镇街道和建筑，她甚至能在黑暗中认出每栋建筑，说出它们的用途、谁拥有它们、谁住在里面。啤酒厂飘来的啤酒花的味道始终都在，使得寒冬凛冽的空气变得柔和起来。每逢磨粉的季节，河边的磨坊会把滚滚的蒸汽送入天空。她怎么可能不记得这味道、这感觉呢？这是家的味道，家的感觉。她呼吸着家乡的空气，内心安稳下来。不知不觉间，弗里茨和斯图尔特的农场渐渐远去，消失在了她乘车期间形成的天堑的另一边。等她意识到天堑的存在时，它已变得几乎无法逾越了。

此前，她父亲站在车站售票窗口投射的一圈亮光的边缘，背对着即将到站的火车，在寒风中，他大衣的领子竖了起来，那顶厚实的羊毛帽拉得很低，可是，单凭他肩膀倾斜的幅度，她就知道那人一定是父亲。他就这么出现在她眼前，刺痛了她的双眼。第一眼看到他的时候，她差一点就把孩子们留在原地孤零零地站着，冲到他面前去跟他打招呼。

结果她却听见父亲说了一句“不该回来”，这句话很伤人，她感觉哗啦啦流下来的眼泪凝固了。他走向马车，她看着他结实的后背，觉得有股寒意在她体内越陷越深。她有话想对他说，可这股寒意却让她开不了口，到最后，她想不出来还能做些什么，只好跟在他后面。

由于旅途劳顿，两个年纪稍大的男孩都快站着睡着了，似乎并未听见他说的那些不太友好的话。小宝宝利奥眼睛睁得大大的，但幸运的是，他很安静，而且年纪尚小，听不懂他在说些什么。格尔达觉得难以用语言去描述刚才发生的一切。在西点镇这一站，除了他们以外，没有别人下车，因此，之前车上冲突的目击者中，只有她在这个又黑又冷的地方下了车。她把孩子们安顿在马车的后面，把他们裹在厚厚的毛毯下，然后爬上马车，坐到父亲旁边，直到这时候，她才开口说话。她本想说“车上发生了一些事”，却转而回应了他之前所谓的“不该回来”的质疑：“我回来是因为凯瑟琳发电报说妈妈需要我。埃尔莎可是她唯一的姐妹啊……”

没等她说完，他便打断了她：“我当然知道埃尔莎是谁。”他猛地抖了抖马背上的缰绳，耸着肩膀，肩膀都快挨到耳朵了。当然了，格尔达想，他一贯如此，她为什么会觉得父亲会有所改变呢？

马车蹒跚着穿过铁轨的时候，她紧紧抓住座位的一侧，一直没松手。“我知道您知道埃尔莎是谁，爸爸。我不是那个意思，”她扭头看向睡梦中的男孩们，“我想让妈妈见见孩子们，也希望他们认识认识您。我已经很久没见过您了。”一团团白气从她嘴里喷出来，这番话说出口对她来说很不容易，也压根儿不是她的心里话。她不知道火车上的那个男人是活着，还是死在了铁轨旁的某个地方，她也不知道殴打他的那几名男子和那些目击者后来怎么样了。在那个混乱的时刻，人们到底建立起了怎样的密切联系呢？她想到了当时坐在过道对面的那个女人。虽然那是在犯罪，她知道，那绝对是在犯罪——如果那都不算，那人们觉得什么才算呢？——但是，那节车厢上的人都表现得仿佛那件事没有做错一样。

到底犯了什么罪呢？第五条戒律严厉谴责各种形式的虐待行为。人生在世，仅此一遭，所以我们必须弄清楚这辈子该怎么过、不该怎么过。谈到那个男人，谈到她的沉默的时候，她又能对上帝、对自己的父亲说些什么呢？

谈到沉默——甚至连过来告诉格尔达火车即将到站的行李搬运工也始终面不改色，表情令人难以捉摸。他走到她身后，轻轻拍了拍她的肩膀，吓了她一跳。她抬头看见他拿出一张写着“西点站”字样的小卡片，却什么也没说。难道他不知情吗？难道只有她所在的那个车厢的人目睹了那件事吗？等到火车到达她的目的地时，车厢里的其他人早已静下心来，沉浸在各自的思绪中，那三名男子依然在火炉附近的地板上睡着觉，一点也不在意火车的晃动。她羞于——是真的羞于——面对任何人的目光，于是，她眼睛盯着雷的金发，一手搭着弗兰克的肩膀，下了火车。

“我需要跟你谈一谈那个男人，”行李搬运工帮她取回行李的时候，她悄声对他说道，“那个男人——出事了……”他并没有转过身来看她，于是她把手放在他的胳膊上，希望引起他的注意。他先是看到了她的手，发现她离得那么近，便露出了惊讶的表情。他不由自主地往后退了退，又突然指了指自己的耳朵，摇了摇头。格尔达这才意识到，他所谓的耳朵，只不过是一片残缺不全的鲜红色的疤痕组织，到底是冻伤的，还是烧伤的，她无从判断。他从胸前的口袋里掏出便笺纸和粗短的铅笔递给她。格尔达盯着他手里的那一小块白纸看了一会儿，仿佛他递给她的是一只小动物。她摇了摇头。把那些自己难以想象的事情写下来，她想都不敢想。

而现在，她父亲似乎并不比那个行李搬运工强，他也听不进去她说的话，可她还是得说。“一个戴着卷边毡帽的男人在皮尔杰附近的某个地方上了车。”虽然她一张口，便意识到自己谈到的那些细节并非重点，可她还是开口了。那些话还未说出口时是那么沉重，可等她对着父亲说出来时，听起来却没了分量。他是个坚强的人，也希望别人坚强。在她小时候——很小的时候——他干杂活儿时常带着她。他教她如何给一队马儿套上挽具，如何把手伸到颇有耐心的马儿的双腿之间，将马颌缰固定到肚带上；教她如何借助全身的重量来转动轮式手柄，碾磨谷物；教她如何毫不费力地叉起堆在一起的干草来喂牛，用这种办法，她无须做任何多余动作，便能既轻松又安全地叉起干草，原地转动身体，把它们丢进干草棚的活板门里。有一天，她一脚踏空，连人带干草叉摔到了活板门下面硬邦邦的地板上。他透过格尔达头顶顶棚上的一个方形小口俯视着她，脸上流露出的是愤怒而非担心。他想知道她犯了什么错，是不是一次叉起的干草太多了？他曾告诫她，让她离打开的活板门远一点，难道她没听见吗？干草叉下落时，叉子的尖头刺破了她的右腿，让她在地板上动弹不得，可她感觉不到疼，只觉得害怕。“对不起，爸爸。”她说，“对不起。”她把干草叉从腿上拔了出来，但是没有告诉父亲，还一直遮着伤口，最后伤口感染了。她记得，自己醒来时发着烧，一位医生弯下腰小声对她说道："你在想什么呢，孩子？"他看病时很温柔，但温柔中又带着点责备，举手投足间像极了她父亲。

他们一路颠簸地驾车回家，为了把声音化作一字一句，她付出了相当大的努力，那感觉如同做着繁重的体力活，即便如此，她还是说个不停。她向他谈到了那个男人、那场流血事件，以及骨折的声音。讲完后，她端详着父亲的侧脸。从她口里讲出的那些事实浮在空中，看不见、摸不着，在这个夜晚震动着他们周围的空气。

父亲的鼻子长又直，浓密的黑发从前额垂下，嘴角下垂，所有这些特征，他都遗传给了她。她很熟悉他那张脸，就像熟悉自己的脸一样。她上一次见他还是七年前，当然，时间让他不像过去那样生她的气。她用他的名字给自己的一个儿子起了名，难道他真是铁石心肠吗？她只知道，他一直目视前方，双手拉着缰绳，一声不吭，像是在谴责她。难道他没听见她说的那些话吗？

她想伸手摸一摸他的胳膊、他的肩膀，感受他的体温。她想再次被他搂入怀中，以此来确定这世界并非她突然觉得的那样，是一个令人恐惧的地方。她低头看着自己那双手，手上戴着丈夫用牛皮和兔毛给她做的连指手套，她想伸手靠近父亲，可他的沉默让她打消了这么做的念头。他们继续赶路，离西点镇越来越远，驶入了黑暗之中。马车上摇来晃去的灯笼照亮了佩尔什马灰色的拱形脑袋前方不远处的小路，在路上投下移动的影子。一旦再也看不到西点镇，四周唯一可见的光亮就来自他们的马车。一丛丛小草从雪地里探出头来，在轻柔晚风的吹拂下，发出清脆的声响。云层遮蔽了繁星。这世上似乎什么也没有，只有处在这个移动的光圈之内的他们。

最终他打破了沉默，可当他开口，她反而希望他能保持沉默。“凯瑟琳就不该发那封电报。你也不该坐上那趟火车，这不安全。你就不该来。你本来有更好的选择，却把那个沃格尔的钱浪费在车票上，这一点好处也没有。”他朝路边吐了口口水，又没好气地补充了一句，“他又没什么钱。”

“我们俩过得挺好的，爸。”她想学他抽过烟后吐唾沫那样，把话粗暴地说出口，“凯瑟琳发电报给我，我很高兴。我就是想来。”

他大声地抽了抽鼻子：“你以为这场战争跟你们没有关系吗？路上会发生什么，难道那个穷鬼心里没点儿数？他不知道现在正在打仗吗？”

“爸，他不是什么穷鬼！你怎么能这么说话呢？”她问，“谁知道会发生这种事呢？我们当然知道在打仗。弗里茨去年六月就登记报名申请入伍了。”她本来想说弗里茨有多么英勇，可没承想，这些话却更像是一支利箭，射向父亲，为什么会这样？只用了这么短的时间，他便改变了一切。

“他没当成兵，是吧？怎么回事？难道军队不需要他吗？”

“十一月份他就满三十二岁了，爸。”她说话的声音变大了，于是她清了清嗓子，想让自己的声音小一些，“他是个有家室的农民。战争跟他一点关系也没有。军队的规定就是这样。你宁愿他去打仗，宁愿他丢下我跟孩子们，你的外孙们，让我们自力更生？是不是他不在了、死了，你就满意了？”忽然间，她不再在乎自己在大喊大叫，也不想再哭了。那个时候，她觉得自己不是谁的女儿，也不是谁的妻子，甚至不是谁的母亲，完全像是别的什么，她叫不出名称，也没办法阻止。“你想让我变成寡妇吗，爸？你是不是终于觉得，只有你看准了我的婚姻会走到这一步？是不是？告诉我，是不是？”

她提到“寡妇”和“婚姻”这样的字眼时，她父亲嘲讽地哼了一声，没有直接回答她。格尔达沮丧地摇了摇头。他们怎么这么快又争论起这个话题来了？“是啊，我的婚姻，爸，我没说错吧？不管怎么说，它都是一段婚姻，爸。毕竟从法律和教会的角度来看，我都已经结婚了。”七年前，她在和弗里茨搬到西部之前也说了同样的话，可他那时候没有听进去。他们是在县政府大楼里结的婚，没在教堂里，德吕克一家早就确保了这一点。不过，一位来访的神父对当地的政治和家族纠纷并不感兴趣，他祝福了这对新人喜结连理。尽管如此，她却无法强迫父亲把这些他不愿正视的事实当作她结婚的证明。

她不想谈论自己的婚礼，可她之所以回来，部分原因在于她一直放不下因为婚礼而产生的那些悬而未决的问题。她想告诉他，她很害怕战争，很害怕这个国家正在经历的一切，很害怕火车上发生的那些事，很害怕自己会因此失去弗里茨。她又一次试图讲话，可他也说起话来，还提高了嗓门儿，完全盖住了她的声音。他沉浸在自己的“战争”中，数落着她犯下的所有罪过；父亲失望、愤怒，可这都敌不过她对父女俩能和睦相处的渴望。

突如其来的一阵晚风扯落了格尔达头上的围巾，她用发夹夹好的那缕头发也松开了。毫无疑问，她看起来就像她感觉的那样，像头野兽；她仰着头，冲着夜空大喊，一个字也没喊出口，只是发出痛苦的声音来。她的父亲看了看她，这可是他生平头一回这么看着她。两人的眼神交汇，眼睛如铁一般漆黑。

“你想要怎样，爸？”她的声音小了下来，如同耳语一般，“想让人告诉你，你是对的吗？我做不到，爸。”她想谈一谈爱，谈一谈弗里茨，谈一谈她对弗里茨的感受，但她知道，在他眼里，他会觉得这些话无比轻浮，不可原谅；如果在他面前说这些话，那他就会这么觉得。“看一看我的孩子们吧，”她用手指了指熟睡的孩子们，“至于火车上的那个男人，还有这场战争……”她回头看了看孩子们，害怕自己会吵醒他们；她觉得胸中空荡荡的，仿佛恐惧和愤怒已经清除了她身体的一部分。她瘫倒下去，靠着身后的横木。父亲一言不发，闭上了眼睛，他的下巴松弛了下来，也许在颤抖。

* * *

去年春天，这场欧洲之战——过去三年的大部分时间里，他们都是这么称呼它的——也变成了美国之战。在很长一段时间里，它似乎离美国民众十分遥远，与他们并没有直接联系，可突然间，它却在世界各地打响了。美国深陷其中，不仅投入了金钱支持战争，还派遣了国民去作战。这场战争摇身一变，成了一场名副其实的世界大战。格尔达头一回听说美国卷入战争是在晚春的一天，当时她和弗里茨在镇上做买卖，正打算动身回家，全家人都待在马车里。他们一家人极少一起去镇上；孩子们非常激动，吵吵闹闹。格尔达示意他们小声点儿，可男孩们却一直挤来挤去，不断挑战着她的耐心。凯蒂爬过弗兰克，坐到了他和雷之间，让他们安静下来。啊，还是我的凯蒂懂事，格尔达正这么想着，这时候，他们听到了喊叫声。她转过身，抬头看了看学校，以为会看见一群大喊大叫的学生，却发现叫声来自拥护者报社的办公室，《拥护者报》便是在那儿被印刷出来的，人们还会在那儿收发电报。那一刻，街上的每个人都愣住了，全都看向同一个方向，连铁匠的狗也从铁匠铺的阴影中爬起来，缓缓地走向了街心。

“开战了！开战了！”一群格尔达不认识的年轻人在街上跑来跑去，“威尔逊宣战了！”其中一个年轻人打格尔达家的马车旁跑过时匆忙摘下帽子，狠狠地用帽子抽了下那匹枣红大马的屁股。“去杀几个德国佬给我瞧瞧！”他大叫着继续往前跑。士兵，格尔达想，他指的是德国士兵。可他们周围的光线已变得晶莹剔透起来；一切事物的含义似乎都与不久前的不一样了。

* * *

他们在沉默中走完了从车站到德吕克家余下的路程，一路上只听得见挽具的叮当声和马车的嘎吱声。驶离主路后，格尔达转过身，轻声对后面的孩子们说道：“起床了，小家伙们，我们到……了。”她差点说出

“家”这个字眼。

筹办葬礼的那一个礼拜，格尔达将自己裹在一个由各种活动织成的茧里面，总是在做一些虽被她的父母忽略掉，但却必须做的事情。葬礼仪式有太多事情得做，这给了他们所有人一个喘息的机会，但他们依然不太满意。让她吃惊的是，在那么短的时间内，她不假思索地就重新对厨房及里面的一切熟悉起来。角落里盖着橡木盖的泡菜罐子、用来和面的大瓦罐、大小与形状各异的“开过锅”的铸铁平底煎锅，那些煎锅挂在她母亲厨房的砖墙上，像是沉重却实用的艺术品——这些都是她在布置自己的小厨房时决定忘掉的东西。既然记住它们会让她意识到自己有多贫穷，那么说实话，记住它们又有什么意义呢？

回家的头一天，格尔达吃完早饭，便主动做起她姨父，也就是埃尔莎的丈夫指派给他们家的活儿来。格尔达的母亲因为太过悲痛，如同一缕游魂，根本无力干那些活儿，甚至无力把活儿交代给别人。凯瑟琳说，那些活儿必须干完，昨天就应该干完的，可她自己似乎同样没办法动手去干，反倒是一遍又一遍地擦干餐具，然后把它们摆好放到橱柜里。“我可以帮凯瑟琳熨连衣裙。”格尔达说。母亲没回答她，便离开了厨房。

格尔达打发孩子们去了客厅，吩咐他们保持安静。她把火烧得很旺，把熨斗排成一排放在炉子上，尽量让它们充分发挥作用，又去屋后的走廊帮凯瑟琳把沉重的熨衣板搬进屋里。她俩把熨衣板在两把椅子的椅背上放平。之后，格尔达在楼下擦拭盖在熨衣板上的厚实的帆布，凯瑟琳则到楼上母亲的房间，去取挂在门背后的埃尔莎姨妈的连衣裙。

“她在睡觉，”下楼后，凯瑟琳轻声说道，“医生给了她一些安眠药粉，挺管用的。”

格尔达点点头，在水桶里蘸湿手指，再把手指上的水滴弹到熨斗上。水滴沿着熨斗往下滑，然后蒸发掉，接着她把熨斗重新放回炉子上继续加热。埃尔莎姨妈衣服上的那些小小的褶子要用最烫的熨斗来熨。格尔达背对凯瑟琳站着，眼睛盯着炉子，仿佛她的注意力能让熨斗急速升温一样。

埃尔莎姨妈的丧服和她别的衣服一样，剪裁得很考究，保养得很好。裙子厚实的黑色布料，让格尔达想起了火车上的那个男人穿着的外套。她怎么会记得外套的布料的织法呢？她责备起自己来。她当时离那男人可没那么近，不足以看清楚他那外套的布料的织法。

只有那么一瞬间：闭上眼睛的时候，她可以看见那件被座椅靠背挂住的外套，离她的脸只有几英寸远。她摇了摇头，试图把这一幕从脑海中清除。

“你有什么烦心事吗？”凯瑟琳从房间的另一边问。

格尔达转过身去，惊讶地看着她。

“我的意思是，熨埃尔莎姨妈的连衣裙让你很烦恼吗？”她手里托着一只空袖子，让它垂了下来，“你是不是想到了她穿着它的模样？”

如果凯瑟琳是自己的女儿，格尔达会毫不犹豫地走过去以拥抱作为回答，可眼前的凯瑟琳对她来说几乎是个陌生人，她的肩膀又宽又直，身上几乎没有格尔达离开时的那个瘦小女孩的痕迹。

“我不太确定。”格尔达尽量诚实地回答。她从凯瑟琳手中接过那条连衣裙，解开从高领处一直到腰部以下的钩扣，把衣服翻了个面。她把连衣裙的上身摊开放在熨衣板尖细的那一端，这样一来，她俩便可以先熨褶子较多的部分。

“你是想熨裙子呢，还是想托着裙子呢？”

凯瑟琳看了看连衣裙，又看了看熨斗。她噘起下嘴唇，一副哪一样都不愿做的模样。

“我还是帮忙托着裙子吧。”她最后说道，“我从来就不擅长做这些细活儿。”

然后她俩忙活了起来，两人默默地忙活了很久，先是往衣服上洒水，然后用热熨斗将布料熨烫平整，每当熨斗温度降低，便换一个热的，与此同时，厨房里也变得越发蒸汽缭绕了。

“妈妈不太愿意谈论埃尔莎。”忙了一会儿后，凯瑟琳说道。

格尔达用手背擦了擦额头。即使在冬天，干这样的活儿也会很热。在格尔达对母亲最初的记忆中，埃尔莎总是在母亲身旁。年轻时，费希尔姐妹携手从德国来到美国，她们都嫁给了来自德国老家的男人，在这片新大陆上，两人各自操持着自家的家务，两家相距不到四分之一英里。埃尔莎又高又瘦，母亲则很胖，似乎她一人承受了她俩的体重，不过，这并非两人唯一的不同之处。早上起床后，埃尔莎便开始说话，她说个不停，一直说到晚上上床睡觉。有一次，她丈夫声称她睡觉时也说话，不过随着他这番话而来的是一阵尴尬的沉默——对别人来说，夫妻俩同床共枕的画面实在太过私密，超出了聊天可接受的范围。

“是啊，”格尔达说，“母亲一直不爱说话，不管有多少话是必须说的。”她想起了自己结婚那天，家中一片安静，于是只好再次让那段痛苦的回忆一闪而过。

凯瑟琳短促地笑了笑：“在我看来，她一直都挺坚持自己的原则。自从埃尔莎病了以后，她整个人都垮掉了，就像没长舌头似的，几乎不跟任何人说话。”

“那爸呢？”格尔达问。滚烫的熨斗发出咝咝的声音，湿羊毛散发出的酸味让格尔达皱起了鼻子。

“你也知道爸是个什么样的人。他一直讲个不停，但我也不知道他现在的话是不是比以前更多了。”

格尔达笑了笑，停下了手上的活儿，看着凯瑟琳。她可没料到，做出这种评价的居然会是自己的妹妹，居然会是她还住在这里的时候父亲无比溺爱的那个小女孩。这实在是出乎她的意料。

坐车去参加葬礼的途中，格尔达才有机会和母亲独处。“所以你是要回到我们身边了？”她母亲问。她的声音和身体一样，既单薄又脆弱。她看起来似乎比格尔达上一次见她时老了几十岁。她用双手握住母亲的一只手，想让她暖和一些。

“就待一个礼拜。”她想说，时间再久的话，弗里茨估计会忍受不了，但她也知道母亲会把这一点当作是软弱，而不是爱的表现。

“就一个礼拜。”母亲附和道，然后看向车外她们去教堂的路上所经过的土地。她们即将在镇子北边转弯，此时的她们可以看到山顶上的墓地。埃尔莎的坟墓是从冻土里挖出来的，远远望过去，白色的雪地上蓦地出现一个黑色的坑洞。

“这么多年了……”她的声音越来越小。格尔达不知道母亲到底是在感慨她们分开了很久，还是在感慨她们已经很久没有一起来过这块墓地了。姐姐下葬时，格尔达才五岁。

“埃尔莎姨妈是个好人。”格尔达说。她母亲转过身来，盯着她看了一会儿，眼神里充满着那份她特有的坚毅。格尔达想，就是现在，她应该趁现在把这些年来她在信中没有讲的话都说出来。她感到自己的呼吸急促了起来，但仍逼着自己和母亲对视。

“你跟她有很多相似之处，这你也知道。”她母亲说完后突然闭上眼睛，仿佛无力看着自己的女儿。格尔达等待着。到达墓地之后，她母亲费了好大力气，才从座位上往前挪了挪，最后勉强接受格尔达伸过去的手，默默地从车上下到冰冻的地面上。格尔达看着她走开时的背影，猛然间感到一种深深的悲伤——这还是她读到电报以来头一回有这种感觉，这是一种确切地知道自己失去了什么的感觉。

那一刻就够了吗？没关系，她们之间仅剩这些了。

丧宴过后，格尔达的姨父发现她一个人在厨房里切火腿。他尴尬地在门口站了一会儿，直到格尔达抬起头来。她放下刀，在围裙上擦了擦手，才转过身去面向他。这还是格尔达回家以后，他俩头一回单独讲话。

“埃尔莎姨妈的离开，我真的很难过。”她知道自己应该这么说，可是，当她抬头看到亲爱的姨父的那张脸，她才意识到，她希望他能够听到她的悲伤，希望他知道他并不是孤身一人。她想问他一些事，想知道那些夜晚发生的事，也想知道屋子里为什么如此安静。在他们两人同床共枕的最后的那些夜晚里，埃尔莎姨妈还在说梦话吗？她说了些什么？面对那些曾经拥有的人和事，该如何放手呢？

“你没事吧，姨父？”她打破了两人之间的沉默。她不在的这些年里，姨父的头发已经变得花白稀疏，背驼得特别厉害，如果换一个她不那么熟悉的环境，她不确定自己还能否认出他来。他没有回答她，而是环顾了四周，他的目光并未停留在任何一件东西上，而是停留在了两人之间空地上。他清了清嗓子，一步一步地走进厨房，走得异常小心，看起来仿佛正从一个不断移动的表面走向另一个不断移动的表面。

“拿着。”他说话的声音像是嘶哑的低吼。他猛地将一大包黑色的东西塞到她怀里。格尔达认出这包东西是她姨妈的外套，是用海豹皮做的；她不假思索地接过了外套，就像是接住了某个即将掉到地上的东西。她先是惊讶地发现，这件外套居然这么重，接着，她又惊讶地发现，外套的颜色特别华丽，另外，外套特别柔软，哎呀，真柔软啊！外套的皮料紧贴着她的胸口，挠得她的下巴直痒痒；她还注意到那些细毛会随着她的呼吸而动。直到那时，她才真正地忆起了埃尔莎姨妈来。

“我不能收。”她小声说道，“它……”她想说这件外套非常漂亮，同时也意识到，她再也想象不出来自己穿着如此美丽、如此贵重的衣物时的模样。她咽了一口口水：“它是埃尔莎姨妈的。”

姨父没有与她对视。“拿着吧。”他转过身去，同之前一样，异常小心地一步一步走出了厨房，走出门时他伸手想要抓住门框的样子，仿佛厨房正在倾斜。格尔达也有同样的感觉，为了驱散这种感觉，她把臀部紧紧靠在了牢固的操作台上。他既没有谈到格尔达需要些什么，也没有谈到自己需要些什么。

每天早上，格尔达和凯瑟琳都会比其他人先起床，随后，两人会一起为全家人准备早餐。凯瑟琳很苗条，没有格尔达高，她从容地在厨房里走来走去，仿佛已经习惯了在这里干活儿。两人一起忙活的时候，格尔达感觉到凯瑟琳的目光落在了她身上，可是，她俩发现彼此之间并没有什么话可说。

凯瑟琳每天早上做的头一件事就是煮咖啡，用来煮咖啡的依旧是那只布满斑点的蓝色搪瓷壶，格尔达记得，在她小的时候，家里就在用它煮咖啡。连搪瓷壶底那块生了锈的缺口，她都很熟悉。某天早上，格尔达先是拿起那只壶，然后开始往壶里倒水，可凯瑟琳却伸手想把壶从她手里拿走。

“还是我来吧。”两人的手同时握住了金属把手，握了一会儿，格尔达先松开手，把咖啡壶让给了妹妹。

“我知道怎么煮咖啡。”格尔达很想知道凯瑟琳从小到大听过关于她和弗里茨的哪些故事。因为嫁给了弗里茨，她成了“败家子”，那么，在妹妹看来，她这个“败家子”到底是什么样子的呢？他们到家时，迎接他们的正是凯瑟琳。此前她一定在等待着他们的到来。她从屋里走了出来，拿着一盏灯，裹着一件鹿皮长袍；格尔达想，如果她好好打扮一番，那她看起来一定像一位女王。她先是温暖热情地拥抱了格尔达，接着是孩子们。她身上散发着薰衣草及新鲜面包的味道。

凯瑟琳用品评的眼光盯着她看，然后又扭头看向楼梯。“我知道你说的是真话，”她小声说道，“但是，要是爸知道我每天早上用了那么多咖啡粉，他可能会在厨房跳起圣维特斯舞[1]。”她靠向格尔达，“你可别告我的状啊，我通常都是先做我的咖啡，再掺水把他的咖啡做淡一些。”

格尔达用手捂着嘴，以免笑声太过响亮：“给我冲杯跟你一样的咖啡吧。我们一直喝的都是这种咖啡色的温水，都快把我给喝吐了！”她俩咯咯地笑了起来，像是打破了尴尬。

格尔达从凯瑟琳口中得知，在家里，从来没有人提起过她和弗里茨的名字。“如果爸实在避不开，不得不提你们俩，他就会一边抱怨，一边小声说‘你母亲的女儿和她那个穷鬼丈夫’。”

“你嫁给了一个穷小子，这件事本身就已经够糟糕了，”凯瑟琳解释

[1] 应指圣维特斯舞蹈症，该病为一种运动神经紊乱，患病者的四肢和面部肌肉会不由自主地抽搐。这里其实有种姐妹说笑的意味。

道，“更糟糕的是，你本来是要做基督的新妇[1]的，你也知道的吧。弗里茨不仅偷走了他女儿，还偷走了爸爸通往天堂的钥匙。”两人边洗餐具，凯瑟琳边跟格尔达讲这些事。母亲由于头痛，早早上了床——格尔达在的这个礼拜，母亲犯头痛的次数特别多。格尔达的孩子们带着一堆枕头和毯子在客厅里安顿下来，但他们没有在上面睡觉，而是在堆着玩儿。吃饭的时候，全家人又一次陷入了尴尬与沉默，而父亲吃完饭便出门了。“想让他原谅你倒是容易，就跟让他穿过针眼一样容易。”

格尔达走到窗前，拉开了黄色的方格布窗帘。母亲总是把窗帘拉得严严实实的，仿佛这样就可以完全忽略掉门外面的世界，直到她迫于无奈，不得不出门。她看见父亲站在院子里，旁边是一辆高大的玉米货车，他同父异母的两个哥哥坐在高高的座位上。这两兄弟是格尔达的爷爷安东·德吕克的第一任妻子生的头两个孩子，而格尔达的父亲则是她爷爷的第二任妻子生的最后一个孩子。由于年龄的差异，加上不是同一个母亲所出，他们之间的关系就像普通邻居那样生疏，但无论怎样，每逢艰难时刻，一家人总能重新团结在一起。婚礼那天，格尔达和弗里茨在去县政府大楼的路上看到他俩在教堂里，自那天以后，她再也没有见过他们。

父亲正在讲话，伯伯们一边抽着烟，一边看着他的脸，偶尔朝身侧吐口水，似乎是在回应他所说的话。他一手扶着马屁股，时不时心不在

[1] 这是一种隐喻的说法，耶稣以此表明基督徒与他之间的关系如同一纸婚约，世界末日后，基督徒将要与耶稣在天堂会合。依据此种观点，耶稣不仅是一个人，而且确实是上帝的化身，蒙拯救的人在来生将与耶稣永远在天堂同住。

焉地拍一下。两匹身上长有斑点、模样相配的佩尔什骟马在站着休息，它们佩戴挽具的脑袋低垂着，其中一匹还抬起了一条后腿。

“弗里茨不是穷鬼，”格尔达看着那三个男人，耳边回荡着穷鬼这个词，于是她说道，“我们也不比我们周围的那些人穷。”她慢慢擦拭着手中的杯子，擦干后又擦了一遍。她突然发现自己手里握着那个杯子——那是母亲每天都会用到的杯子，产自巴伐利亚[1]，上面有葡萄藤图案，她一边掂量着那个精致的瓷杯的重量，一边想着弗里茨在家里用的那个马克杯。

“事实上——我觉得妈会原谅我，至少妈会的。我用她的名字给我女儿起了名，”她转过身看着自己的妹妹，“我也用你的名字给她起了名。直到现在，我们还叫她凯蒂，就像你小时候我们叫你凯蒂一样。到我们的弗兰克出生时，是弗里茨说我们应该用爸爸的名字给孩子起名。”她把手里的杯子放在橱柜的架子上，然后又从沥水架上拿了一个杯子。

凯瑟琳耸了耸肩。她耸肩的样子很好笑，先是抬起一边肩膀，再抬起另一边肩膀，这样一来，虽然她一直站得很直，但身体似乎一直在晃动，就像在水中摇曳的芦苇。“这些就只是些名字而已啦。你真觉得它们能改变什么吗？”格尔达觉得妹妹的回应不够诚恳，这让她很沮丧，可即便如此，她还是很欣赏妹妹的那种优雅气质。

[1] 德国面积最大的联邦州，位于德国东南部，有生产瓷器的传统，有诸如罗森塔尔等全球知名的瓷器公司。

屋外，两个伯伯从马车上下来，站到了父亲身旁。他们下车时小心谨慎、缓慢僵硬的动作中透露出的老态击中了格尔达。她解开围裙，捋了捋头发。

“要是诺尔玛奶奶还活着，她今天就满七十八岁了，”凯瑟琳说道，有关格尔达的穷鬼的话题已经聊得差不多了，“要是我的算法没有问题，妈告诉我的日子也对，那就不会错。”

格尔达对着挂在墙上的镜子检查了一下自己的形象，确保脸上没有沾着面粉——她很讨厌在与她在乎的人说完话后发现这类东西。“诺尔玛奶奶？你怎么会记得她的事情呢？她去世很久以后，你才出生呢。”

“噢，小时候，妈总跟我说，我的鼻子跟诺尔玛奶奶的一模一样；爸则总跟我说，要当心奶奶回来取我的鼻子。不知道为什么，我总觉得奶奶最有可能在她生日那天做这件事，在她生日的前一天晚上，我从来睡不着觉，因为我害怕极了！我把这件事告诉了爸爸，他却只是笑了笑。你也知道他这个人是什么样啦。”

不，我可不知道，格尔达想。她所熟悉的父亲从来不会开这种玩笑，或者说，他从来就不会开玩笑，什么玩笑都不开。“我看到伯伯们来了。”格尔达从后门的挂钩上取下披肩披在肩上，“我打算去看一看他们要不要在这儿待一会儿。”火车上的遭遇，她跟凯瑟琳聊了很久，仅次于那天下火车时跟父亲聊的时间。“那一定很恐怖吧。”凯瑟琳说道，可她还要揉面做面包，便弯腰揉面了，仿佛这件事更重要。于是她和凯瑟琳的谈话就这样结束了。

如果这一带有谁知道火车上到底发生了什么，那一定会是她的伯伯们。除了几个波尼族印第安人外，他们在西点这一带生活的时间最久，不过，由于两个种族的历史截然不同，这些土著居民并不会出现在镇子自述的那段历史中，格尔达的伯伯们就成了镇子里的长辈。他们是镇议会以及镇上成立的任何一个委员会的成员，包括哥伦布骑士会[1]在当地的分会。他们在维护当地秩序时发挥了极大的影响力，因此被称为“教会的得力助手”。

凯瑟琳走到窗前，向外看去：“如果没人邀请他们，他们肯定不会进来的；爸肯定不会主动邀请他们。”

两位伯伯一位叫约瑟夫，一位叫安布罗斯，都是鳏夫，两人的妻子分别在生完第八个孩子和第十个孩子后去世。两人均未再婚，不过，在过去的二十五年里，安布罗斯伯伯家的女管家一直没换人，人们常常误以为她是他的妻子，或是约瑟夫的妻子，但他们也不确定，因为两家离得特别近，两人都很依赖那个身材粗壮、家世不明的矮个女子（人人都叫她娜娜·泰勒）来照顾孩子，打理家事。大体上来说，她是个很称职的管家：两个儿子死于猩红热，一个女儿在给谷物脱粒时出事故死掉了，一个婴儿夭折了，不过最后那件事发生在她来之前，所以他们从没有责怪过她。一个儿子做了神父，两个女儿去了女修道院，还有两个孩子还

[1] 一个基地在美国康涅狄格州纽黑文的慈善组织，成立于 1882 年，“骑士们”以救助病弱者、残疾人和穷人为荣。

太小仍待在家里，其余的孩子都做了农民。

这两位伯伯都很结实，他们一动不动地站着的时候，臀部显得很宽，两腿叉开，稳稳地扎在地里；要是走动起来，别人都会给他们让道。在格尔达年龄尚小的时候，他俩似乎不怎么说话，很神秘，当着她的面更是很少开口，她对他俩还不如对从小到大在教堂和镇上见到的人熟悉。甚至连他们的孩子，也就是她的那些堂兄弟姐妹，也从来没在她的生命中留下什么印记；但她的表兄弟姐妹就不一样了，他们就像一窝出生的小狗崽一样，是一起长大的。

格尔达走出屋子时，那三个男人正在院子里围成圈聊得兴起，可是，等她越走越近，他们却停止交谈转过身来，站成一排面对着她。格尔达觉得，他们很像橡树，有那么一瞬间，她想改道朝鸡舍走去。走向他们时，屋子与院子的距离似乎并没有那么遥远，可走到他们面前的那段时间，足以让她回想起他们的那些往事及自己在其中占据的位置。很可能是他们从中作梗，所以原本答应为她和弗里茨主持婚礼的那位神父才会在婚礼前一日返回了奥马哈。两位伯伯都站在她父亲这一边；他们似乎拥有撼动群山的力量，或者说，至少可以让教会屈服于他们的意志。不论日后可能出现什么样的战争，她都希望他们能站在她这一边。

安布罗斯重新戴上帽子，说道："你终于回家了。"明明是在问话，可用的却是陈述语气。一整个礼拜以来，几乎每次与家人和邻居聊天时，格尔达都要回答这样的问题。

"是啊，"格尔达说，"就待一个礼拜。"两位伯伯点点头，低头看了看自己的靴子。“你们想进来坐会儿吗？我们煮好了咖啡，凯瑟琳也做好了蛋糕，正放在靠墙的那张桌子上晾着。”

“在你回家途中，”约瑟夫回答道，“火车上出了些事。”他再一次用陈述表达了疑问，难怪年少时跟他们交流起来总是特别费劲。她觉得自己说话，就像摆积木一样，她把积木摆了出来，却不料中间硬是挤进了他们的一个个陈述句。

“是的，”她把披肩裹得更紧了，此时，她真希望自己能穿着埃尔莎姨妈的外套，而不是如此随意地披着这条薄薄的织物，“你们知道后来那男人怎么样了吗？就是被丢下火车的那个男人。”

安布罗斯伸长了脖子，揉了揉下巴：“他是个德国人，这是你说的吧。”

“这话是他们说的，”她答道，“那些把他丢下火车的人。”

“车上还有别的德国人，”约瑟夫补充道，“除了那个男人以外。”

格尔达想知道他指的是不是她和她的孩子们，还有他指出这一点到底有何用意。

“内布拉斯加州到处都是德国人。”父亲大声说道。他是三兄弟中年龄最小的那个，比另外两个至少小十五岁；当着他们的面，格尔达看得出来，家里面还是讲究长幼尊卑的。站在两位伯伯旁边的父亲看起来确实年轻一些，尽管几十年已经过去了，但他还是两位伯伯的小弟弟。在他说完那句话以后，大家都陷入了长久的沉默。

约瑟夫和安布罗斯决定回到马车上驾车回家，这时候，两人甚至都没有看彼此一眼。他们离开以后，父亲走向了牲口棚，格尔达则在院子里站了一会儿，四处看了看。她想知道，刚才到底发生了什么。风势又大了起来，冰晶刺痛了她的脸。

那天晚上，她满头大汗地醒了过来。她掀开毯子，冬日的寒气袭来，仿佛在惩罚她。她想起了那个年轻人，他抽打着沃格尔的马大喊着："我要去杀几个德国佬！"脑海里同时出现的还有那名行李搬运工残缺的双耳。她躺在床上，睡意全无，试着弄明白哪些是现实，哪些是梦魇。一想到自己是孤身一人带着男孩们上的火车，她就觉得毛骨悚然。她抓起毯子重新裹在身上，然后从黑暗的卧室溜到了厨房里。人生在世，仅此一遭，所以我们必须弄清楚这辈子该怎么过、不该怎么过。很久以前听过的布道词反复在她脑海里响起。她用额头抵着结了霜的窗子，竭力回想着自己和男孩们登上火车时的情景。她能想象到，她能做到，可每一次，画面都定格在她抬脚踏上站台第一级台阶的那个瞬间，之后再怎么努力都无法继续播放了。

早晨终于到来，筋疲力尽的格尔达煮好咖啡，给自己倒了一杯，又给凯瑟琳倒了一杯。父亲德吕克从外面进来时，她正在往壶里加水。他身上冒着冷气，仿佛冷气的源头就是他。从她抵达这里的那天晚上到现在，他很少跟她说话。她本希望他会学着爱她的孩子们，可看样子，孩子们只会激怒他而已。"安静点儿，讲点儿礼貌！"这是他对他们说过的最长的一句话，这句话是对雷说的，当时正在吃晚餐，他的胳膊肘碰到了餐桌上的一杯牛奶。格尔达想，她应该心怀感激，毕竟父亲没反手扇那孩子一巴掌。大家都晓得，如果是他自己的孩子以类似的举止惹恼了他，他真的会这么做。

父亲德吕克站在那里，盯着他的两个女儿，咬着他那未经修剪的胡子的边缘处，仿佛整个人都冻住了，直到凯瑟琳说："爸，门还没关呢。"他扭头看了看门，然后关上了它，又转过头来，凝视着姐妹俩。格尔达和凯瑟琳你看着我，我看着你，然后看向了他。

终于，他开口了："你留下来。"他低头表示同意自己的说法，并解起外套的扣子来。格尔达和凯瑟琳再一次对视。

"爸，你在说什么呢？"凯瑟琳问。

"她，"他冲格尔达点了点头，"还有她的孩子们。他们不会回到那列火车上去。西点镇对德国人很友好，他们在这里很安全。"

格尔达将水罐举到咖啡壶上方，没有倒水，只是一直举着水罐。听明白了父亲那番话的意思以后，她觉得非常兴奋，这种情绪很奇怪，与喜悦没有半点关系，就像悬在两个地方之间、没有着落的那种感觉，仿佛自己再一次像多年前那样从干草棚的那扇活板门失足跌落。回忆起那次坠落的经历时，她产生了一些错觉，既想不起自己是怎么从活板门上摔下去的，也想不起是怎么落到活板门下面硬邦邦的地板上的。她只记得坠落的瞬间，她飘浮在空中，如同空气中的尘埃一般，轻盈、自由。而现在，那种轻盈的感觉重新回来了。

从客厅里传来了一个男孩扯着嗓子尖叫的声音，紧接着是另一个男孩的嘘声，再接下来则是咯咯的傻笑声，那笑声越来越小，到最后，客厅又安静了下来。厨房炉子里的一根木头被烧成了几截，迸出一片火星，发出了沙沙的声音。她想象着女儿凯蒂在自家厨房的模样，凯蒂打开火炉的时候非常小心，总是站得远远的，只在必要时才会凑近火炉，往里面添些玉米芯，抑或是把火封掉。弗里茨需要有一个女性来帮他操持家务，哪怕她只有八岁而已。如果没人在身旁看着他，他是不会好好吃饭的。如果凯蒂不留在家里照顾他，他甚至都不会花时间把肉夹到面包里，也不会站在桌旁啃面包。他需要她。

“你还会回来的，对吧？”他曾小声问她。当时，她那么笃定自己的答案。而现在，这种飘浮的感觉却是那么地让她身心愉悦。

格尔达转身面向他，把水罐放在桌上，动作轻柔得如同一只即将飞走的鸟儿。伯伯们的造访似一团久散不去的愁云，又如同父亲身后的坚强后盾。她有种寡不敌众的感觉。

“我得带孩子们回家。”即便她说出了这句话，她脑海中还是充斥着各种各样别的想法。父亲并没有跟她争论，可他的沉默却比他能使用的任何措辞都要可怕。仿佛格尔达要说服的只有她自己。

那天一整天，她都在为离开做准备，可她有一种感觉，仿佛一张幕布落下，蒙住了未来，而她也寻觅不到可以开启的大门。她想起了自己犯的错——眼睁睁地看着斯图尔特站从自己的视线中消失，这时候，那天萦绕在她心头的恐惧又回来了。难道从那时候起，她便让命运的车轮转动起来了吗?

晚些时候，在提灯点亮后，又过了很久，凯瑟琳在客厅发现了她，她的旅行箱敞开着，已经装入了部分行李。她拿起孩子们刚刚洗好的衬衣，叠了起来。“你想留下来吗？”她问。

格尔达看着她，很惊讶，却一点也不畏惧：“我不能留在这里？”她的声音出卖了她，原本的陈述句说出口时却变成了一个问题。她清了清嗓子：“我如今的生活全都在那里了。”

凯瑟琳用眼角的余光瞥了她一眼。“如果你想走，”她顿了顿，“我送你们去车站。”她把刚才叠好的衬衣放进了旅行箱中，“你也知道爸的性格，他是不会送你们的。”凯瑟琳的这句话最终证实了父亲依然是格尔达和弗里茨离开时的那个人。格尔达坐在床上，用双手把额头前的头发往后捋了捋。之前，勇敢面对父亲和伯伯们的那个人是弗里茨，他就像一座山一样，充满了力量。要是他们试图再次阻止她，那该怎么办呢?

“我很害怕。”她小声说道。

“你当然有理由害怕，”凯瑟琳说着关上了门，“准备好你的东西，可别让爸看到你的那些袋子。尽量待在这间房里。我来对付爸。”

格尔达连着两晚没能睡着。孩子们一上床入睡，整个屋子就显得异常地安静；她在漆黑的房间里踱来踱去，凑在紧闭的房门前听外面的动静。拂晓时分，父亲房间里持续了一整晚的鼾声依旧响亮。格尔达在寒冷中穿好衣服，悄悄地生好炉子里的火，然后叫醒了孩子们。她正在把一件干净的衬衣套到利奥的头上，这时候，凯瑟琳从外面走了进来。

“你一整晚都在外面吗？”格尔达惊讶地问道。

“我刚刚出去了一会儿。”凯瑟琳说，不过，这似乎不像是在回答格尔达的问题，“你准备好了吗？”

格尔达朝通向楼上卧室的楼梯示意了下，说道：“爸还没醒呢，不过他肯定会起床的。那我们怎么办呢？”

凯瑟琳微微一笑，举起一个酒瓶：“爸的威士忌跟妈的助眠药粉一样好用。我把妈夜里喝药的水杯拿走的时候，顺便给他带了两小杯威士忌。你也知道，他这个人不喜欢浪费，所以我想，杯子早就空了吧。”

格尔达盯着凯瑟琳看，仿佛看着一个陌生人：“可他上床前已经喝了一杯啊。”

“我早就跟你说过我会帮忙的，你也看到了，这就是我想到的办法。”她说，“你还想不想回家了？”

“他不会有事吧？”

然后，雷走进了客厅，边打哈欠边揉眼睛：“妈妈，我饿了。”凯瑟琳伸手揉了揉他的头发：“我给你拿点吃的去。你妈妈得收拾你们的东西，待会儿有用人来取你们的箱子。”

人生在世，仅此一遭，所以我们必须弄清楚这辈子该怎么过、不该怎么过。她又想起了很久以前在某场布道上听到的这句话。格尔达转身准备上楼看看父亲怎么样了，可一阵敲门声让她停下了脚步。她首先想到的是，既然父亲阻止不了她，那么一定是伯伯们来阻止她了。由此，她内心升腾起一阵冲动，想跑到门前，锁上门，不让他们进来，这样她和孩子们就可以从后门跑出去了。如果有必要，她可以一路跑回家。

凯瑟琳开了门，候在门边的是那个为她父亲工作了三十多年的老人。“我是来帮你搬箱子的，沃格尔夫人。马已经备好了。”

格尔达和孩子们穿过了车站与铁轨之间被雪覆盖的站台，孩子们走在前，她跟在他们身后。他们的脚踩在硬邦邦的积雪上，发出嘎吱嘎吱的声音，如同他们周围的空气一样寒冷。年纪稍大的两个男孩单脚跳来跳去，每走一步，靴子后跟都会深深陷入雪中。积雪发出的刺耳的声音让格尔达哽咽了。利奥在她怀中，向后扭动着，想要挣脱她的束缚，到最后，她的胳膊也疼了起来，她很担心自己会把他摔到地上。

突然一阵风卷起雪花，吹得她的连衣裙紧贴着双腿，让她有些喘不过气来。她抱紧怀里的小宝宝，让他埋在自己的脖颈处，以免冻着他；一时间，他也任由她这么做了。需要温暖的他表现得很顺从，用鼻子和嘴巴轻轻地蹭着格尔达外套上的软毛。一股白色的蒸汽从烟囱里腾起，另一股蒸汽则从火车头下面呼啸着喷了出来。火车似乎过一会儿就要开走，将把他们全都留在站台上。雷和弗兰克在风中打着转，朝他们的母亲走去。他们裹着围巾的脸面向格尔达，眼睛睁得大大的。她说不清他们到底是开心还是害怕。火车头“哧——哧——哧”地叫着，听起来像是某种巨兽发怒时发出的喘息声。格尔达又推了一把雷的肩膀，敦促他快点朝等候着的火车走去。不过，其实她自己也想回头走向她身后的某个地方，毕竟那里会保证他们的安全。那个用人紧跟在她身后，他背着箱子，双臂夹着袋子，看起来更像是一头驮着重物的驴，而不是一个人。

她催促孩子们赶紧进入车厢，与此同时，凯瑟琳先是确保托运的行李装到了车上，又过去看孩子们是否已经在车厢上安顿好了。等到她赶上他们的时候，两个年纪稍大的男孩正脸贴着窗玻璃，跪在各自的座位上。格尔达想让他们到一个座位上待着，可怀里的宝宝一直扭来扭去，好奇哥哥们在做些什么，她不得不用双臂抱紧他；另外两个男孩觉得不用理会他们的母亲很是自在。凯瑟琳站到了格尔达身后，对那两个男孩微微一笑，就像给他们施了魔法似的，让他们安静了下来，于是两人顺着座位坐了下来。

“车票都拿好了吗？”她问道，声音嘶哑。她的双颊通红，双目炯炯有神，可格尔达看得出来，在为此刻做准备的前几个小时当中，她累坏了。

“嗯。”她拍了拍放着车票的手包。她环顾四周，看了看其他乘客，仿佛想记住他们，又仿佛想弄清楚他们有没有可能惹是生非。

“给小家伙们准备吃的了吗？这可是趟长途旅行，他们肯定需要吃点儿什么。”

她点点头，指了指脚边的篮子，昨晚父亲进屋之前，她就已经往里面装了白煮蛋、切片火腿，以及用面粉袋包好的黑麦面包。

凯瑟琳转过去面向男孩们，戴着帽子的他们抬起头来，犹豫地看着她。“照顾好你们的妈妈，听见没？”男孩们看着格尔达。格尔达指了指过道，希望他们过去，于是他们一言不发地从长椅上溜了下来，按照她的指示去了过道。

“凯瑟琳……”她刚开口，就听见火车的汽笛声划破了空气，淹没了她的声音。小宝宝利奥向后一仰，头撞到了直挺挺的座椅靠背，扯着嗓子号啕大哭了起来。

她抱起尖声大哭的宝宝，让他靠在自己的脖子上，然后看着凯瑟琳，又开口说道：“爸爸他……”紧接着，列车长用他练习过的抑扬顿挫的腔调大喊道：“坐车的赶紧上车！不坐车的赶紧下车。”

凯瑟琳抱了抱她，很迅速，也很用力。宝宝从她的脖子处挣脱，又尖叫着哭了起来。火车猛地往前开去，凯瑟琳一句话也没说，便从开着的车门走了下去。

格尔达凝视着凯瑟琳刚才站过的地方，那里此刻已经变得空空荡荡，她用力咽了咽口水，抑制住了自己强烈的感情。弗兰克倚靠着她：“我们坐哪儿啊，妈妈？”她转过身，沿着座椅间的过道走着，宝宝依然在哭，身下的篮子和她的双腿碰来碰去。窗外，凯瑟琳头也不回地走向了马车。

格尔达给他们几个找了一个尽量靠近炉子的位置，可车厢里依然很冷。她把两个年纪稍大的孩子赶到座位上，把宝宝——此时他已经从刚才的磕碰中恢复了平静——安顿在两个男孩之间，又用厚厚的羊毛毯子紧紧地裹住三个孩子。她环顾四周，看了看其他乘客，既希望又害怕认出熟悉的面孔来。

火车驶离了车站，这时候，她从篮子里拿出一条之前裹着食物的小毯子，盖在大腿上。她靠着座椅，看着窗外的风景匆匆掠过，喃喃地念着小时候母亲教她的祷告词：“啊，最最仁慈的童贞马利亚……”她就这样小声地念着。火车按着自己的节奏行驶着，似乎在告诉大家，旅途结束了，旅途结束了，旅途结束了。她即将带着儿子们回到斯图尔特，回到女儿和丈夫的身边。

我要回家了，她想。回家。

就在那时候，她看见了父亲，他头上没有戴帽子，吹着风，伫立在镇子西边的十字路口。他身旁的那匹马喷出了一大片云似的白雾。因为恐惧，她感到一丝寒意正沿着她的胳膊往上袭来，脖颈后的汗毛都要竖起来了。她觉得，他能让火车停下来。她看着他举着双手，一步一步走向铁轨。火车轰隆隆地从他身边疾驰而过，最后一眼看到他时，她发现这个男人正迎风弯着腰，看上去似乎很悲伤……

第四章

“我说起某件事的时候，我看到的是甲，你看到的则是乙；可是，到了晚上，同一轮明月照耀着我们，到了早上，太阳，同一个太阳将我们唤醒。”埃德·加诺威站在荣格尔斯神父旁，冷静地说着话，因为他觉得自己很冷静。“你觉得冬天很冷，到了春天，我知道，你像我一样，也能听见斑鸠、草地鹨的叫声。你也能在野生姜、鼠尾草以及槐蓝开花的时候闻到它们的味道。”他摘下帽子挥舞起来，将周围整个世界都包含了进去，“虽然我们生活在同一个世界里，可我很谨慎，不觉得某些强大的未知力量造就了各式各样的自然规律。在我看来，这世上只存在必然性；没有人能指挥他人，也没有人需要服从他人，更没有人能够侵犯他人。上帝这种……虚幻的存在并不是生命存在的必要条件。”他将重心从一只脚换到另一只脚上，然后伸出一只手，仿佛要送荣格尔斯一件礼物，“就像我特别喜欢的一位哲学家说的那样，科学源于诗歌[1]，我

[1] 此说出自德国文豪歌德之口。

认为宗教也是一样。时代在变，神父，总有一天，科学、诗歌、宗教会以朋友的身份，在更高的层次上再度相逢。从个人层面上来说，也许你和我永远不会成为朋友，但我们可以和睦相处。”

荣格尔斯神父没有理会加诺威最后那句话。“宗教——不是——诗歌。在我眼里，上帝的荣光照耀着万事万物。发光的不只有月亮和太阳。”每一句话，说到“我”字的时候，他都会加重语气。“每当我醒来听到鸟鸣，我知道，鸟儿们正同我一道，敬拜上帝所创造的一切——那些在春天盛放的花儿也以自己的方式敬拜上帝。”荣格尔斯并不冷静，这番话也不是以冷静的语气说出口的，“只有你，加诺威医生，似乎只有你认识不到，世界就是上帝大爱的体现，这一点对我，对所有的信徒来说，都再清楚不过。世界因上帝而存在，不因其他原因，也不以其他方式而存在。”

十五分钟前弥撒便已结束，可这两个男人还在讲个不停，一点也没留意时间，甚至也没留意时不时吹起街上的沙粒与积雪的阵阵寒风。米兰达陪着她的朋友玛丽·贝克尔和她丈夫走到了他们的汽车前，又谢绝了他们“顺便载她”回家的好意，她宁愿装出一副汽车动起来很奇怪、会让她感到恶心的样子，也不愿冒险让自己表现得很嫉妒这辆光彩熠熠的机器（她确实心怀嫉妒，可这是她自己的事，与别人无关）。她停下脚步，和约翰尼·考普聊了聊他为童子军组织的红十字会应急救援演练活动。约翰尼相当讨人喜欢，又对她百般讨好，不一会儿，她便对他说完了能说的话，这样一来，他也没办法在她丈夫和神父进行“每周例行的神学讨论”——这可是埃德本人的说法——的时候帮她打发时间了。

这一天，等到她走下教堂宽阔的台阶时，两人还在激烈地说个不停。她站在底层的楼梯口等了一会儿，无所事事地四处看着。街对面，有人无意间撒落了一些东西，看起来像是玉米粉，又或许是小米，只见白色的雪地中一片金黄；一群大小不一、颜色各异的鸟儿正在争相啄食。

她一直有意对鸟类做专门的研究，例如，研究哪些鸟类会迁徙，哪些鸟类一年四季都待在这里，如此一来，她便可以一眼认出早春的模样，可她却一直没空做些像样的研究。鸟类虽然很美，也宜于观赏，但只是长着翅膀的活物，只是户外大千世界中的一部分，有没有它们她都无所谓。如果非要逼她说一说，她可能会不得不承认，她对研究鸟类只有三分钟热度，仅限于某一次她跟丈夫的谈话时，谈到了也许自己可以去研究研究鸟类。埃德学起东西来可谓如饥似渴，他对知识是如此渴望，哪怕让他一心一意学一辈子，他肯定还会觉得不够。他似乎总在逼迫她学一些新东西，仿佛她的脑子可以储存他自己没空学或没空记住的知识点。每当她谈起自己对某个科目感兴趣——不论她感兴趣的是鸟类、制造业，还是风向，他都会面露喜色，问她一大堆问题，给她提许许多多建议。一开始，他的这种做法的确让人感到兴奋，可是，随着时间的推移，这种做法越发令人生厌，大多数时候都会如此。他就不能轻轻松松、开开心心地跟她说说话吗？

她抬头看向了站在台阶上的他和神父，看见了让人警觉的迹象：他围着蓝色羊毛围巾的脖子慢慢涨红了，脸上还露出了被惹恼时才会有的虚假生硬的微笑。有时，她觉得她比他自己还要了解他，但有时又觉得她对他一无所知。跟以往讨论的情形一样，神父的脸自埃德走近他的那一刻起就已经红了。是时候结束这场讨论了，她有意地慢慢朝他们走去。埃德虽然绝顶聪明，可似乎不知道在社交场合怎样表现才算得体，这一点还真是让人伤脑筋。

加诺威正说着："你照管那些由你来照顾的人——"

"照管我的信众。"荣格尔斯打断了他。

"对，你的信众，"他不情愿地承认道，"你关心他们的方式是祷告，以及引导他们做祷告——"

"我为他们指路。"

加诺威跳过了神父说的那个词："我也关心这些人，他们是我的病人，也是你的信众。我关心他们，并且尽全力照顾他们，神父。我也相信，无论对今生还是来世，这么做就够了。"

"不！不！不！"荣格尔斯并没有吼出来，但声音很响亮，"你这个说法不对。"米兰达扯了扯埃德的胳膊。她四处张望着，想看看周围是否还有别人能听见他们的对话。

"你这么做，是在给你，还有你的病人帮倒忙，这太可悲了。他们指望你这个人，是希望你能照料他们的身体，这倒不假，可他们也很尊敬你。你不仅是名医生，你还应该是为人处世的楷模。你拒绝接受真理，这会让你的病人，还有我的信众陷入险境。我必须要求你停止散布谎言，亵渎神明！"

“散布谎言，亵渎神明？”突然间，这场对话变得“有趣”起来，如同下象棋时碰到了一个水平一般的对手，对话的基调则变得既阴暗又邪恶。加诺威轻而易举便失去了冷静，就像一个人在面对邪恶的流言蜚语时轻而易举地名誉扫地那样。

荣格尔斯神父依然红着脸，却放低了嗓门儿：“我说话太直了，实在不好意思，加诺威医生，但是，恐怕我必须，必须尽我所能去拯救我亲爱的、脆弱的信众。”

“老兄啊，”加诺威开口了，“你必须了解这个社区，弄清楚你在其中的位置。我在这里开诊所治病救人，已经干了快二十年。而你呢……你才来不久。甚至可以说，教区百分之七十五的教民，你都叫不上名字。”

“我知道他们的灵魂是什么样的，这才是最重要的。”

“我知道他们叫什么，我也会照顾他们的身体。我是真的关心他们。你只关心他们所谓的灵魂。”加诺威的关注范畴已经超越了社会政治层面。他不知道自己为什么像着了魔一样，居然想和这个……这个白痴扯上关系。

“所谓的灵魂？！”荣格尔斯大吼道，“所谓的灵魂？！难道你还没有意识到你的态度不对吗？难道你还没明白地狱之门就是被像你这样的人打开的吗？加诺威医生，你就是一个……异教徒。”

米兰达拽了拽丈夫的胳膊，但她使的力道轻得仿佛只是一只飞虫落到了他的外套上。他努力了二十年，终于在这个社区中有了一席之地，受众人尊敬。他们头顶上的这座钟楼，主要也是由他出资修建的。可他也不是傻子，他知道人心都是会变的。难道他没有注意到周围的变化吗？战事正酣，德国人，甚至是在这个社区里，影响力也在越变越小，离镇子也越来越远。他知道脚下的这片土地有多不牢固，多么危险。“神父，请听我说，我想让你知道，我……”

一对年轻夫妇走了过来，加诺威因此没再继续说下去。米兰达趁机一把将他拉走，以免他说出什么更伤人的话来。

年轻时，加诺威和弟弟拉克花过很长时间讨论医学的本质、科学训练的重要性，以及社区的必要性，还正经讨论过生命的意义等话题。他真的很想念这样的对话。

和米兰达步行回家途中，他故意喘着气，好让自己平静下来，他在想，他和拉克到底有多久没聊天了。斯图尔特刚刚通上电话，他们就在圣诞节时打了好几个电话，可是，两人都觉得对方的声音听起来特别小，也特别遥远，于是，他们只是朝话筒大声寒暄几句，并没有更深入的交流。也许他已经没办法和别人进行有意义的谈话了，也没办法与别人就某个话题心平气和地展开辩论。（情绪化！我可不是个情绪化的人！）他并没有练习过相关的技巧。

加诺威夫妇在第四街转向帕内尔街的拐角处停下脚步，让贝克尔夫妇开车经过。玛丽·贝克尔笨拙地摇下了车窗，和着汽车引擎的轰鸣声，大声说道：“幸好你没答应搭我们的车，米兰达。要不然到第五街后，你就得帮我们把车从雪堆里推出来了。”

米兰达走近汽车，又不自觉地将衣领拉近耳朵。“天哪！你们没事吧？”

玛丽大笑起来，米兰达没能听清楚玛丽到底对她说了些什么。因为约翰·贝克尔开着车继续沿着街道前行，东摇西晃地驶过马车和雪橇留下的车辙。

埃德挽住妻子的手，两人继续朝家里走。

“我真不明白，为什么会有人需要这种奇怪的装置。”米兰达继续发表着自己的意见，“对像你这样行医的人来说，这种玩意儿绝对不靠谱。我是说，任何出行看需要，而非只是看天气的人。”

埃德瞥向街道，看到远处的贝克尔夫妇正在倒车，并再次尝试越过他们家车道尽头的小雪堆。米兰达很会以出人意料的方式表扬别人，每次都能让他那紧绷的脖子放松下来。他稍稍扭了扭头，将脖子伸出衣领，想看一看脖子是不是真的放松下来了。

“这种装置将来会改变世界的，”他说，“想一想吧，到时候这些路都得大变样。到了冬天，得有扫雪的机器出动，在暴风雪过后开路。这倒是让我想起来上个礼拜刚读过的一篇文章……”他越扯越远。原本，他很生荣格尔斯的气，还因两人的谈话内容而感到害怕和不适；此时，他已经将这些全都抛到脑后了。谈到道路，这个话题也许会让他感兴趣很多年，也许不会。可这并不重要——重要的是，眼下它引起了他的注意。

米兰达将厨子给他们留下做午饭的冷盘和土豆都拿了出来，与此同时，埃德打开了内布拉斯加州的地图，告诉她那些镇子都在哪里，镇子与镇子之间现存的道路，并且向她解释，随着时间的推移，这些道路将会经历怎样的变化。她很努力，真的很努力地对此表现得很感兴趣。

礼拜日的时候，家中只有他俩，于是他俩就在厨房里用餐。这些天来，没有必要给餐厅供暖。他们会在礼拜日晚上组织惠斯特[1]的牌局，每月组织一次。每到夏天，公园里的贝壳形露天舞台上就会举办音乐会；每至深冬，人们便成群结队地聚在河面上滑冰；而在这之间的二月份，正值仲冬时分，冰雪开始消融，河面已不再适合滑冰，不过这一情形不会持续太久。白天过得很是无趣，两人也制订不出一致的消遣计划来。

“在厨房里吃午饭会暖和些。”米兰达说，“不过，要是你愿意先把这些地图放在一边，那我想咱们可以端着盘子去餐厅。”

埃德抬起头，发现她站在那儿，一手端着一个盘子，他很惊讶居然已经到饭点了。

“哦。”他来回看着地图和餐盘，说道，“我想我可以暂时把地图放到一旁吧。要不我把它们带去餐厅？”她手拿餐盘站在原地，歪着头，没说行，也没说不行。

那时刚好刮来一阵风，风将少许雪花刮到了窗玻璃上，吹进了烟囱，厨房炉子里的火突然熊熊燃烧起来，噼啪作响，屋子也在颤抖，甚至连四周的墙壁都离他们更近了一些；也许是这阵风，也许是其他什么东西，

[1] 一种类似桥牌的纸牌游戏。

让这一天他们的孤独变得那么深刻、显著；埃德从地图上蛛网般的线条上移开视线，抬头看见米兰达渐渐张开的双唇，此时的他只想碰碰她。哪怕过了这么多年，在两人经历了共同的、各自的种种痛苦之后，她还是一如既往地让他心动。

他伸出双手，从她手中接过了盘子："我真觉得，在我们今早去做弥撒之前，有件事我忘了跟你说。"

她知道他准备说什么，她也能感觉到，自己的双颊微微泛起了红晕。这个男人偶尔会让她觉得自己像个女学生。

"加诺威医生，你真的忘记了什么吗？这还真叫我惊讶，毕竟，据我的观察，你很少会忘记什么呢。"两人之间很喜欢开这个玩笑——在面对生活中的一些实际问题时，专注思考的他经常会不知所措。她曾不止一次跟他打趣道，除非他们能发明出一辆在他陷入白日梦时依然记得回家的路的汽车，不然的话，他才不会去弄一辆来呢。

"跟我来。"他拿着盘子，走上楼梯，去往他们的房间，"待会儿我再告诉你，今天早上你刚睁开眼睛的时候，我本来打算跟你说的话。"

她笑了起来，一手轻抚着栏杆，慢慢地跟着他上楼。他呢，则侧着身子，好让她一直停留在他的视线之内，与此同时，他拿着盘子，仿佛在引诱她。不过，等不到他们下口，盘内的食物就冷掉了。

关上门以后，米兰达可不像那些对自己的身体感到害羞的女子。她一动不动地站在房间中央，埃德则一颗一颗地解开她下巴到腰间的扣子。她摘掉发卡，摇了摇脑袋，让头发松垂下来，挠得他的手直痒痒。她利落地耸了耸肩，裙子便从肩上滑落到地板上，然后她从裙子中探出脚，走向他，仿佛她天生就会做这件事。她用手捧起他的手背，引导他找到每一条缎带、每一根需要解开的系带；等到她身上不着一物时，她满怀信心、非常顺利地伸手摸向了他的衣服。冷冷的光线透过精致的窗户射进了房间里，她的皮肤有些发麻，变成了粉红色，可是，也用不着着急。每一个动作都是一种仪式，她并不急于做任何动作。

只有在事后，等到埃德将自己的脸埋到她浓密的头发里，两人的身体与呼吸也恢复正常的时候，她才会无法自抑地陷入不可避免的悲伤情绪之中。她的眼睛火辣辣的，翻身背对丈夫，试图隐瞒一些他无法隐瞒的事。这一举动与我们作为人类的最终命运有着非常密切的联系。我们都只是凡人，且脆弱不堪。回忆如同幽灵般在房间内活跃起来。本是自己造就的东西，也会轻而易举地被他人夺去。

第五章

“看这儿，”弗里茨说，两只大手弄得报纸哗哗作响，“标题上写着‘本地年轻人自告奋勇践行爱国主义精神’，再听听这一句，‘一位德国绅士——我们这么称呼他’，”弗里茨结结巴巴地说，“‘是想讽……讽刺他——公然抨击了这个美好的国家，也因此受到了应有的惩罚。’‘我们拽起他的裤子，把他扔下了火车。’其中一个年轻人对记者说道。那个德国佬似乎认为美国很自由，因此他可以自由地摧毁这个国家。可是，他在实践‘自由’时应该更加谨慎一些。他大发厥词时，正好被这些年轻人听见了，他们当时在去堪萨斯的赖利堡的路上，打算跟着美国远征军前往欧洲。那人最后滚到了雪地中，也许这次滚落雪地的经历恰好给他补上了一堂缺失的公民教育课。’”

弗里茨将报纸在身前摊开，在桌面上铺平。他用手掌轻轻拍了拍那篇短文，唐突地点了一下头，好像对报纸上所列的事实很满意。“你让我觉得整趟火车的人都被牵扯进了这场血腥的暴乱。”

格尔达本来正在炉子旁搅动锅中沸水煮着的白色衣物，听到这番话，她转过身来。蒸汽让她满脸通红，还吹卷了她两鬓的发丝。她离窗子很近，手中的木棍在冷风中冒着热气。

“我当时就在现场，弗里茨！我很清楚自己看见了什么！”她对那篇文章和他的反应感到震惊，“他们沿着走道拖拽那个流着血的男人，他的白衬衣和领口都被鲜血浸透了。他跌倒了，他们还踢他！我听到骨折的声音了。”弗里茨不相信她说的话，这让她看起来既愤怒又不安。“他们都在大喊大叫！我们周围的人都在大喊大叫！他们说：‘宰了那个德国佬！’可他们其实一点也不了解那个人！”她拽着裙子的领口，沮丧地盯着弗里茨，嘴巴张得大大的，“你也看到我们毯子上面的血迹了呀！”

“你怎么知道他们一点也不了解那个人呢？”弗里茨问，不等格尔达回答，他便转身走开了，“你觉得事实就是这样的，你也很激动，因为那时候你看到了一点血迹，这让你吓坏了。你每次看到血就会变得很激动。”他从门后的挂钩上取下了外套。

格尔达闭上眼睛，再次想起车厢里的那三个年轻男子，前一刻，他们还有说有笑，可下一刻，其中一个便抓住那个男人的胳膊，另外两个人则用拳头揍他。她记得，那男人也曾试图保护自己，并且伸手去抓炉子旁的拨火棍，可另外三个年轻男子比他要强壮，动作也比他更迅速，把拨火棍从他手中夺了过来，用棍子不断打他。直到现在，格尔达都还记得拨火棍打在他背上发出的那种吓人的声响。他们沿着过道拖着那男人经过格尔达和孩子们的时候，她看到他的眼珠向上翻起，再也无力做任何反抗。他们把他从火车上扔下去之后，他滚过的雪坡上留下了一道道血痕，红色的血在白色的雪地上异常醒目，她知道，她永远也不会忘记这一幕。

“不，弗里茨。”她艰难地咽了一下口水，继续说道，“不。报纸是错的。我很清楚我看见了什么。他们不仅仅拽了他的裤子。这篇报道有问题，这一点我很清楚。”

弗里茨解开外套的扣子，戴上连指手套，对格尔达说：“别自寻烦恼了，格尔达。你和孩子们又没有受伤。”他打开门，雪花被吹到了地板上。他扭头说道：“这事跟咱们没关系。”

格尔达不敢相信自己听到了什么。愤怒如同她脑子里的白噪音，她无法将自己的怒火化作具体的言语。她一句话也没说，而是砰的一声把勺子摔在炉子上，打开炉门，把柴火胡乱塞了进去。她还没告诉弗里茨，她把火车上发生的一切告诉了她父亲以后在西点发生的事情；这一刻，她想把那些事大声说给他听。她想说，她父亲是爱她的，他会保护她。“至少我爸相信我，”她对着空荡荡的厨房说道，“他相信我。”她想起自己差一点就留在西点了，虽然厨房里热气腾腾，可那段回忆还是让她不寒而栗。

到了吃晚饭的时间，弗里茨从牲口棚走进屋里，说道：“这跟咱们没关系。”这是他干完杂活后说的第一句话；尽管他们已经有好半天没说话了，可他们都知道这句话是什么意思。他从桌上抓起报纸，狠狠揉成一团，塞进火炉里，纸团遇火立即燃了起来，片刻工夫就成了一摊灰烬。他坐在桌旁，把注意力放在了格尔达摆在他面前的那盘食物上。格尔达正在清除他留在地上的干泥与沙子的痕迹，她干得很起劲，好像可以将什么东西擦去似的。凯蒂蜷缩着坐在楼梯半腰，睡衣紧紧地裹在双膝上，雷从她身后探出脑袋来，他的脸就像一轮苍白的月亮。

“上床睡觉去。”格尔达粗声说道。很长一段时间里，厨房里只听得见扫帚划过油地毡时的刮擦声以及银器碰到骨灰瓷时的叮当声。

“我真的亲眼看到了。”最后，格尔达说道。

弗里茨啪的一声将叉子放到木桌上。“你这女人，难道没看报纸上是怎么写的吗？”他大喊道，但他并非有意如此，“你别把事情想得太严重了！”他突然站起来怒视着她。一时间，房间里似乎明亮了些，就跟先前报纸燃烧时房间变亮一样；两人瞪着彼此。格尔达突然意识到两人的体型迥异，可率先扭头看向别处的却是弗里茨。他把羊毛外套披在工作服外面，又把冬帽猛地扣到头上，这让他看起来比格尔达高大得多，离她也更远了些，哪怕他还没有朝门口走去。“别因为一些跟咱们没关系的事情乱发脾气。”他蹬着高腰套靴“当当当”地从桌边走向后门，一言不发地出了门。

他走到暗处，任由身后的门关上，又抬头看了看天空，天空中撒满了乳白色的星星，星光下躺着一弯银白色的新月，那弯新月看起来很美丽，又显得岌岌可危。远处，一头郊狼在嗥叫着，另一头在牲口棚附近回应着。弗里茨裹紧外套，向漆黑的远处走去，他的靴子将脚下的碎石与积雪踩得嘎吱作响，声音回荡在夜晚的旷野之中。该睡觉了，牲口棚的活儿可以先放一放了，他不知道自己这个时候要在外面做些什么。一阵疾风吹得雪花在空中打转，他有些头晕目眩，觉得整个世界都要失控了。

他想起了初闻战事的那一天，当时他还在担心庄稼和天气，还在忙着把活儿干完。他依然能回想起从他看不见的田野里传过来的邻居的声音。尽管最近的农户离他有将近一英里远，可在风的吹拂下，在山谷之中，他偶尔还是能听到“嚯嚯”和“啊啊”的温柔呼唤声。弗里茨知道，那是丹·莱亚伯，他既把丹当作朋友，又把他视为对手。两人都无法掌控决定种子发芽与否的天气，可他俩可以先人一步播种。在这块地里种小麦，在那块地里种土豆，又在靠近水源的一块地里种玉米。这些庄稼足够养活一个家庭，还能剩下一些拿去卖掉；日子越过越红火，如同一排又一排作物向远方的地平线延伸开去。

对弗里茨来说，这便是他记忆中1917年4月的那一天他所畅想的未来的走向：那未来一直通向地平线，通向他自己的土地的尽头，在那里，他的土地与邻居的土地连接在一起，他知道邻居的名字，也摸得清邻居的脾气。他能够理解那样的未来，那里满是像他这样的人及他熟悉的工作。他哪里想象得到眼前的变故呢？今晚，他依旧记得那种感觉：他周围全是熟悉的人，他们一起朝着相同的目标共同努力——种植庄稼，养家糊口，生活蒸蒸日上。从那天起，发生了一些事情，可他不太确定到底发生了些什么。男人们依然在工作，家庭也在壮大，可是有东西，有东西一直转个不停，他看不清楚那东西是什么。

他想了想自己在报纸上读到的其他消息，那些念给格尔达听的消息。在西线，德国人已经开始释放毒气攻击协约国的军队了。他可以在研究过的地图上画出那条河流[1]的流向，不过他只能想象出与那条河平行的战壕的真实模样。去年夏天，他挖了一条灌溉渠，那时候，他在脑海中将那条沟渠想象得又宽又深，大得足够容纳一支军队，可他的想象力还不够丰富。有报纸上的文字和照片就足够了。此时此刻，他的想象中有一幅挥之不去的画面：战壕里排满了尸体。有一个连，其中百分之九十五的人片刻就丧了命，连枪都来不及开。怎么会发生那种事呢？即便这里与之相隔半个地球，但一想到这件事，他仍然难以置信。

还有一条不太吉利的新闻，与他们的镇子关系更大。在一条出售家畜的新闻和一则 W.N. 外套厂刊登的广告（我们需要你的手艺，而且会让你充分发挥才华！）之间，夹着一条不太起眼的通告："来自斯图尔特乡下的阿道夫·戈特利布于上周赴瓦伦泰因，接手了儿子奥托的牧场，奥托已于早些时候被征召入伍。"

弗里茨上次见到阿道夫时，阿道夫告诉他，奥托在桑德希尔兹[2]有一大块地。"干得还算不赖。"阿道夫说道。他的口音依然很重，说话时还有喉音，就像二十年前他初到内布拉斯加州时一样，还会时不时会冒出一两句德语来。他一边说话，一边靠在马场的围栏上，以减轻他那条

[1] 此处的河流有可能为依普尔运河。1915 年春，东线俄军战败，处于防守态势，德军便转而把注意力集中在西线，准备在依普尔运河一带与英法大战一场，即第二次依普尔战役。也是在这次战役期间，德军首次展开了毒气战，致使英法联军死伤无数。

[2] 英文为 Sandhills，也常被成为"沙丘地区"。在内布拉斯加州中北部地区，有一片固定沙丘，沙丘上有一块长有不同种类牧草的草原地区，该地区即为桑德希尔兹，其覆盖了该州四分之一以上的面积。

瘸腿需要承受的重量:“奥托那小子的第一个小家伙就快生了，最近这几天，那孩子随时都有可能出生。我老婆终于要当奶奶了。是啊，我们一大家子都开心得不得了。”

弗里茨读完这则通告后便用手遮住了它，仿佛这么做可以让它消失，或者让里面的内容发生变化。他能从这样的新闻中获取什么样的信息呢？此前，报纸上说，务农及有家室的男子都可以免服兵役——如果奥托·戈特利布既不是农民，也没有家室，那他到底有着什么样的身份呢？弗里茨知道问题的答案，可他不允许自己考虑这个问题，不能在眼下，或者说，尤其是不能在眼下，在他独自一人待在黑暗之中、家人在他身后的时候。戈特利布一家与沃格尔一家在同一年来到这里，也许两家人坐的还是同一艘船，不过弗里茨当时太过年轻，而现在，他已经不记得当时的情形了。

早晨刮起了暴风雪。在漫天飞雪的笼罩下，乡间化为白茫茫的一片，有那么一小段时间，这世界上又一次只剩下格尔达和孩子们，以及手头的工作。甚至连不断吹打房屋的寒风也化作了某种安慰，将他们与无法改变的那些事物隔绝开来。

窗户上结了厚厚一层霜，蛛网般的“几何图案”迷住了孩子们。凯蒂和弗兰克在白霜上浅浅地写下几道数学题，每天早上，他们都会在窗子上发现一块新“石板”，这会让他们开怀大笑。干完杂务后，弗里茨回到家，觉得自己活像个雪人，他把身上的雪抖落到门口的地毯上。他的羊毛外套冒着热气慢慢变干，湿漉漉的羊毛散发出酸味，其中还混有木头燃烧的烟味以及烤玉米面包的香味。白天的时候，他们虽然依旧沉默不语——又或许正因为此——到了睡觉时，弗里茨会用双臂搂着格尔达，蜷缩着身子贴紧她，仿佛害怕她会再次从自己身边溜走。他们窝在自己的小房子里，温暖的炉火、二人的亲密无间，把严寒与整个世界都隔绝在外。不过，弗里茨还是忘不掉他没有读给格尔达听的那几篇新闻。

据报纸报道，威尔逊总统称，美国参战是为了一个崇高的目标："我们不仅为自己而战，也为我们所有的后代而战。美国人不能逃避自己的责任，我们每个人都应该做好准备，准备好做出最终的牺牲。"这篇新闻接着写道，第二轮征兵很快便会开始：九万五千名美国男子即将受到征召，接受训练。

美国参战时，弗里茨三十一岁，他的人生才刚刚过了三分之一多一点，可那时候，他并不知道这一点。像我们一样，他也只有一扇"窗子"，只能透过那扇"窗"来观看千变万化的当下。战争开始两个月后，弗里茨登记报名，申请入伍；根据新闻报道，一共有将近一千万年龄在二十一岁至三十一岁的男子报名，弗里茨便是其中之一。他在内布拉斯加州霍尔特县的地方委员会报了名，报名编号为837。

从报名登记点奥尼尔回来以后，他曾向格尔达解释，报名就是人家会给你一个号码。"这个号码，"他指着带回家的那些表格上出现在他姓名前的那个号码，说道，"就是你的编号。每个人都有一个编号，如果你被征召入伍，他们就能通过编号知道你是谁。"

“可是，如果他们搞错了，给了两个人同一个号码，那该怎么办呢？”格尔达问。弗里茨并没有理会这个问题。

“不会发生这种事的。”他说，“这一套方法之所以奏效，是因为每个州都有很多很多的号码，相应的号码只有相应的州才有。然后，那个州又将这些号码按县来分配，这样一来，一旦你知道某个家伙的号码，你就能知道他住在哪个州的哪个县。不论他去哪儿，政府都会通过他的号码知道他来自哪儿。”他把表格放在桌上，用手掌轻轻拍平。格尔达收走了晚餐的餐具，并把桌子擦得干干净净，因此弗里茨有地方展示那份表格，然后说一说他这次去奥尼尔一路上的见闻。弗兰克和雷斜靠在父亲的肩膀上看着表格，凯蒂跪在弗里茨对面的椅子上，格尔达则站在他身边。家里人很喜欢听他的那些见闻，他们都急着想要了解些新消息，对与征兵有关的消息尤其感兴趣。在学校和教堂里，大家都在热烈地讨论征兵这件事。上一次全家人去镇上的时候，甚至有一支乐队在那里演出，他们的演出只是为了提醒人们去报名入伍；报纸上每个礼拜都会在首页刊登两三篇文章，谈论为什么要报名入伍、谁应该报名，以及如何报名。斯图尔特一家日用百货店的老板威廉·欧文斯曾被选为他所谓的“四分钟演讲者”[1]，负责向公众普及爱国主义教育。四分钟演讲者既可

[1] 即“Four Minute Men”，是经过美国总统威尔逊授权的一群志愿者，就公共信息委员会安排给他们的话题发表的简短演讲。1917—1918 年，有超过 7.5 万个杰出的演讲者在 5200 个社区发表了超过 75 万次演讲，听众多达 4 亿。演讲主题涉及美国在一战期间做出的贡献。演讲被设定为四分钟，以方便演讲者在城镇会议、餐馆、影院和其他有观众的地方发表演讲。

以受人任命，也可以自我任命，他们遍及全国各地。除了美国陆军部提供的演讲内容，欧文斯还准备了很多四分钟演讲，他会给他能接触到的所有听众做演讲；在他看来，所有顾客都是他现成的听众。沃格尔一家曾不止一次目睹他那热情洋溢的演说。每次去镇上，他们都能感受到弥漫在空气中的兴奋气息；弗里茨独自进城的时候，他们也会热切地等着他回来。

“等到我们这些斯图亚特的小伙子到那儿的时候，县政府大楼前蜿蜒的长龙一直排到了正门门口。还好没下雨，听说有些小伙子天不亮就在那儿等着了。”弗里茨喝了一小口咖啡，“不知道他们在急什么，委员会的人都说了，他们会一直待到县里所有符合条件的人都完成报名登记。”

“再给我讲一遍‘符合条件’是什么意思吧，爸爸。”凯蒂请求道。

“意思就是，如果政府需要你去当兵，你就得收拾好剃须刀，然后出发。”弗里茨想尽力说得轻松些，假装只是又去了次镇上，等到他收好表格，一切又会恢复如常。他会出门做杂活儿，种植庄稼，在自己的土地上散步。他会留在此岸，而战争会在对岸。他对此很有信心，毕竟，一来这个国家需要农民务农，二来他的年纪太大，再大一点就不符合入伍的条件了。他相信，如果到了十一月，在他年满三十二岁时，还没被征召入伍，那么他就没有入伍的可能了。他倒不排斥为国参军，可是，如果他被征召入伍，他的农场及他的家人会怎么样呢？这才是让他担心的地方。

“那他们怎么决定需要谁去当兵呢？”弗兰克问。

“这个嘛，他们会采取所谓的抽签的办法。”弗里茨一边把表格的两边对齐，一边小心地用拇指折好。

“然后呢？”格尔达问。

“呃，如果他们选了你的编号，他们就会把你的编号和他们选择的其他所有编号放到一起，按顺序排列。接下来，他们会给你另一个号码，这个号码是你的序号。这意味着，小伙子们要按照他们被选中的顺序去参军。”他拿出钱包，把表格塞到两块钱的纸币旁边。他站了起来，两个男孩子却抓着他的脖子不放，一边晃荡着一边咯咯地笑着。弗里茨像熊一样抖了抖身子，两个男孩便落在了地板上。

“那你怎么知道你被选中了呢？有人会来找你吗？”问这两个问题时，格尔达无意识地朝窗外瞥了一眼。

弗里茨谨慎地想了想答案，才开口说道：“不，他们会把名字登在当地的报纸上。他们会告诉你去哪儿、什么时候去。”格尔达看了一眼弗里茨带回家的报纸，仿佛在那个时候，它就已经有本事让她感到烦恼了。他当然能理解她的感受。

1914 年，战争拉开序幕，故国的人很快便陷入了战争的泥潭中。与那些人不同，在威尔逊总统投入人力、物力参战之前，像弗里茨这样的美国人有大把时间来考虑这场战争对这个国家及其公民来说意味着什么。先前，弗里茨不相信威尔逊会让美国卷入对岸的战事。他曾多次同阿洛伊斯争论这个问题。威尔逊竞选连任时，他给威尔逊投了票，因为威尔逊在第一个任期内让美国远离了那场战争。阿洛伊斯说他就是个傻瓜。“对岸的那场战争，”他说，“就像头饥饿的野兽一样，没那么容易被人制伏的。”虽然自威尔逊宣布参战以来已经过去了整整一年，可弗里茨还是对这件事感到非常震惊。

战争开始前，他对美国在国外所做的事情并没有太大兴趣。他深信美国所讲述的美国梦，这些能从他自己的生活中寻找到证据。一开始，他一无所有，靠着自己坚实的后背、有力的臂膀，以及过上好日子的强烈愿望，白手起家；再看看如今的他：三十二岁，有了一块土地，还育有三儿一女。这正是他父亲带着他们几个兄弟来到这个国度时为他们设想的生活。弗里茨相信美国，在他看来，这个国度不像童书里描述的那样，街道上铺满了黄金，而是这样一块土地，在这里，人人都可以挺起腰板，梦想也可以得以实现。他之所以会这么想，一是因为他作为农民，有了自给自足的经验；二是因为作为一名进步人士，他相信每一代人都会让这个世界变得越来越好。他原以为，美国可以置身事外。战争，尤其是在外国的土地上发动战争，是疯狂之举。如果没有权利在自己的土地上耕作，过自己应该过的生活，那么自由便没有半点意义。

邻近三月中旬，天气突变，此后，弗里茨开始忙活早春时该做的例行工作。他一边打扫牲口棚，一边将粪肥装到施肥用的推车里，给地施肥。大点儿的孩子们放学以后，格尔达就派他们去猪圈把玉米棒子捡回来做燃料；他则把母猪从一个猪圈转移到另一个猪圈，这样孩子们便可以安全地干活儿了。他熟悉每项工作、每个步骤，这让他感到安慰，也让他能够适应他所理解的工作模式。只有在走神的时候，他才会再度感到恐惧。他确定奥托·戈特利布比他稍微年长些，所以他才会觉得大为不解。符合条件的年龄上限是三十一岁，按照弗里茨的理解，单凭奥托的年纪，他就不该被征召入伍。更何况他还是个农民，又有妻小，这又该如何解释呢？报纸上不是说“务农及有家室的男子无须应征入伍”的吗？他很想问问别人征兵的条例到底是怎么回事，可连他自己都觉得这种问题听起来很可疑。据他所知，他和格尔达不再谈论的那个德国男人正是因为问到了征兵的问题，才会被扔下火车。

战争开始时，出现了一些他意想不到的变化，其中之一就是，他不再幻想着对格尔达说一大堆事情了。他现在特别想念格尔达，和当初她回西点时一样想念她。虽然她也许就在厨房里烤面包，或者在屋外的孵化室照顾小鸡，但她似乎与他相隔了很远很远。不，并不是距离的问题，而是因为她抑或是他的一部分已经不复存在了。从娘家回来后，她跟他讲了火车上那个德国男人的故事，他却不知该跟她说些什么好。更糟糕的是，他也不明白她对自己说的那些话是什么意思。他们在彼此眼中成了外人。有时候，他认为问题出在她下火车时穿的那件皮毛大衣上。就好像她的家人、他的父亲，将她裹在了某种他无法冲破的东西里。天气转暖以后，那件大衣也被收了起来，这让他很高兴。

他意识到，自己开始在脑子里构思着一些话，却不知道讲给谁听。铺天盖地的消息出现在他们周围，给他一种错觉，仿佛他能获取一个人所需了解的一切消息。起初，乍看起来，如果一个人足够仔细，懂得从字里行间中搜寻，他就一定可以发现万事万物的真相，可弗里茨却意识到，情况并非如此，消息纷繁复杂，众声喧哗，反倒以一种新的方式让人说不出话来。他强烈地感受到那些没有说出来的话所带来的压力。在密室内，在岔路上，谣言和新闻在也许还信得过彼此的人之间来回传递；也许他们也像弗里茨一样，发现自己在混乱消息和未知结果的汪洋之中随波逐流。曾经友好的对话如今也变得简短生硬、晦涩难懂。弗里茨觉得，哪怕自己远离小镇，都有一双双眼睛在盯着他，而在镇上，情况则更加糟糕。

“问题出在那些没有公开做出声明的外国男性身上。”弗里茨进店后，看见威廉·欧文斯正向聚集在他柜台周围的人们解释着什么。欧文斯得到了三位声名显赫的商人——弗里茨从未确切地知道是哪三位——的支持，非常认真地承担起教育公众的职责来。他准备激发起斯图尔特这个小社区的居民对战争的热情，鼓励他们弘扬爱国主义精神。他的演讲热情洋溢，颇有一种自认为是在服务于一项无私事业的风范，可他的这种热情却令弗里茨十分尴尬。每当欧文斯开始发表那长达四分钟的演讲时，弗里茨都有一种被逼得走投无路的感觉。

这时，欧文斯说道：“这些人没有公民证书，都是移民，他们被自动免除了兵役。他们甚至都用不着去登记报名！”有几个人在窃窃私语。“这些卑鄙的人沾沾自喜地待在家里，坐享我们那些年轻的公民用生命换来的好处。”

人群中再次传来窃窃私语声，不过弗里茨觉得这声音听起来有些像低沉的怒吼声。他想转过身去，可欧文斯这时抬起了头，跟他对上了视线。“沃格尔先生，我说的是那些移民，他们不是美国公民，却生活在这里，生活在这片伟大的土地上，一边夺走本来属于我们的东西，一边让我们的小伙子牺牲自己来保护他们。”

弗里茨觉得自己的脸唰地一下就红了。“说得对。”他说。碍于自尊心，他没能继续说下去：“我是美国公民。”他环顾四周，看了看站在那儿的人。他只看到阿洛伊斯·鲍姆这么一个熟人。他想知道这些陌生人都是从哪儿来的。他在这个社区住了这么多年，为什么就从来没见过这些人呢？他们死死地盯着他看。他们看起来不像是有德国血统的人。

弗里茨站在门口，等着欧文斯做完演讲。这四分钟似乎过得很漫长。这一次，他的“中心思想”——这个四字词语的出现，标志着他的演讲即将圆满结束——如下：每个男人不仅有责任在符合条件时去报名参军，而且有责任确保他那些符合条件的邻居也去登记报名。弗里茨转过身去，离开时既没有跟阿洛伊斯说话，也没有买走他原本来镇上想买的那些日常用品。

回家的路上，他弓着背坐在马车的座位上，让雨水从他的帽子上滴落下来，在他面前稳稳地形成了一道“水帘”。他想了想回家后有哪些事情是不能告诉格尔达的。

欧文斯勉勉强强算是个富人。弗里茨知道，欧文斯觉得自己不仅比这个社区中的移民更能代表美国，甚至比美国本身更能代表美国。他经常告诉人们，他们一家早在宣告美国诞生的那场革命爆发之前就登上了美国的海岸。甚至在新近的这场战争开始之前，他便明确地表示，他坚信，将美国人民团结在一起的不是传统，而是种种行为准则，因此必须将这些行为准则传达给移居至美国当地社区的每个族群。他总爱说，这是为了光顾他店里的“那群外族人”——又名德国人——着想。一个人之所以能成为美国人，并非因为他的出身或是选择，而是因为他能够与大家同心同德，共抗公敌；此外，教育对真正的美国人而言至关重要。战争似乎点燃了欧文斯的激情，他传播信息、普及教育的需求变得更加迫切。弗里茨几乎可以断定，欧文斯相信文明自身岌岌可危，而他本人和他的杂货店是拯救文明的支点。无论如何，他显然把这当成了自己的责任，逢人就教育对方，大家一定要在思想上保持一致。他一直都很喜欢讲故事，他能留住那些顾客，不仅靠他周到的服务，还靠他编造的故事；可战争爆发后，他跟人说话的腔调都变了。欧文斯认为，这个险象环生的世界容不下多种多样的观点。

等到弗里茨下次顺路光顾欧文斯的店铺时，他却发现店里几乎空了，一时间，他觉得仿佛回到了过去。他们像过去那样轮流交换各自的趣事，可轮到欧文斯的时候，他讲道，一群兔子把他的菜园子吃了个精光，吃得比他种得还快；他本来想说“垄沟”，却说成了“沟渠”[1]，结果他和弗

[1] 英文中，“沟渠”（trench）一词也有“战壕”的意思。

里茨一下子就不笑了。那则故事原本是关于菜园子里的兔子的，不管它听起来多么有趣，它都已经变了味，变成了一则与兔子毫无关系的故事。两人脸上的笑容都僵住了，战争和随之而来的一切变化像一阵冰冷的风冲进了房间里。在彼此的眼睛里，他们看到的不是自己，而是噩梦般的画面——战壕、死亡，还有一场充斥着饥饿、似乎永无止境的战争。他们戛然而止的笑声飘荡在空气中，还夹杂着尘埃、饲料、种子、皮革以及其他无法辨认的东西的气味。

弗里茨觉得颈后和下巴上的肌肉绷得紧紧的，如今，他在和邻居以及镇上的人说话时经常会有这种感觉。所以说，我们又回到这个话题上来了，他想。这时候，他本应早已踏上了回家的路；他的家人也早就回到马车上等他了。他也早就在卖契[1]上签好了字，手也早就放在了堆在一起的一袋袋种子上，也早就准备好双肩各扛一袋种子，回家去干那些总得有人干的农活。春意正浓，这个季节给农民提出了种种要求，每当他停下脚步，这些要求似乎会越来越急迫，让他不敢懈怠。不过他也知道，货物与金钱的交易只是镇上任何交易中的一部分。在真正的交易中，谈话才是货币。

欧文斯隔着柜台盯着他看，“沟渠”这个词依然困扰着两人。弗里茨使劲将下巴扭向左边，努力想让脖子舒展、放松一些。他看向门外，发现自己那几匹套着马具的马正在打瞌睡。他低头看了看放在种子袋上

[1] 指的是出售田产、货物等时立下的契约。

的那只手，注意到每个指甲下面都有呈新月状的黑色土壤，又想起来自己那块地上西北角的农田还没来得及施肥。他这个人不习惯装作什么都不知道，在这个时代也是如此。该做的事情还是得去做，不过他也知道必须等到交易完成之后才能去做那些事。

“我听说他们的长筒橡胶靴快不够用了，”弗里茨终于开口了，“凡尔登附近的水位非常高，一下雨，战壕就变成了河流。”

欧文斯草草地点了点头，他很熟悉弗里茨提到的那片地区，因为他钻研过同样的地图，也研究过同样的新闻报道。

“烂脚的杀伤力可不比大炮的杀伤力弱，这种情况已经持续好些天了。”欧文斯一说完，弗里茨便知道他又准备抓住机会来教育移民了，要知道，弗里茨如今在他眼中就是个移民——一个德国移民，并非他的老相识，甚至并非与他打过多年交道的顾客。欧文斯把手伸到货架下面，拿出一双六扣的长筒套靴，把它放在柜台上。“你能想象这玩意儿居然是决定战争胜负的关键？”他突然提高嗓门儿问道，仿佛在对着一大群人说话。说着说着，他的眼神渐渐黯淡，可不知怎的又亮了起来，这让人很难在他身上找到昔日熟悉的那个店铺老板的影子。

他轻轻地摇了摇靴子，把靴子摇得哗哗响，仿佛要唤起对它们的注意力似的。

“似乎很难想象这种为和平而战的义举居然会依赖这么一些微不足道的东西。可这千真万确，自古以来都是如此，‘因为少了一颗马蹄钉而掉了马蹄铁，因为掉了一块马蹄铁而失去了一匹马，因为失去了一匹马而输了一场战役’，紧接着整个国家也没了。”欧文斯个头虽小，但嗓门儿很大，每当他兴致勃勃地说起某个话题，他的身体似乎会膨胀起来，占据的空间也更大，不再是那个穿得下货架后排低价甩卖的童装的小矮子了。

“你明白吗，弗里茨，我们每个人都应该对这个伟大的国度负起责来。”他双手扶着柜台，身子前倾，凑近弗里茨，“从某种程度上来说，你我就像这些靴子。”

弗里茨低头看向那双靴子，又抬头看了看欧文斯的脸，决定微笑着附和他。每次站在柜台后面的时候，欧文斯都会与他四目相对，这总能逗笑弗里茨。欧文斯很早以前就垫高了柜台后面的地板，以便自己可以平视或俯视所有顾客。若是两人站在欧文斯店铺以外的其他地方，弗里茨都会比欧文斯高出一大截。这样也没关系，弗里茨觉得。他对一个用自己的财产为自己谋利的人没有任何意见。在欧文斯继续着他的“四分钟演讲”时，弗里茨本来积了一肚子怒火，可一想到欧文斯从柜台后面走出来突然矮一截、落到他肩膀以下的画面，便不再生气了。

“如果你想想那些小事有多重要，”欧文斯继续说着，“你就会明白，我们需要改变我们在日常生活中的行事方式。”欧文斯转过身去，从身后的货架上拿起一本目录，“如今，我每次订购设备或日用品的时候，都会留意卖家是谁。当然，我们的国家已经切断了和德国的商业联系，但我还是得小心一点，免得从喜欢德国皇帝的企业那里买东西。我是怎么做的呢？你也许很好奇吧。我会关注合同中的附属细则——从说明性文字中使用的德语就可以看出来。只要他们使用了表明他们亲德的文字，我就不会从他们那里进货。”他用力点了点头，啪的一声合上了目录，“这就引出了我的中心思想：学校里教的科目。林肯的那所大学[1]居然还在教那些毫无戒心的学生那种邪恶的语言，这事你知道吧？”

弗里茨觉得自己的耐心正在渐渐消失，他把两条粗壮的胳膊交叉放在胸前。

“如果我们说不同的语言，我们就没办法成为一个团结的民族，建立一个团结的国度。我们就会像《圣经》里讲述的巴别塔的故事那样——没办法理解彼此，整个国家也会分崩离析。这些学校必须明白这一点。我的中心思想就是，我们应该教育我们的孩子做美国人。”

欧文斯的脸上泛起了光泽，这不完全是因为他流了汗，而是被他的那股热情浸润了。两人面对面站着——一个是店铺老板，一个是农民——要不是一阵雷鸣声将两人都吓到了，谁也不知道接下来会发生什么。听到那雷声，两人吓了一跳，转身走向门口。弗里茨看到格尔达和孩子们都在马车里，正凝视着西边。两个男人同时走到门口，欧文斯后退几步，让弗里茨先出门。他们走到街上，抬头看向天空。云砧如同拔地而起的高塔，黑压压一片，给人一种不祥的感觉。猛然吹来的一阵凉风，卷起街道上的沙子，吹向他们，噼里啪啦地打在店铺门面上。

没几分钟，弗里茨和欧文斯便把货物搬到了马车上。马儿使劲想要

[1] 此处指的应该是内布拉斯加大学林肯分校。

挣脱挽具，面对正向他们袭来的暴风雨，它们和坐在马车后面的孩子们一样焦躁不安。弗里茨将脚放到脚镫子上，上车前，他停住了。他不喜欢做事、说话有始无终。他也相信小事同样很重要。他在工装裤的口袋里摸索着，仿佛想找些合适的话说，接着掏出了一块红色的格子手帕。他擤了擤鼻涕，小心翼翼地重新叠好手帕，然后转向了欧文斯。欧文斯正站在那里，轻轻地拍着那匹体型稍小、有些紧张的骟马的后背，警惕地看着弗里茨。两人现在都站在平地上，欧文斯不得不仰头看着这个大块头德国人的脸。他噘着嘴，脸上没有了推销员特有的那种微笑。

“你的儿子……”弗里茨说到一半，停下来清了清嗓子。他这个人不会表露自己的感情。和许许多多的男人一样，他也活在自我的孤岛之上，并非总能意识到自己形单影只；而等到他意识到的时候，他自己与他人之间的距离似乎已经遥远得无法跨越了。他注意到，自己的心里也有一道道沟渠。先前，他们曾因为兔子和垄沟而开怀大笑，而现在，弗里茨看着欧文斯，两人中间隔着一道巨大的鸿沟，他拿不准自己的声音能否传到另一边去。

“你的儿子，”他又说了一遍，声音出人意料地洪亮，“马上就要出发去赖利堡了吧？”几个礼拜前，他在报纸上看到过那个小伙子的名字，名单里还有一些熟悉的名字，每次看到那份名单，他都觉得心惊胆战。奇怪的是，他感觉到脸上的肌肉仿佛在跟他对着干，在他想要一脸严肃时，让他的嘴角上扬，露出微笑来。他希望欧文斯知道，他也担心那些奔赴前线的小伙子。他很想说自己也是美国人，但又不好意思开口。

欧文斯用他那瘦骨嶙峋的手捂着脸，仿佛也在试图控制那些不听他使唤的肌肉。“是呀，”他说，“他们马上又要征召一批小伙子了。”他稍作停顿，然后说道，“你知道吗，他很擅长鼓捣机器，一直都很擅长。他知道怎么让机器动起来，也喜欢研究机器为什么出故障。这会让他远离前线，但他依然可以做一些重要的工作。”他点点头，对自己的设想充满信心。

弗里茨也点了点头：“他们需要机修工，这一点毋庸置疑。”他想起了之前读到的某篇文章，便趁机说道，“如果能打胜仗的话，获胜的关键就是机修工。”

“没错，”欧文斯说，“机修工会赢得那场战争。”他一定读了同一篇文章，不过弗里茨也不能肯定，毕竟在这段时间，他说过的很多话听起来都像是刻意练习和组织过的。“可我们也需要农民来养活他们。大家各司其职嘛。”欧文斯没和他握手便走回了店里。弗里茨很好奇这件事到底重不重要。虽然天气刚开始时还挺暖和，可沃格尔一家回去时一直刮着冷风，马儿们性子很急，跟缰绳过不去，想赶在风暴来临前回到牲口棚。天气一向变化莫测，这一点弗里茨倒是拿得准。

第六章

新来的神父，手指状如香肠，肥大的下巴向脖子周围呈扇形展开，堆叠在衣领上方。他的皮肤像小男孩那样光滑无瑕，头发黝黑且稀疏，发际线还很高，格尔达觉得他就像个“中年儿童”。做弥撒的时候，他含糊地说着拉丁语，每个词的发音都不够清晰，只是以一种抑扬顿挫的腔调念念有词。在他主持的宗教仪式中，信仰变得越发神秘了。

其实他并不是个新手。来圣·博尼费斯之前，他在博伊德县的教区待了将近一年；他如今已在这里待了几个月，格尔达却依然觉得他毫无经验，没能证明自己。他的前任黑特韦尔神父是个称职的神职人员。弗兰克、雷和利奥出生时，没等格尔达邀请，黑特韦尔神父就和弗里茨一起等候着，准备施浸礼或者主持临终圣礼，因为他知道她在害怕什么。他每次都无比欢欣地吟唱着弥撒曲，仿佛是头一回唱。弥撒过后，他总是站在门厅和每个人握手，连孩子们也不例外。格尔达怀疑凯蒂有点儿爱上他了。后来，主教将他召回了位于奥马哈的主教教区，有不少人怀着悲伤的心情为他送行，其中便包括沃格尔家的两位女性，格尔达和她女儿。

现在，荣格尔斯神父喃喃着开始了另一场弥撒。三月过去，四月来临，教堂外，鸟儿们都快乐地叫了起来。格尔达注视着右侧透过彩色玻璃窗洒进来的斑驳光影，试着感受圣灵的存在。空气中弥漫着香火的味道，神父还在没完没了说着话，会众则适时跪下、起身，可是，在这所小小的教堂里，似乎感觉不到一丝生气。在他们最需要黑特韦尔神父的时候，他却不在他们身边，这似乎有些不对劲。这场战争，这场恐怖的战争，正在带走农场上的年轻人，将他们送到大洋彼岸，而其中有些人再也回不了家了。

格尔达用一只手捂着眼睛，心想，不，她不可以去想那场战争，现在不可以。来教堂是为了祈祷，不是为了担惊受怕，她母亲过去经常如此教导她。于是她开始祈祷。她不再一字一句地照着祷告词做祷告，而是沉浸在自己的祷告中。她甚至都没注意到荣格尔斯神父是什么时候开始布道的。她抬起头来，看到神父正死死盯着众人，好像在等待有人回答他的问题，一个她没听到的问题。他盯着他们看了好久，在由他而起的沉默中，他那张柔软的圆脸似乎越来越瘦、越来越结实。弗里茨打起盹儿来，现在正值播种的季节，每天的时间都远不够用。男孩们待在她旁边，在长椅上动来动去。只有凯蒂举止镇定，她满怀期望地注视着沉默的荣格尔斯神父。突然，啪的一声，神父的手重重地拍在诵经台上，声音回荡在小小的教堂里，听到这声音，弗里茨和他周围的农民匆忙站了起来。其中一些人羞怯地环顾四周，看着邻座的人。

“接着，上帝重重地将双手合在一起，”荣格尔斯神父大声说道，“把灵魂像火花一样，从黑暗深处，敲进有序而又光辉的事物中去。”他的声音回荡在教堂里，他再次等待着回声消失，沉默降临。“一开始，人类就明白了这个真理，并且用各种各样的形式来表达它。”

“希腊神话告诉我们，”他继续说道，语气轻柔了许多，似乎已经达成了吸引所有人注意力的目的，“普罗米修斯把地上的尘土捏成了人的形状，接着，借助他从天——堂盗来的火，给了那个泥人一个活生生的灵魂，让那个泥人活了过来。你们必须知道，连基督教出现之前的神话都承认：天——堂赐予了生命。”说到“天堂”时，他每说一个音节都会用手掌轻轻敲一下诵经台。

“科学家试图让我们相信，生命是自发产生的。”说到“科学家”和“自发”时，他加重了语气，“如今，自然进化说很受欢迎。有些人认为，神秘莫测的生命得到了大自然的恩赐，所以才能不断进化，他们不尽完善的理论是建立在对具体事物的观察上的，科学研究被局限于具体的事物中。”他重新组织了一下语言，以便强调自己的观点，“可是，难道只有肉眼看得见的东西才能作为证据吗？”他怀疑地摇了摇头，又提高嗓门儿接着往下说，“但是，每种功能的背后都有其目的，每个微生物都体现了智慧设计论[1]，而且，万事万物，”说到这个词的时候，他握紧了

[1] Intelligent design，又称外星神创论，是说自然界，特别是生物界中存在一些现象，无法在自然的范畴内予以解释，必须求助于超自然的因素，即必然是具有智慧的创造者（创造并）设计了（这些实体和）某些规则，造成了这些现象。

拳头，“万事万物都在向我们宣告，神圣的力量的确存在。”他停顿了一下，似乎在看着某些人。格尔达想看但又装作没看哪些人会在神父的注视下坐立难安。

“并不存在无中生有这种事。我们拥有理性思考的能力，所以我们知道，不可能出现偶发事件。因此，我们必须接受这样一个事实：自然界所展现的智慧，实际上体现了上帝的精心设计。”他用右手掌猛地拍了拍诵经台，仿佛“上帝”这个词必须用巨大的响声来加以强调，“所以‘上帝才会写下自己的要求，要求我们对他创造的每一件东西都表达最深切的赞赏与崇敬’。

“如果你们问：将自然现象看作神圣意志的产物会有什么好处？那我们会给出如下答案：这种宗教观与某种得到了普遍认可的观点是一致的，后者认为，凡事都能够得到解释；毕竟，借助高明且有效的设计，我们可以推断，智慧的上帝创造了一切；上帝渴望和人交流，想引导和祝福人类，人类便做出了回应——做出回应的都是虔诚之人——他们爱他人，守规矩，也享受——生活。”

他又停了下来，直视着坐在教堂前排附近的某个人。格尔达伸长脖子，想绕过哈夫拉内克夫人的帽子看看清楚，可长椅之间的一根柱子挡住了她的视线。

“如果你认为上帝代理人[1]的力量源于大自然，那么你什么好处也

[1] 指教皇、主教等能在地球上代表上帝或基督的人。

得不到。”神父摇了摇头，仿佛在回答某个问题。他到底在跟谁说话呢？格尔达看了看自己周围，想知道大家在想些什么，可他们看起来都很平静，仿佛变成了河里的石头，而神父的话则变成了冲刷过他们的水流。她看着弗里茨，不过他似乎在听神父说话，并没有看她，也没有像她那样惊慌失措。格尔达觉得，这不是一场布道，而是一场辩论，可神父的辩论对象又是谁呢？

“难道不应该说，大自然会对智慧、慈爱的上帝做出回应吗？人类是具有局限性的，这体现在成长为一个有序的存在的过程。我们诞生于某个小得连肉眼都看不见的、黯淡无光的原子，渐渐成长为有意识的生物，这一过程又无可辩驳地证明了我们是不朽的。我们深受各种无形事物的影响，它们像是指南针上颤抖的磁针，指引我们走向我们的终极目标——不朽，至此，沐浴在爱的阳光中，甚至是快乐、幸福的精神境界中，我们可以永远地和万能的主一起统治万物。”说到这里，神父停了下来，喘了口气，“这样的图景，难道你们想象不出来吗？”

他扬起右边的眉毛，显得非常迷惑，又伸出一只指头粗壮的手，祈求了一会儿。待在后排的一个婴孩哭了起来，啼哭声似乎让这位好心的神父从他自己的话带给他的幻象中清醒过来。他怒视着所有人，一时间仿佛忘记了那些人都在那里。他挺直腰板，说道：“让我们向上帝，我们全能的天父，祷告吧。”

格尔达忙着去拿孩子们的外套，没看见坐在荣格尔斯神父重点关注的那张长椅上的人是谁。他们朝门口走去的时候，她小声问起弗里茨来：

“他刚才在跟谁说话呢？”

“谁？”

“神父啊。他在跟谁说话呢？”

弗里茨摇了摇头：“呃，跟大家伙儿说话吧，我猜。神父一般会跟谁说话呢？”

格尔达想用力摇晃他的身体。男人们难道注意不到他们周围发生的事情吗？接着，麦格恩医生的妻子、美丽的玛丽·麦格恩站到了她身旁。“沃格尔夫人。”她欢快地说道，“你今天早上看起来格外可爱呢。你有这么多孩子，还能这么精力充沛，你到底是怎么做到的呀？”格尔达立马意识到，她的头发盘得不够紧，有一缕头发散开了，裙子的下摆沾了些污渍，以及雷的头发还没来得及修剪。

“早上好，玛丽。”她小声问候道。雷和弗兰克正当着她俩的面相互掐着对方的屁股，试图让对方尖叫起来。利奥在弗里茨怀里动着不那么灵活的身体，从他父亲肩上探出头来，哭着想让妈妈抱。

“我基本上听不见你在说什么，亲爱的格尔达，你的声音太小了！”玛丽笑了笑，用手勾住格尔达的胳膊肘，使劲捏了捏，仿佛两人是最要好的朋友。格尔达还没来得及回答她，玛丽便随着排队往外走的人群往前移动，向弗里茨靠了过去。她穿了一条绿色的塔夫绸连衣裙，对他们教区的人来说，这条裙子显得太过贵气，从孩子们身边挤过去的时候，裙子沙沙作响。格尔达觉得她像只孔雀，特别高傲，总是打扮得花枝招展的。她看见玛丽挽着弗里茨的胳膊，抬头冲他微微一笑，接着，他也回头冲她微微一笑，这时候，格尔达觉得脸上有些发烫。她感觉到有汗水从腋窝顺着身侧淌下，心想，男人还是会注意到他们周围发生的事情的嘛。

他们是最后一批走到门厅的人。他们前面只剩下加诺威医生。玛丽依然挽着弗里茨的胳膊笑着。格尔达差点错过神父和医生的争吵。荣格尔斯神父的脸都红了，看起来已经被逼入绝境。加诺威虽然面带微笑，表情也不怎么轻松。

“我是个科学工作者，神父。我是不会道歉的。”加诺威正说着，转身面向了沃格尔一家，不再去看神父。“早上好，弗里茨！”他愉快地说道，“早上好，沃格尔夫人。”他端详了一会儿她的脸，然后低头看了看男孩们。如果她任由自己想一想加诺威医生有多了解她——毕竟，他给她接生过三个孩子——她便无法直视他的眼睛，所以在他握住她的手的时候，她决定转而看着他脖子上泛红的奇怪“图案”。

回家的路上，弗里茨吹起了一首旋律轻快的曲子，那是他常在晚上吹奏的曲子，口哨声让格尔达似乎一直怦怦直跳的心平静了下来。坐在后面的男孩们从马车的一侧探出身子，试着在经过草丛时伸手去够草尖。凯蒂在读随身携带的一本书；小宝宝利奥坐在格尔达的腿上，两只小手轮流把玩着一根棍子。很快，她就不能把他当小宝宝看待了。他会走路了，不过更喜欢被人抱着。他会说的话还很少，但每个字他都说得很清楚，像军人那样吐词清晰。格尔达听着马具发出的叮当声，看着那两匹马儿扭动着它们宽大的臀胯，慢慢拉着他们回家。

尽管眼下还风平浪静，可一想到自己的孩子们，她就有种喉咙哽住的感觉。她环顾四周，看着她带他们来到的这个世界。阳光灿烂，树木也吐露了新芽，沿途新种植的防护林呈现出氤氲的绿色。这个世界没那么糟糕，她告诉自己。

他们拐了个弯，从县道驶上了通往他们家农场的那条小路。围栏柱上的一个告示牌引起了她的注意。邻居需要一个新的雇工，因为他原来的雇工被征召入伍了。让格尔达大吃一惊的是告示牌最下面的那一行字："德国佬请勿应聘。"她抬头看了看弗里茨，想知道他看到这个告示牌没有，弗里茨却吹着口哨，拿着一根草荡来荡去，逗着利奥去抓。坐在后面的孩子们也没有看见那告示牌。这似浪潮一般滚滚而来的敌意已经如此深入人心了，难道她不曾这样想过吗？火车上发生的那一切已经来到了遥远的西部。阿洛伊斯发现的那些变化，也都已经出现在了这里。但斯图尔特是不会发生这种事的，她想，毕竟大家彼此都很熟悉。她抬头看了看将他们与邻居的土地隔开的那条路，觉得它就像是一道防火护栏。火花肯定不会溅到护栏之外的。求求你了，上帝。

"玛格丽特和阿洛伊斯昨天来家里了。"格尔达说。她正在煎的培根的气味和弗里茨挂在门边挂钩上的外套散发出的湿羊毛的气味混到了一起。她把培根压板横放在平底锅内的肉片上，滚烫的油脂嗞嗞、砰砰作响。她揭开炉子，检查火烧得够不够旺，然后转向操作台，开始将酵母和水混合在一起。"玛格丽特告诉我，克罗格开在镇上的商店新来了一个售货员。”弗里茨站在桌子旁，面前放着一块大砧板，上面破旧的皮质马具垂到了地上。刚裁好的新皮带用虎头钳钉在了砧板上，弗里茨身体的重量都压到了一只皮锥子上，他在给皮带打孔，以便安装皮带扣。他回了一句“嗯”。

“玛格丽特说，那个女售货员也不太讨人喜欢，”格尔达接着说道，“那女人让她和阿洛伊斯等了足足十分钟，才勉强抽出空来招呼他们。”

弗里茨又嗯了一声，不过，这也可能是他拿锥子用力在结实的皮革上钻孔时发出的咕哝声。

格尔达在窗前停留了片刻，看向窗外的苹果园。雨下得很大，还下个不停，她父亲把这种雨叫作“倾盆大雨”。层层叠叠的黑云看起来一动不动。春天来临的时间越晚，房子似乎就会变得越小。“又有兔子来啃咬果树了。”她摇了摇头，想着如何尽最大努力保护果树安然入夏。“昨天看到了四五只兔子。”弗里茨突然把那一堆皮带推到一旁，其中一条皮带缠住了装着皮带扣的盒子，盒子砰的一声摔到了地上。坐在高脚椅上的小宝宝利奥受到惊吓，尖声哭喊起来，弗里茨在一旁低声咒骂，格尔达则转身去捡散落一地的皮带扣。还好穿好衣服、准备去上学的凯蒂及时下楼，把宝宝从椅子里抱了起来。

“要是在牲口棚，这活儿干起来应该会容易些。”弗里茨嘀咕了几句，然后弯腰捡起了装皮带扣的盒子。

格尔达什么也没说，不过她记得，昨晚，他把砧板放在桌上，把马具拿进厨房后，她也这么说过——皮革在温暖的环境中处理起来更加容易，但这种活儿不适合在厨房的操作台上干。等他俩把散落在地上的皮带扣全都捡起来后，她说道：“先别说这个了，早餐快做好了。”

她父亲的农场上有个工棚，房子一样大。棚里的两端各有一个暖炉。每件工具都有自己的专属位置，不用时就会被放回原处。格尔达责备自己到现在还记得这些事情，可回忆一旦涌上心头，她又没办法把它们放下。工棚整洁有序，只有在父亲陪着她的时候，她才会获准进入。若某件工具放错了位置，那意味着犯错的人会挨打；德吕克家的孩子们对那个工棚满怀敬意，就像对教堂一样。棚子里散发着皮革、油、烟以及木料的气味，中间的梁上有一个滑轮系统，上面挂着一些灯笼，父亲在棚里工作时，灯笼发出的光会让那里如白昼般明亮。父亲似乎不用刻意瞄准，就能从棚里的任何位置击中门边的铜痰盂。地上铺着厚实的橡木板，高出地面将近一英尺。有一根管道与暖炉的背侧相连，将暖气送入木地板与地面之间的空间，在寒冷的冬日走进工棚就如同走进一间温暖的厨房，让人心情愉快。有一面墙是铰接的，若有设备需要带到棚内维修，可以将这面墙打开，以便德吕克家的男人们舒舒服服地工作。

弗里茨拖着那堆皮带走到柴火堆前，随手一丢。格尔达把那盒皮带扣放到皮带旁，把路让开，好让弗里茨拿起这块厚厚的橡树木砧板，把它斜靠在墙上。她擦完桌子，开始摆餐具，然后才意识到培根快煎焦了。她用漏勺把培根舀起来，自认为味道不算太差，不过闻起来不像食物，倒像是炉灰。他们的日子过得很紧，容不得半点浪费。

一如往常，不知不觉间，一上午就过去了，下午到来，工作仍在继续。弗里茨带着自己的工作去了屋外，格尔达也在忙着自己的工作。难道是她想让自己忙个不停的吗？不，她的工作性质决定了她必须动个不停。正下着雨，她暂时不用去户外干活儿，虽然如此，可事情总是做不完，总有事情需要她去关注。她费劲地从井房打水，烧水洗衣服。接着，她又要去看看烤箱里面包烤得怎么样了，再把面团揉成卷，准备好烤下一拨。时间就这样在她不知不觉间过去了。

她放下手里的活儿，抬起头来，透过厨房的窗户往外看，发现雨终于停了，银蓝色的天空出现在地平线上。在惨淡的阳光的照射下，她觉得草地似乎变绿了。透过林子，她瞥见邮车驶离县道，正沿着小路北上。她的心怦怦直跳，以往每次看见那辆熟悉的蓝色马车时，她都会这样。哪怕娘家的人没有给她寄信，她也会收到报纸，也许还会收到产品目录。她和凯蒂很喜欢在晚上翻阅西尔斯·罗巴克公司的目录。她俩都快把几个月前寄来的那本伯比种子公司[1]寄来的产品目录翻烂了。读一读与植物和花卉有关的内容，冬天也就变得没那么难熬了。

她扭头瞥了孩子们一眼。凯蒂坐在桌旁，弯腰在石板上练习写字。雷靠在她身旁，仔细看着她慢慢地在黑色的石板上画出白色的圈圈。虽说两人相差两岁，可他们就像双胞胎一样，都很热爱学习。弗兰克和小宝宝利奥还在睡午觉。先前，她哄他们上床睡觉时，本想保持沉默，却

[1] Burpee Seed，官方名为 W. Atlee Burpee & Co.，是美国的一家种子公司，历史上曾成功培育多个著名的蔬菜品种。

吼叫了起来，把自己的沮丧之情发泄在了他们身上。他俩还小，美丽光滑的脸蛋毫无瑕疵，她却对他们发了脾气。为了让他们安静下来，她砰的一声关上卧室的门，把门厅墙上挂着的一幅画都震落了。她想知道，什么样的母亲会这么对待自己的孩子？他们被吓得连话都不敢说，她居然用吓唬孩子的方式，达到让自己满意的结果，这算是哪门子的母亲？她希望他们能睡得久一点，这样她就可以不受打扰地干活儿。有时候，屋子里的空气似乎还不够所有人呼吸。她走到楼梯口，想听听他们房间里的动静，却一点声音也听不见。现在，她终于有机会逃离了，哪怕只有几分钟。

她在围裙上擦了擦手，留下一道道白色的痕迹，然后慢慢脱下围裙。她走向门口，默默地取下衣钩上的大衣，蹬上弗里茨留在地板上的那双搭扣靴。她的动作缓慢且小心，仿佛身处关着精力充沛的马儿的畜栏里，生怕惊吓到马儿一样。她希望在孩子们注意到之前，就走出家门了。

她觉得，他们有时候特别像动物，有许多放肆的要求，情绪高亢，极易被激怒，急于让她留在他们的视线之内。

有时候，她恨不得飞离闷热的厨房、逼仄的屋子，呼吸，只是呼吸。她的要求并不高，只想有机会去呼吸几口新鲜空气。她慢慢转动门把手，弹簧发出刺耳的摩擦声，声音很响，吓了她一跳。只有凯蒂抬起头来，格尔达把一根手指放在嘴前，示意她不要出声，又朝她笑笑，最后关上了门。

她身后的孩子们安然无恙，她抬起脸来，看着天空，深吸了一口气。冬霜消融，泥土的气味像河流一样流向了她。她像裹披巾一样裹在身上的大衣实在太暖和，反倒不适合这样的日子，她便把大衣搭在围栏上，又把衣袖系在围栏的上横梁上。阳光和煦，微风轻拂，如同一声温柔的道歉。

早春是她一年之中最喜欢的时节。一群燕雀搜寻着种子和蠕虫，把牛犊所在的牛圈弄得一团糟。她越走越近，靴子上的搭扣发出了叮当声，吓得它们四散开来，消失在车道两旁的树上。

它们每年都会回来，知更鸟、松鸦、燕雀——所有的鸟都会回来，这是四季循环的一部分，没什么好兴奋的，可她一看到那些鸟儿，便觉得很开心，心中也燃起了希望。这只是一种多愁善感的表现，一点意义也没有，她责备起自己来。不过，那些小鸟的身影和草地鹨的啁啾声依然让她备受鼓舞。

她走得很慢，走到小路上的时候，她留意着脚下，以免一不小心陷入淤泥中；快走到信箱旁的时候，她才意识到运送信件的马车还在那里。

她抬起头来，朝靠着马车后挡板的男人微微一笑。

“下午好啊，沃格尔夫人。”查尔斯·伯克慢慢地微笑，“在春天看到你，还真是个好兆头呢。”

她的脸红了，扭头看向了别处。

“你看起来就像一只沿着小路朝我飞来的大鸟，沃格尔夫人。”他把一沓邮件递给了她。

格尔达提醒自己别去注意查尔斯·伯克脸上慢慢舒展开来的笑容。她还提醒自己，他下巴上的酒窝与她无关。她低头看着他递过来的那一沓信件。

“我的意思是，风吹起你的裙子的时候，”他继续说着，“裙子看起来就像翅膀。”他向两侧张开手和胳膊，模仿起她来，“又或者说，你让我想到了天使？”

格尔达觉得自己的脸颊在发烫，她紧紧抿着嘴，忍住不笑出来。“说到鸟，”她突然说道，“你知道吗，我的姓就是这个意思——在德语里，‘Vogel’的意思就是‘鸟’。”

“她说话了！”他看起来对自己很是满意，“一只会说话的鸟，你说是不是，沃格尔夫人？你知道吗，我其实拿不太准你到底会不会说话。要不就是你不愿意和我这样的普通公仆说话？既然你不想跟我说话，那我是不是应该觉得受到了冒犯呢？”他冲她扬起了眉毛。

“啊，不，压根儿不是这么回事。”格尔达举起手抗议起来，“我的意思是，我……”她的脸越来越烫了，“我不是有意冒犯你的！我不知道你想让我跟你说话。我不知道……”她的声音越来越小，最后她沉默了，不过她的嘴并没有完全合上。

“不知道我想让你跟我说话？老实说，沃格尔夫人，有哪个血气方刚的男人不想在这样的场合逮住机会，让一位美丽的女士陪他说说话呢？”

她是不是真的大声发起了牢骚？她希望自己没这么做。他的话让她很震惊，震惊得她都不知道自己说了些什么。她只是盯着他看了一会儿，然后转过身朝自家方向走了一步，可随后她又立刻回过身面向他，一只手放在脖子上，就这么盯着他。

牲口棚附近突然传来了一头牛犊的哀号声，一时间，将他们的注意力从彼此之间吸引走了。等到他们再次对视的时候，查尔斯依然面带微笑："你会时不时跟我说会儿话吗，小鸟夫人？只是说说话而已，这样的话，我走这么长的路，还能有点儿盼头呢。"

格尔达抬起头，回头看了看自己的家。

"我看见你的时候，当然会跟你说话，伯克先生。我……我不是故意这么没礼貌的。"她感到胸中一阵颤动，仿佛有个长着翅膀的东西在她体内苏醒过来。

他愉快地点了点头："嗯，最近几个礼拜，你总是急着想要见我。我想，是时候打破沉默了。你随时都可以跟我说话。我相信我们很快就会再见面的。"

"啊，是因为我妹妹。"她结结巴巴解释起来。他四处张望，仿佛在寻找她的妹妹，接着扬起了眉毛，显得很疑惑。格尔达头一回意识到，因为自己的举动，两人才有了这次谈话，此外，他也误解了她的意图，以为她每次来都是为了见他。"跟我妹妹有关。我一直在给我妹妹写信，她也一直在给我写。这个冬天，我去见过她，我的意思是，我去参加了我姨妈的葬礼，她也在，如今，我们会相互写信。"她似乎没办法住嘴，仿佛某个她不认识的人控制了她的声音，"是这么回事，我希望她能来看我。跟你没关系。我没打算见你。我只不过是等不及收到她的回信而已。”

“不是因为我吗？”查尔斯看起来有些受伤，又或者说，他装出了一副很受伤的样子。格尔达无从判断，她并不了解男人。

“不，是因为那些信。”格尔达说完后，拿出一封信证明给他看，“我妹妹寄给我的那些信，实在抱歉。”

查尔斯将一只手放在胸前：“我太伤心了。我真是个可怜的年轻人，我该怎么办呢？”

格尔达用眼角的余光看着他：“伯克先生，我非常肯定，你一定是在跟我开玩笑。”

他再次微笑起来，笑得很邪恶：“从现在起，我能叫你小鸟夫人吗？”

格尔达摇了摇头，就像孩子们犯错时那样：“你的姓是什么意思呢，伯克先生？”

“伯克？我不是很清楚。只是个姓而已。美国人的姓。”

格尔达脸上的笑容凝固了。瞬息之间，两人的谈话方向就变了。格尔达想，当然了，美国人的姓名本身就已经足够。只有移民的姓名有两层含义。如果你是美国人，你的姓名就仅仅是你的姓名。在美国，这样就够了。

她点点头：“当然了，美国人的姓。”她发誓，再也不会告诉别人“沃格尔”的意思是“鸟”了。“我真的得走了，伯克先生。谢谢你给我送信，给我们家送信。再见。”她转身离开了，脸却还在发烫。

“小鸟夫人？”查尔斯大声叫她。她又回头面对着他。“再见啦！”他摘下帽子，给她隆重地鞠了一躬，然后爬上了马车。

格尔达快步走向自家的房子，纳闷自己究竟在想些什么，才会告诉查尔斯·伯克她的姓在德语中是“鸟”的意思。这世上的麻烦事已经够多了，还用得着她特地添乱吗？

“我知道去镇上的路怎么走，弗里茨。”格尔达说。她坐在地板上，面对着装鸡蛋的木箱子，用湿布仔细擦着每一个蛋，再挨个放进纸糊的托盘里。

弗里茨从门口走向格尔达，又走回了门口。他看向窗外，看到丹·莱亚伯的那个雇工正在马车上待命。

“我得对莱亚伯的雇工说我今天帮不了忙了。”弗里茨说。屋外的阳光很明亮，照得他眯起眼来。“他的活儿并不比我的重要。”他抽了抽鼻子，弄出很大的声响来，又从裤子后面的口袋里拿出手帕，擤了擤鼻涕。

擦干净最后一个蛋后，格尔达把面粉筛布横着铺在木箱顶部，然后慢慢站了起来。她双手扶腰向后仰，舒展着背部僵硬的肌肉。“我知道去镇上的路怎么走，弗里茨。”她重复了一遍。她觉得特别疲惫，却努力掩饰着，不让弗里茨发现。如果他知道她有多么累，他肯定不会去帮莱亚伯一家，而是留下来，驾车送她去镇上。

她勉强露出灿烂的笑容，装作勤快的样子，捡起地上的破布，朝弗里茨走去。她踮起脚尖，吻了他的脸颊，又打开门，引他走了出去。他仍然眯着眼，跨过了门槛。

“哎呀，等一下，我忘了一件事。”她虽然这么说，可实际上并未忘记，“帮我把这些鸡蛋搬到马车上去吧，谢谢啦。”

一旦清楚自己要做些什么，弗里茨便迅速行动起来。他搬着装鸡蛋的木箱，一出门，便意识到他的邻居急需他的帮助，于是同意了格尔达独自去镇上的决定。他把木箱放在马车行驶时几乎不会受颠簸影响的位置，然后转身走向格尔达。她微笑着说“很好”，又拍了拍他的胳膊。两人走向另一辆马车，莱亚伯的雇工正坐在上面等着弗里茨。

“莱亚伯夫人让我务必告诉您，她非常感谢您，感谢您放下自己的手里的活儿，抽出空去帮她。”那个雇工说道，“莱亚伯先生病得很厉害。”

弗里茨爬上车，坐在雇工身旁，又对格尔达说道：“要是你回来的时候我还没回家，你就让马继续套在马车上，多站一会儿也伤不着它们。”

格尔达微笑着挥手向他们告别，希望他们赶快出发。丹·莱亚伯的雇工一个小时前就到了，当时，弗里茨正好把马牵到屋前，把鸡蛋和牛奶装到马车上，为去镇上做着准备。格尔达想请那个雇工进屋喝杯咖啡，却被弗里茨瞪了一眼，可她还是把他请到了家中。她没办法让一个邻居——即便那邻居只是个雇工——走出他们家门之后觉得自己不受欢迎。那个雇工走进他们家，高兴地坐了下来。他大声喝着咖啡，对沃格尔夫妇说，丹·莱亚伯得了严重的肺病。“医生管这种病叫流感；所以这两个礼拜，我一个人干着两个人的活儿。”

“到目前为止，医生已经去过他们家三四次了。”他又大声喝了口咖啡，“听他们说，他的病好像好一点了，不过这病伤到了他的肺，医生说，他还得再多休息几天。而且你们也知道，莱亚伯夫人觉得，麦格恩医生无所不能，所以说，不管老丹他自己觉得有没有必要，他的想法都不重要。”他大笑起来，听起来特别像狗叫，又大声抿了口咖啡，“我跟你们讲，莱亚伯夫人是不会让老丹出门的——这可是麦格恩的意思。”

弗里茨背靠在椅子上，朝窗外望去，仿佛在查看太阳的位置。麦格恩就是格尔达口中“镇上的另一位医生”。他总是开着一辆福特车，穿着一套定做的西装上门去给患者看病。“我很好奇，他在接生的时候会不会脱掉他那套西装，或者说，他会不会只是站在一旁，看着别人接生，这样就不会弄脏衣服了。”她曾如此说道，“又或者说，也许他的病人都是干干净净的吧。”她的这番话，几乎表明了她对镇上的那些富人是心存怨怼的。那个雇工又开口说起话来。

“你们也知道莱亚伯夫人是个什么样的人。她一旦下定决心，就不会改变主意，她也不在乎农活需要两个人才能干完，而且这两个人里面没有老丹。”他又狗叫似的大笑起来，“除非他从窗户里偷偷爬出去。”

那雇工喝完杯中最后一点咖啡，看向了炉子上的咖啡壶。弗里茨看了看格尔达，非常隐蔽地摇了摇头。她同样非常隐蔽地扬了扬眉毛，然后弗里茨站了起来。

他答应了，说自己今天还有几个小时没安排工作，又告诉格尔达，他会明天带她去镇上做买卖。

“嗯。”格尔达说，“你去帮他们吧，不过我打算今天就把这些鸡蛋拿到镇上去。东西都准备好了，我带着就行。”

雇工起身说道：“谢谢你，夫人，你真是个大好人。”他双手捧着咖啡杯，递给了她，然后胸有成竹地朝门口走去，“我在外面的马车旁等你，沃格尔先生。你能帮忙，我真的非常感激。”

弗里茨还没来得及争论一番，计划便已开始实施。雇工随即领着他沿小路离开，而他的格尔达正站在家门口，给孩子们安排活儿干，还要求他们举止得体。等到他们从格尔达的视线中消失时，她正把一条薄头巾绑在头发上，同时考虑着穿外套还是毛线衫。天气很暖和，正值五月天，但这里毕竟是内布拉斯加州，天气总是变化无常。她仔细眺望着地平线，几片薄云让南方的天空显得越发苍白，可目力所及之处，大部分天空都是蓝色的。她选了毛线衫，然后匆匆跑向马车，之后才有空理一理头绪：是的，就像她之前满怀信心对弗里茨说的那样，她确实知道去镇上的路怎么走，可事实上，她还从未一个人去过镇上。

走到小路尽头的时候，她让马儿们拉着车向南驶向主路，此时，一阵微风从南边迎面吹来，吹乱了马的鬃毛。马儿们嗅到了河流的味道，又或许闻到了冒险的味道，突然小跑了起来。为了保持平衡，格尔达紧紧抓住座椅，铆足了力气——看起来，她其实没必要用这么大力气——拉住马儿，让它们由跑变成了走。拂过她面庞的微风，洒在她脸上的阳光，挽具发出的叮当声，这一切汇成音乐，听得她想放声大笑。那一刻，她忘掉了疲惫，忘掉了烦恼，让马儿们轻轻松松踱着步。她就要到镇上了。

她把马车停在了克罗格杂货店后门处，临近弗里茨这么多年来每个月停车的位置。她曾上千次看弗里茨刹车，便学着他的样子把马车刹住，不过他每次只用一只手就可以平稳地刹住车，而她需要用双手，外加身体的大部分重量，才做得到。她爬下马车，拍了拍裙子上的灰尘，重新扎了一遍薄头巾，又扎好在路上散开的几缕头发，然后才走进杂货铺。进门时，她忍住冲动，没有大声说："我做到了！我自己一个人来到了镇上！"可她还是情不自禁地露出了微笑。

玛格丽特跟她提起过的新来的女售货员站在柜台后面。格尔达正在兴头上，没有仔细看那个女售货员，而是在货架间的通道里走来走去，等着她过来招呼自己。新来的售货员在柜台后面麻利且自信地忙前忙后，轻松自如地和格尔达身前的农户聊着天，把那家人买的货品包好。那家人——格尔达总记不住别人的名字——在斯图尔特住了很多年，但没去过圣·博尼费斯教堂。他们转身打她身旁经过时，格尔达礼貌地点了点头。她想，换作弗里茨，他肯定会想办法跟他们聊一聊，她很羡慕他能够轻松自在地与人相处。虽然跟熟悉的人，她会有说不完的话，可在这样的时刻，她却总想不出要说什么。

这并不重要，意识到这一点后，格尔达松了口气。那一家四口长得都很高，父母两人带着一双女儿，站成一排朝门口走去，甚至没停下脚步跟她打个招呼。格尔达注意到其中一个女孩——也许是他们中年纪最小的，看起来十三岁左右——回头看了她一眼。格尔达觉得，那女孩看她的眼神很古怪，似乎她不仅看了格尔达一眼，而且在经过格尔达身旁的时候还扯开了自己的裙子，以免碰到她。格尔达下意识地抬手抚平自己的头发，琢磨着是不是自己沾了一脸灰尘。那一家人走了出去，带上了门，格尔达于是转身面向柜台后面的那个女人。

“早上好。”格尔达说，“我是沃格尔夫人，格尔达·沃格尔。”她微笑着，等待那女人跟她说话。就在那个沉默的时刻，她认出了那个女人。格尔达之前见过那女人。她也在去西点的那趟火车上。格尔达觉得肺部的空气一点点消失，而她却忘了继续呼吸。两个女人凝视着彼此，看着看着，格尔达觉得，时间仿佛已经过去了一辈子。她喘着气小声说道：“我们没见过面。”

说完后，她便想收回这句话了。她撒了个谎，却不知自己为什么要这么做。两人都是目击者。突然间，仿佛时间崩溃掉了，她俩又一起回到了那趟火车上。格尔达拉紧毯子，扭头看向别处，不敢去看那几个年轻男子在做些什么。她记得那女人的脸上写满了恐惧，记得她脸上没有擦掉的眼泪。甚至在当时，她便已经很好奇，在那个瞬间，在一片混乱之中，两人之间到底建立了怎样的联系；而现在，她私底下既希望伸手摸一摸那女人的手，又希望逃跑。很快，她便为自己的沉默而感到内疚。

那女人交叉着双臂，盯着格尔达看。格尔达张开了嘴，但没说出口：你也一直在想那件事吗?

她独自一人来到了镇上，这个成就确实堪称新闻，可与那个男人倒在雪地里、白色的雪与红色的血形成鲜明对比的画面相比，便显得荒唐愚蠢。她觉得头晕目眩。她想走出杂货铺，坐马车回家；她希望弗里茨此刻就站在自己身旁。她指了指她刚刚走进来的那扇门："我的马车在外面。我带了些鸡蛋和牛奶来。"她不想看着那女人等她回话，便索性研究起沿柜台摆放的容器里都装了些什么。她希望那女人把在杂货铺后面工作的那个小伙子叫过来，让他把装鸡蛋的木箱和装牛奶的桶从车上卸下来。时间嘀嗒嘀嗒地流逝，可什么事情也没有发生，她只好抬起头来。那女人还在盯着她看。"想和你们做点买卖，"这一次，格尔达的语速更慢了，"我带了些鸡蛋和牛奶，就在我停在外面的马车上。"可还是没有任何动静，这时，她忍气吞声地说道："我是弗里茨·沃格尔夫人，我带了些牛奶和鸡蛋来，想和你们做点买卖。"她不知道为什么自己会重复同样的内容，但也不知道还能说些什么。她噘嘴继续说道："如果方便的话，我希望有人能帮我从马车上卸货。"

格尔达和那女人再次对视，这一次，格尔达觉得时间又过了很久很久。奇怪的是，她发现自己又想哭又想笑。之所以如此，也许是因为她依然为自己头一次独自来到镇上而感到激动。她在一家光顾了多年的商店里，知道每个通道间硬木地板格子花纹的样式，哪些地方翘了起来，对格尔达来说，待在这里和待在镇上其他商店一样舒服。可是，尽管她和那女人之间有一些联系，格尔达却压根儿想不到接下来会发生些什么。

那女人摇了摇头，说道："所以说沃格尔女士需要帮忙，对不对？你不是在逗我吧？"

那女人的话让格尔达震惊得当场笑了出来。笑声很短促，没什么幽默感，她很快意识到这一点，便用手捂住嘴，想止住笑声，却为时已晚。那女人抬起下巴，怒视着她："这有什么好笑的？"

事后，她很好奇，要是克罗格先生没有在那一刻来到门前，她会说些什么呢？格尔达猛地转身朝他走去，却拿不准自己此时此刻的情绪到底怎么样。那女人立即扭头开始重新整理身后货架上的货品。

"沃格尔夫人！"克罗格先生高兴地喊道，"我瞅见有人来镇上，本以为是你，可我心里想，那人准不是沃格尔夫人，毕竟弗里茨没陪在她身旁嘛。"

格尔达的手仍然捂着嘴，一时间，她想不出该说些什么好。她看着那女人在柜台后面勤勤恳恳地忙活着，莫名其妙地将一些货品从一个货架上放到另一个货架上。"我——不，他——弗里茨没来。"她终于勉强说了这么一句，随后指了指后门，"鸡蛋。牛奶。我有这两样东西。"她知道自己肯定又说了些傻话，可她就是没办法张嘴说出自己本打算说的那些话。

克罗格先生似乎没有注意到格尔达有些不安，只是走到柜台后面，拿出那本记录着每一笔交易的账簿。"好，好，沃格尔夫人，很高兴听到你这么说。”他从围裙正面的口袋里拿出眼镜，小心翼翼架在鼻梁上。“埃米莉，”他冲身旁的那个女人说道，“你有没有叫安布罗斯出来？他得把那些货物搬进来。”那个叫埃米莉的女人挺直了腰板，朝后面的房间走去，没再多瞥格尔达一眼。

“哎呀，”克罗格先生心不在焉地抬起头来，“忘记给你介绍埃米莉了。她是我弟媳妇的表亲，来自圣路易斯。”他俯过身，压低嗓门儿跟格尔达说，“你知道吗，她丈夫死了，来这儿是因为她只有我们这些亲戚了。二月份的时候，她离开圣路易斯，来我们这儿试着干了一阵子，后来她放弃了，又回了圣路易斯。不过，还没到圣路易斯，她的钱就用光了，于是她又掉头重新回到了我们这里。现在，我让她在店里打下手。”他俯身越过柜台，离她更近了些，说话的声音也更小了，“因为我老婆说她在家里帮不上太大忙。”他对她使了个眼色，仿佛两人现在共同拥有了一个秘密。

弗里茨没有注意到时间。他停下手里的活儿，抬起头来，用兜里的大手帕擦了擦额头上的汗，这才头一回察觉到时间的流逝与天气的变化。他和莱亚伯的雇工干活儿的时候，天气变得越来越热，也越来越潮湿，春日的天气总是如此，不过，猛地凉风吹来了，吹干了他们背上的汗，带来了一阵凉意。他们很快便干完了莱亚伯一家需要两个人干的那些农活。事实上，早在弗里茨和雇工驾着马车，轰隆隆地在车道行驶时，他便忘掉了时间。他干起活来就是这样——他会全身心地投入眼前的工作中，不关心之前发生了什么、之后会发生什么。只有在完成工作后，他的这种专注状态才会结束。

他将手帕塞回兜里，看了看四周，同时也稍微舒展了一下身体。上午早些时候，一只啄木鸟当当当地啄了好几下锡烟囱，后来，在一棵老棉白杨的树枝上安顿了下来；树枝恰好在他们头顶上，一天中的大部分时间里，它都陪伴着他俩。弗里茨意识到它安静了下来，而且安静了好久。他抬头看了看那只鸟曾忙活个不停的地方，意识到所有的鸟儿都不再叽叽喳喳地叫了。他还注意到，微风早已消失，农场安静得让人连气都不敢喘。他环顾四周，看见莱亚伯家的那只巨大的牧羊犬突然跳了起来，叫了好几声。弗里茨看了看那条狗，又转身向西边望去，他知道马上就要变天了。他生命中的大部分时间都生活在平原上，跟平原上的其他居民一样，对这里善变的天气早就习以为常了。可是，眼前的这一幕还是让他非常震惊，他甚至往后退了好几步，差一点踩到追上来的雇工。

“看起来不太妙啊。”雇工的声音传到了他的耳边，听起来既响亮，又突然。弗里茨端详着打西边滚滚而来的暴雨云。云砧直升云霄，看起来有好几英里长。它们在蓝色的天空中翻滚着铺展开来，宛如来势汹汹的大火中蹿出的一股黑烟。风暴锋面的每个部分都在移动，层层乌云朝不同的方向飘去，不过，整个风暴正从西往东行进，好似一支军队。风暴底部漆黑如夜。一道道闪电沿着已成风暴的云墙下缘缓慢行进。

乍看起来，暴风雨离他们还有好几英里远，但它正在快速移动。弗里茨计算了一下此刻暴风雨与他的农场之间的距离。他想，如果能找莱亚伯借一匹马，他应该来得及赶回去。他可以第二天一早把马还回来。他转身将自己的计划说给雇工听，这才想起格尔达不在农场上。格尔达在镇上，而且是独自一人。他又迅速转身，看向那些乌云，试图弄明白暴风雨会不会袭击镇子，仿佛自己是千里眼。

“我需要一匹马。”弗里茨说。他将永远感激那个雇工迅速地为他提供了帮助。那雇工什么也没问，就行动了起来。弗里茨等不及给马装上马鞍，可他还是得牵着马沿着围栏走，找到一处合适的地方再爬上马，一腿跨过那匹驮马宽大的马背。那匹马高十七手[1]，就像一座山，弗里茨骑在马背上，甚至能以更好的角度观察暴风雨。他用缰绳抽了抽马屁股，虽然马儿抵抗了一番，只想回到牲口棚里，可弗里茨还是扯着缰绳，将马头扭了过来，又踹了它一脚，驯得它服服帖帖的。

他过河的时候，马蹄把独木桥踏得砰砰直响，发出了雷鸣般的声音。就在那时候，弗里茨意识到自己面临着抉择：骑马上了大路以后，他要么向西走，去镇上找格尔达；要么向东走，回家。他的脑海里轻快地响起了一首格尔达有时会唱给孩子们听的童谣，一首荒谬的童谣：“瓢虫，瓢虫，飞回家。娃娃独自在家中，你家房子着火啦。”他想到了驾着马儿的格尔达，坐在马车座位上的她显得那么娇小。哪怕她把缰绳紧紧缠在手上，她也可能握不住缰绳，失去对马儿的控制，或是抓着缰绳的时

[1] Hand，为测量马的身高的单位，即一手之宽，约为 4 英寸或者 10.16 厘米。

间过久，被拉离座位。他脑海中的画面如此清晰，仿佛在那一刻，他亲眼看见了一般。他踢了踢身下的马儿，催促它快点奔向格尔达。

可是，刚到转弯处的时候，他又想到了家中的孩子们。他教过他们遇到恶劣天气时该怎么办吗？凯蒂提得起果窖那扇沉重的门吗？她知道为了安全起见，得去那里待着吗？他想到了几年前席卷了奥马哈大部分地区的那场“复活节龙卷风”。他记得报纸上的那些照片，照片中，那些砖砌的建筑被吹得东倒西歪，仿佛被炮弹精准地击中了。他记得那些照片，也记得那些报纸，可他不记得，不记得自己有没有给孩子们看过，也不记得自己有没有告诉他们暴风雨来临时该怎么办。他想大声吼叫，他感到满腔怒火，因为暴风雨，因为自己没能陪在孩子们身边，也忘了教他们如何自救，还因为格尔达——请上帝原谅——因为她在暴风雨来临之际去了镇上。

他一直望着西边。他看见云堆前面的闪电就像熊熊燃烧的蜘蛛腿，缓缓行进在平原上。他又想到了格尔达，想到了那些马儿，想到了失去控制的马车——他很了解他的马，知道它们会吓得够呛，想回到安全的牲口棚里。他也知道，它们会拼命奔跑，除非有双强壮的手臂能勒住它们。那一刻，他的确大声喊了出来，但没有骂人，毕竟他不喜欢骂人，只是一声饱含沮丧与恐惧的粗犷的呐喊。

他猛拉缰绳，掉转马头，朝他该去的方向奔去。他知道，自己在妻子与孩子之间做出了选择。这时候，随着风暴前端而来的那股冷空气向他袭来，势头如寒潮一般。马儿的粗毛在突如其来的大风中乱舞，如同鞭子一般，抽得他眼泪直流。一时间，他把头埋入了马儿的鬃毛之间，风中夹杂着雨水，一路追赶着他回家。

克罗格先生一如既往地友善，在他面前，格尔达觉得心跳恢复了正常。他戴着老花镜，低着头，抬眼仔细看着格尔达，询问她家里人是否都还好，家里菜园子今年的规模，果园在过去的冬天状况怎么样。他告诉她，去年秋天的冰暴让他损失了几棵大苹果树。

“树枝突然折断了，掉落在树根周围，就像每个礼拜都要洗澡的孩子们在准备洗澡时把衣服留在了脚边。”他说，“看到那一幕的时候，我真的差点儿哭了出来。你知道吗，上面结的可都是我最宝贝的苹果啊。”

格尔达摆出一副同情的面孔来，想说些什么来回应他，可克罗格这种人并不需要别人对他的话做出回应。他一个人足足讲了两三个人要说的话。虽然在某些日子里，格尔达确实听腻了他漫无边际的闲谈——关于果树的故事她之前已经听过两遍了——可今天，他那熟悉的声音和故事却让她冷静了下来。

看样子，埃米莉已经打发里屋的那个小伙子到外面去了，可是，格尔达待在店铺里的时候，她并没有返回柜台。某种感觉在她脑海中挥之不去，她觉得，那女人正在她看不见的地方徘徊，像一只伺机扑向她的猫；从货架上取下她所需的货品后，格尔达觉得自己的肩膀僵硬得都疼起来了。

自从格尔达目睹那个德国人被丢下火车以来，时间已经过去了三个多月，可她依然会不断回想起他的脸，以及车厢里其他乘客阴沉的表情。世事瞬息万变，人与人轻易就反目成仇。

克罗格先生扶着格尔达上了马车，他唠叨个不停，声音低沉，让人感到安慰，这时，格尔达瞥见埃米莉正站在门口的阴影处看着他们。她感到一阵刺痛，那刺痛源于恐惧，也源于震惊。直到这一刻，她还觉得这场战争是男人的战争。在战争中，女人只能充当旁观者，或许还能在帮得上忙的地方帮些忙，就像那些英国女人一样——她曾读到，在男人上战场的时候，那些英国女人接管了工厂里的工作。可女人们不是战士，她们根本就不是。

看见埃米莉一只手捂住喉咙，露出阴沉恶毒的目光来，格尔达心中满是不祥的预感。格尔达意识到，对德国人的仇恨已经席卷全国，化身为一个女人，来到了斯图尔特。

克罗格先生从马车旁边走开，抬头看了看西边："暴风雨就要来了，沃格尔夫人。你赶紧回家去。"

格尔达只想回家，待在自家的厨房里，和家人待在一起。离开镇上时，她的眼睛一直盯着马儿扭来扭去的臀部，没有抬头看是什么东西正向她袭来。她自知无法改变，也不忍心目睹周围正在发生的一切，而这场暴风雨着实让心事重重的她有些措手不及。

从格尔达松开车闸、启程回家的那一刻起，马儿们便挣扎起来，把缰绳绷得紧紧的。两匹马中年纪较小的那匹叫博斯，它套着马具，侧着身子，摇头晃脑地跳来跳去，仿佛想努力挣脱束缚。弗里茨安排了老马布鲁和博斯一起拉马车，这一点让格尔达感到很庆幸。如果没有那匹镇静的老骟马在一旁安抚着博斯，她也不确定自己能否让博斯服服帖帖的。事实上，她不得不用双脚蹬着脚踏板，用尽全身力量拉住缰绳，才控制住马儿们驶向通向镇外的街道。

短短时间内，天气变得异常炎热，大风暴来临前常会出现这样的变化；她倒是希望自己在松开车闸前就脱掉了毛线衫。还没走上一里路，她便已经大汗淋漓，乳房之间、腋窝之下都是汗水。马蹄扬起的尘土浮在空中，似云团一般，让她几乎窒息。

那条向北延伸、通往家中的小路出现在她眼前的时候，一阵冷风突然向她袭来，接着便下起了雨。雨像小石子一样打在她脸上。一开始，她以为是冰雹，可实际上，只是落下的雨滴，雨势实在太大，所以她才会觉得疼。仅仅过了几秒钟，天空像是裂开了，落下了倾盆大雨，雨下得又猛又急，为了喘口气，她只好身体前倾，压低身体。马儿们吓坏了，她却无力让它们停下来。她没能抓住湿滑的皮革缰绳，大风吹着雨水泼向她，她看不清马儿们正往哪里跑。她牢牢抓住座椅的木头靠背，尖叫了起来，可与暴风雨发出的咆哮声相比，她的尖叫声显得如此微不足道。马儿们朝通向家中的拐弯处奔去——它们怎么会知道回家的路呢？——它们全力奔跑，马车斜向一侧，惊险地拐了弯。格尔达被甩到了座椅的边缘处，为了自救，她的指甲死死抠住木头座椅。

后来，弗里茨说，多亏了老布鲁，马车的速度才会慢下来。他说，老骟马的前腿突然陷进了淤泥中，而被惯性和博斯拉着继续向前走的马车撞上了它的后腿，造成了永久性损伤，可马车却刚好因此没有翻倒。事情发生时，弗里茨正站在牲口棚门口。除了马车和马儿的黑影，他什么也看不见。他只能将希望寄托在祈祷上，便做起了祷告——一个不习惯祈祷的人，极其虔诚地祈祷着。他推开牲口棚的大门，马儿们随即冲了进去，当时的格尔达依然紧紧抓着座椅，如同一块破布。

第七章

人们通常认为，要是哥伦布骑士会在中午召开会议，这便意味着该组织承担了一项他们希望能有女性参与其中的工作。这一次，会议的开始时间定在了下午两点，这一时间通常是当地的女性俱乐部——包括圣坛协会[1]、妇女援助协会，以及红十字会女子俱乐部——召开会议的时间，不仅如此，此次会议还有确定的结束时间，明确规定会议将早早结束，以便那些家庭主妇及时回家准备晚餐。

本次会议的重点议题是战时图书馆基金。去年春天，宣战之后没过几天，便涌现出一大批筹款项目，看起来数也数不尽，图书馆基金便是其中之一。尽管这类会议给人们增添了过重的负担，但哥伦布骑士会要召开的会议牵涉到加诺威特别喜欢的一件事。他相信，对一个健康的民主国家来说，博览群书的公民是必不可少的；长期以来，他一直致力于推广阅读，让更多人有书可读。而图书馆基金项目的工作内容便包括把

[1] Altar society，又称 altar guild，其成员为一群非专业人士，负责维护某个教区的教堂中用于礼拜仪式的物品。依照传统，该协会的会员只能为女性。

书带给海内外军营里的士兵们。

通知上写着，威廉·欧文斯将在会议开始时带领与会者讨论流动图书馆这个议题，该图书馆“自 1914 年起，为斯图尔特的居民提供了一条收获新知的途径”。加诺威此前听过欧文斯做的一场四分钟演讲，当时欧文斯谈到，很有必要将图书馆里的德文书全部下架，因此，他已经猜出欧文斯这场讨论的主旨了。

紧跟欧文斯发言的，是一位来自奥马哈、名叫夏洛特·坦普尔顿的女士，今天让加诺威最感兴趣的就是她的发言。她是内布拉斯加州公共图书馆的执行秘书。加诺威在林肯大学时的一位同人曾写信给他，鼓励他竭尽所能，帮助坦普尔顿女士完成她发起领导的项目。

那封信，加诺威收到便大声地读给米兰达听了。“她负责组织内布拉斯加州的图书馆，包括流动图书馆，在战争时期把书送到我们的士兵手中，”他的那位同人写道，“你可以想象，哪怕是在平常时期，这份工作也很不简单，况且现在不是什么平常时期，那个可怜的女孩在和某些社区打交道的时候遇到了不少麻烦。”

“我敢打赌，他说的都是大实话。”加诺威说。不需要外人做详细解释，他便知道这其中的问题，那就是，共事的人之所以会加入这个项目，仅仅是想推进别的议程。打个比方，有些人会把自己像车厢一样随意挂靠到一个火车头上，哪怕这意味着整列车都会放缓速度，乃至最后停下来，轻而易举地让大家的努力偏离正轨。“全国各地都有像威廉·欧文斯这样的人，他们只会看表面，觉得德语书很危险，却没有发现，真正的危险是，把人们送进军营却不给他们安排健康的消遣方式。”这番话既是讲给米兰达听的，也是讲给他自己听的，“根据尼采的说法，‘对我有好处的东西就是好东西’这种观点有一个重大逻辑错误，而欧文斯似乎非常肯定，清除掉一切跟德国相关的东西对他是有好处的。”

米兰达站在桌子旁叠着毛巾，又眯起眼睛盯着他看了起来。“我相信你脑子足够清醒，不会把你刚才说的某些观点说给别人听，”她说，“你得记住，荣誉争取不来，但也绝不能丧失[1]。”

加诺威继续说了起来，仿佛没听见她说的话似的：“他们当然不明白这种性质的活动会带来怎样的机遇。图书馆给一批人提供了在和平时期接触不到，甚至不知道如何寻觅的受教育机会。如果活动取得了成功，他们就会轻而易举地获取各种信息。”他顿了顿，又继续说，“一点也不夸张，真的是轻而易举。”

米兰达拿起叠好的毛巾，走到楼上过道处的五斗橱前。加诺威则跟在她身后。“这场运动已经持续好几个月了——好几个月了啊！你知道吗？自从美国参战以后就这样了。斯图尔特在起步时就已经落在后头了。”

“人人都在忙着挑世界的毛病，谁还有时间去规划如何让它变得更好呢？”米兰达说。

“说得太对了！”加诺威回应道。

米兰达转向他：“我在说你呢。”

[1] 语出德国哲学家叔本华。

他歪着脑袋："好吧。你想开玩笑尽管开吧，不过你得承认，这个战时图书馆是一项崇高的事业。"他又低头看了看手中的那封信。

"埃德……"她把手放在他的胳膊上，但没有继续说下去。

在加诺威和米兰达走向会议大厅的时候，加诺威想到了他的同人提到的那场为战时图书馆募集资金的活动，由位于内布拉斯加州首府的林肯市商业俱乐部发起。他们的口号是："如果你捐不了书，那就捐些买书钱。"加诺威觉得这句口号听起来朗朗上口，很是喜欢。他想，自己可以建议把它用到斯图尔特的活动中来。林肯市只用一个下午就筹到了好几千美元，甚至都没有去居民区游说，轻轻松松便完成了指定的城市筹款金额。加诺威觉得，像斯图尔特这样的社区可拿不出那么多现金，但是，依然可以做出自己应有的贡献。每个城市的筹款金额由其人口决定，根据1910年的人口普查数据，加诺威在脑子里打着算盘，计算着在斯图尔特如果此类活动的参与率分别达到100%、75%、50%，人们可能捐出多少钱。用数字思考帮助他理清了思路。过去的八年里，社区的人口有所增长，但他手头上没有精确的增长数据，也不愿意胡乱猜测。林肯市的大多数居民随时随地都能读到书，而且他们比斯图尔特的居民更富裕，可尽管如此，他还是觉得，斯图尔特没有理由不做出自己应有的贡献。他下定决心，准备竭尽所能让斯图尔特实现筹款目标。

进门时，加诺威脑海中浮现出欧文斯的面容，在他看来，与其说欧文斯是他必须战胜的敌人，倒不如说是他走在路上需要注意的车辙。加诺威还没来得及在房间里寻找欧文斯，詹姆斯·麦格恩医生便从座位上站起来，匆忙走向他，把加诺威吓了一跳。

“在开始之前，我想跟你说几句。”麦格恩说着，抓住加诺威的手肘，拉着他回到了门口。加诺威不耐烦地抽出胳膊，米兰达用下巴碰了碰他。加诺威微微一笑，想掩饰自己的愤怒。麦格恩和他妻子刚来镇上的时候，米兰达坚持认为应该和麦格恩夫妇成为朋友，她说，这是为了“评估对手的实力”。加诺威不喜欢把麦格恩当成对手，在斯图尔特以及周围的社区，他们两人有做不完的生意。事实上，十年前，麦格恩初到斯图尔特时，加诺威还欢迎了他，视他为同人。麦格恩毕业于内布拉斯加大学，跟加诺威一样，加诺威还想当然地认为，既然两人师出同门，他们也许在照顾病患方面有着类似的理念。

然而，在林肯求学期间，麦格恩明显一心忙于社交，并未在学业上多费功夫，也没展现出医学天赋。他很早便意识到，光靠纸上谈兵，他便可以取得不亚于靠真才实学所取得的成就。他这个人说起话来天花乱坠，但到最后，他说的那些话没几句是实用的。不过，他很有魅力，也很英俊，他甚至试图依靠这种魅力把加诺威的病人引诱到他这边来。尽管加诺威很欢迎他的到来，尽管米兰达做出了种种努力，可是，简单来说，他们没能做成朋友。

“你知道这次聚会的目的吗？”麦格恩问道。

加诺威点了点头：“据我所知，是为了战时图书馆基金。”

“确实是为了战时图书馆基金。”麦格恩继续说了起来，仿佛加诺威刚才并没有给出肯定的答复，他详细地描述了这项基金的来龙去脉及其目标。与其说他是在谈论这件事，倒不如说他在就此话题做报告。

加诺威看着麦格恩说话时上下晃动的八字胡。他必须集中注意力，才能克制自己不去伸手去抓一抓、扯一扯那两撇胡子。最后，他只得扭头看向别处，以免受到诱惑。他拿出手帕，擦了擦眉毛和脖子上的汗。今天又热得让人透不过气来，这样的天气已经持续了好几个礼拜。在乡下，烈日炙烤着大地，盛夏尚未来临，草原上却早已不见了春天的那一抹抹新绿，披上了褐色的外衣。在镇上，处处都蒙着被风扬起的灰尘，乍一看，甚至连树也灰蒙蒙的，仿佛树叶被滤去了叶绿素。

麦格恩继续说着话，加诺威把手帕塞回了口袋里，环顾四周，看着这个平淡无趣的世界，想起了那个做了胆囊手术的病人。他离开的时候，那个病人在休息。他想起了自己在缝针时的走线方式，又想起了那个年轻人从麻醉中醒来时紧握着手的样子——仿佛觉得自己在往下掉，想要紧紧抓住什么东西不松手。他想起了妻子吩咐厨子为今晚的晚餐做的牛肉炖土豆，想起了那天早上米兰达散乱地放在桌上的产品目录。要不是麦格恩终于讲到了点子上，并且再次伸手抓住了加诺威的手肘，他可能还会想起自己的西装外套的编织图案来。

“我必须请你在这件事情上支持我。”麦格恩说道，“这是件能给人带来娱乐的事情。我非常愿意提供资金购买像赞恩·格雷[1]或是欧文·威

[1] 赞恩·格雷（Zane Grey，1872—1939），美国小说家、牙医，其创作的冒险小说广受欢迎，具有浓郁的美国西部特色。

斯特[1]写的廉价小说[2]。我当然不反对花时间阅读以老西部为主题的激动人心的故事。”加诺威很好奇，麦格恩到底能一口气说上多少个字。“可是，我注意到，有些社区送来的是各种各样的教材。”他气急败坏地吐出了最后几个字，“医学教材！”

麦格恩终于把意思表达清楚了。加诺威用手擦了擦脸，想掩饰自己的笑容。麦格恩提倡尽量让病人对医学领域一无所知。他甚至听从了凯瑟尔医生在他那本愚蠢的《医者的自我修养》[3]中提出的建议，把处方写得复杂难懂，用拉丁术语来指代常见的药物——例如，用 phenicum 来指代“石炭酸”，用 natrum 来指代“钠”。对加诺威来说，麦格恩的习惯在实践中无足轻重，也不会伤害到病人，所以他并没有理会，除非有病人特意要求他做出说明。

加诺威摘掉帽子，给自己扇了一会儿风，然后才说起话来。

“詹姆斯，”他耐心地说道，“咱们用不着太担心让公众接受过多的教育。我觉得这件事几乎没有什么危险。”麦格恩正要开口说话，加诺威就把帽子举到耳边，仿佛在听远处的声音：“我应该是听到欧文斯先生宣布会议要开始了，不好意思，我觉得我得在坦普尔顿小姐上台前找个

[1] 欧文・威斯特（Owen Wister, 1986—1938），美国小说家、历史学家，被认为是“美国西部小说之父”。

[2] Dime novel，也叫“一角钱小说”，常为冒险小说或爱情小说。

[3] 英文全名为 *The Physician Himself, and What He Should Add to His Scientific Acquirements*。作者为丹尼尔・韦伯斯特・凯瑟尔（Daniel Webster Cathell，1839—1925）。该书曾指导美国医生如何在漫长的职业生涯中树立良好的信仰，吸引更多的病人。

地方坐下。”

他从麦格恩身旁走开，麦格恩则继续在大厅外的一小块阴凉处来回踱着步。

坦普尔顿小姐身材纤细，说话时，眼镜总喜欢顺着鼻子向下滑。尽管如此，她眼里仍然充满了自信，在欧文斯终于让出讲台、将她介绍给大家以后，她便优雅地走上前，举止干练。这次演讲，她有备而来，只偶尔瞥一眼手中的讲稿，并且在斯图尔特的居民发言之后还能保持镇定自若，让人好生佩服。

坦普尔顿小姐话音刚落，妇女援助协会的会长便迫不及待地率先发言：“我不太习惯在男士面前说话，所以有些紧张，还请大家见谅；当然了，我的发言只代表我个人的意见。”她扫视了一下房间，刻意地看了看协会里的其他女性，“也请大家原谅一下我说的那些粗鄙、登不得台面的话，可是，”她使劲抿了抿嘴，然后继续说道，“可实在是不行。我们的协会已经分出心力为红十字会服务了，除非有人可以想出办法来增加每天的小时数——请注意，光靠重设时钟是没用的——不然我们真的没办法做更多的事情了。希望你们的努力能得到幸运之神的眷顾，坦普尔顿小姐。”

麦格恩医生的妻子猛地站了起来，她的椅子差点向后倒下去。“红十字会在人道主义方面所做出的努力是必要的，也是崇高的。我们为士兵们做了饭，包扎了绷带，打点好了洗漱用品，还筹到了钱。如果我们在为‘山姆大叔’[1]服务时没能让大家睡个好觉，那我在这里给大家公开道个歉。”

在接下来的会议中，这样的发言已经算是很礼貌的了。一旦男人们参与进来，混乱便接踵而至。人们大喊大叫，椅子也被推到一旁，以迁就那些坐不住的发言者。

“没有什么比主动做个无知的人更糟糕了。”加诺威小声地对米兰达说道。如果菲利普·拉吕没听见他的话，这句话也许只是他和米兰达之间的私密玩笑。

“你非常喜欢德国哲学家，是不是，加诺威医生？”拉吕大声说道。他们周围一片安静。加诺威疑惑地看着拉吕，但什么话也没说。

“你引用的这句话是歌德说的，对不对？”这一次，加诺威的眉毛都扬了起来。“嗯，我也读过一些哲学书。”拉吕继续说道，“在这个镇上，我们并不都是乡巴佬。”他点了点头，看他那副模样，他所谓的“乡巴佬”不仅包括坐在他们周围的人，也包括他和加诺威，“我们其他人和你的区别在于，我们能意识到什么是危险的。德国人就很危险。加诺威医生，你可别搞错了呀。”

加诺威张了张嘴，可奇怪的是，一句话也没能说出来。他的脑海中闪现出许多想法来，关于正义，关于审慎。突然间，他想到，如果在生死攸关之际，他迟缓的反应，他这种说话前必须得想一想的性格，也许

[1] Uncle Sam，美国的谑称。

会导致他自取灭亡。这对人类来说意味着什么，他想了想，觉得这个问题很是有趣。他想不出具体的话语来反驳拉吕的那番评论。米兰达紧紧抓住了他的胳膊，拉着他面向自己。“你好呀，拉吕先生。”她扭头说道，“请代我向你夫人问好。她没能来实在是很遗憾呢。”

加诺威夫妇走到门口时，是坦普尔顿小姐出面，让现场混乱的秩序恢复了正常。“各位请坐下。”她说道。若是加诺威兴致不错，他一定会注意到，成年人守起规矩来是那么羞怯、孩子气。等到现场安静下来，坦普尔顿用女教师特有的目光环视了四周。“我接受这份工作以后，有人警告我，说很难让内布拉斯加州的众多社区步调一致。可是，我相信这份事业，也相信你们，我的内布拉斯加州同胞。”她双手交叉放在身前，虽然看上去很真诚，但她接下来的简短话语却有些口是心非，可即便这样，加诺威依然情不自禁地对她表示赞赏。“我的一位来自南达科他州的同事认为，不要指望内布拉斯加州的某一些社区会一直忠于美国，对此，我是不愿意相信的。”

埃德陪着米兰达一路走回家去，头顶上烈日炎炎，反常的高温让人越发难以忍受。他们并没有讨论埃德对战时图书馆基金的慷慨解囊，也没有讨论社区里跟他一起捐款的少数人。

到家后，埃德却没办法硬着头皮走进屋内。他站在门廊的台阶前脱下西服外套，又松了松衣领。“我得去看看没了胆囊的托马斯先生现在怎么样了。”他告诉米兰达。她端详了一会儿他的脸，然后独自一人走了进去。

回镇子的路上，他尽可能地走在建筑物投下的阴影里。他深深地陷入了思考之中，哪怕是在大白天，也几乎注意不到周围的一切。实际上，他之所以会回来，是因为看到了格尔达·沃格尔坐在马车上，出现在商铺附近。格尔达的背挺得很直，肩膀很宽，她的骨子里透着一种克制、庄重，这是社区里的其他女人所没有的。她就是她，哪怕隔得很远，也能让人一眼认出来。自早春以后，他便没有见过她了，一想到上次看见格尔达的记忆，他仍然会脸红。那时候，她站在马车旁，抬头看着她丈夫，一直小声地哭着。加诺威看见她脸颊上闪烁的泪光，本能地想伸手安慰她，哪怕离她还有很远的距离，哪怕此时他根本不该出现。他看着弗里茨俯下身，用一只大手捧着她的脸颊，又用另一只手的指尖接住了她的一滴眼泪。他接下来的举动让加诺威震惊得像目睹了两人做爱。弗里茨把格尔达流出的那滴眼泪，点到自己的眼角处。格尔达把手放在弗里茨的胳膊上，把脸也靠在上面。她的孩子们簇拥在她周围，仿佛萼片围绕着一朵花。

这时候，加诺威嘴角挂着一丝微笑，像走向目的地一样朝她走了过去。他想，只用再走上几步，他便可以穿过街道，她也会转向他，她的脸上会闪耀着神秘的灵光，她原本平常的相貌也因此而显得美丽动人。他的脑海中再次浮现弗里茨把格尔达的眼泪点在自己眼角时格尔达的表情。

一辆马车经过，他停下脚步等待着，心不在焉地向跟他问好的车夫挥了挥手。加诺威越过他看着格尔达，因为被耽搁有些不耐烦。突然，他发现格尔达摔在了座位上，一阵恐惧袭上心头。他从马车后面绕过去，冲向了她。就在那时候，他看见弗里茨正站在马车旁，把一袋袋东西扔到马车后面的车厢里。他恍然大悟，格尔达并没有摔倒，她只是别扭地靠在椅背上，在帮孩子们的忙。

加诺威再次停下脚步，这一次，他停在了街道中央，另一辆马车打他身边经过，车夫问他是不是身体不舒服。

“天气这么热，你没事吧，医生？”

加诺威抬起头，却没认出那个男人来。他有气无力地微微一笑：“没、没事，我很好。不好意思，挡住你的路了。”他往后退了几步，退到了沃格尔家的马车对面的街边。他站在银行的阴影之中，惊讶地意识到，看到格尔达以后，自己扣紧了衣领，重新穿上了西服外套。他看见了玻璃窗中的自己，像个满怀期待的追求者。他觉得自己在往下落，便伸手去抓身旁的砖墙。他环顾四周，看看有没有别人看到这一幕。弗里茨用手抚摸格尔达脸庞的画面似乎无处不在，加诺威感到心里有什么东西沉甸甸的，却不明白到底是什么——但他清楚，肯定不是欲望，也许是需要。

那天晚上，他梦见了蛇。地上、梳妆台上、床上都爬满了蛇，像扭动的线圈覆盖在每一个物体的表面上。而他被群蛇压着，动弹不得，那重量快要把他压碎了，他觉得自己的胸腔像是被火灼烧着。他竭尽全力，挣脱出来一只胳膊，接着从翻腾起伏的蛇群中爬了出来。群蛇无声地从他身上滑过的触感，让他万分恐惧。他想张嘴尖叫，却不料蛇从嘴里喷涌而出，他快要窒息了，无法呼吸，也无法发出声音。一条蛇如同绳子一样缠绕在他脖子上，他用双手抓住它，拼命往下拽。他坐起身子醒来，听见米兰达在问他："埃德，你没事吧？怎么了？"

他揉了揉眼睛，搓了搓脸，试图将梦中的景象从脑海中抹去。"没事。"他说，"赶紧睡觉吧。"米兰达坐了起来，抻平了他在噩梦中挣扎时弄皱的毛毯，又看了他一眼，然后翻身面朝墙，再次进入了梦乡。

他从床尾的被子架上扯下一条米兰达织的毛毯，裹在肩膀上，下了楼。在厨房里，他揭开炉子，戳了戳余火未尽的木块，又添了些引火柴。他弓着背坐在炉子前，看着火焰在短时间里蹿了起来。

他之前也做过这个梦。小时候，他经常做这个梦。他记得有一次，他为了让弟弟拉克远离危险，把他拖下床，差点扭伤他的胳膊。拉克的年纪比他小，一开始，看到哥哥从梦里醒来之后的激烈反应，他也吓了一跳，可后来，他意识到那些只是噩梦而已，便毫不留情地取笑起埃德来。一天晚上，他把一条牛蛇装到面粉袋里带到了床上，埃德刚一睡着，他便把蛇放了出来。埃德弄死了那条蛇，还差点弄死自己的弟弟，好在他及时清醒了过来。那样的玩笑，拉克只跟他开过一次。如今，他每年只做一次这样的梦，每次梦醒之后，他都知道那一天会发生什么。因为他每次都发誓不会再做同样的梦，对此也从未做好准备，就好像每一次都是第一次。

太阳升了起来，加诺威胸中的那团火焰还没有熄灭，他也忘不掉群蛇滑过他皮肤的那种感觉。他仍然坐在炉子前，米兰达下楼开始准备早餐，她在厨房里忙来忙去，什么话也没说。

她把早餐摆在他面前。他能感觉到她正看着他。他很少会这么晚了还待在家里，不准备去工作。通常情况下，不论是工作，还是研读最新的医学期刊，他都会把自己逼到极限。

他慢条斯理地吃着食物。米兰达只做了鸡蛋和炸面包，而且做得不太好吃。厨子要中午才会来。埃德总是没法确定自己能否中午巡完诊回家，所以他的午餐通常是一碗甜牛奶面包，他一般会站在炉子旁吃，毕竟厨房的案台上摆满了厨子的工具，而餐桌上也满是米兰达的物件——产品目录、纱线，或是织物。在他们家，最正式的是晚餐，每天晚上，他们都会在餐厅里就餐，还会配上全套的瓷器餐具。米兰达非常喜欢埃德送给她做礼物的那套精美的骨瓷餐具，她也会尽量经常使用。有时候，埃德看着她双手握着那些易碎瓷器的样子，会想起她小心翼翼地触摸他的那些瞬间，可大多数时候，他们只默默地吃着饭，压根儿不会看对方一眼。

终于到了该出门的时候。他已经尽可能地拖延时间了。他站在镜子前，松了松领带，毕竟那场梦依然历历在目。他也知道，自己即将做的事情无法改变。耽搁他的，并不是他做的梦，他不能自欺欺人。

他仔细地向后捋了捋头发，又一次拉直衣领。他冷静地看着镜中的自己——四十五岁的男性，身材修长，肌肉发达。虽然腹部发福了，但他身高六英尺[1]，可以很好地将那点赘肉藏起来。太阳穴以及鬓角处的鬈发都已经花白了。一双带着黑眼圈和斑点的灰色眼睛也注视着他；他盯着那双眼睛向自己承诺：这是他最后一回做这种事。只在今天，只此一回，然后他就解放了。一旦做出这样的承诺，他便忘掉了这么多年来许下的所有承诺。他只想走到外面，一个人待着。

他走了出去，走进了早晨，天空蔚蓝如洗，像碗一样低垂着。看着看着，他觉得喉咙发疼。白色的云簇被拖散，丝丝缕缕地掠过了苍穹。这就像是尾巴在寻找马儿一样，他觉得。要是他女儿还活着，他会叫她出来一起看。他会告诉她，在地平线的另一边，有一群没有尾巴的马儿，父女俩会疾驰在平原上，去见证马尾与马儿、天与地交融的那一刻。

要是他的女儿还活着。

他关上门，身前的院子里一大群麻雀被惊飞，卷起一阵旋风，羽毛纷飞，鸣声回荡。他看见它们躲在橡树上，远远看过去，像是上面结出来的橡子。他走下走廊，一片安静中，只听得见木板嘎吱作响的声音。他沿着地上铺的石阶，从屋角一路走到院子边缘，丁香和绣线菊在一张石凳周围绕了个半圆。晚春时节，院子里会鲜花盛开，姹紫嫣红，香气四溢，引来蜂蝶阵阵；冬季，这里一片静谧，偶尔会响起微风拂过树枝的窸窣声。一年四季，这个地方都很清静，适合独处。他走到自己十八年前造的那张石凳前，环顾四周之后，把外套披在上面，又一手扶着石

[1] 1 英尺约等于 30.48 厘米，6 英尺约等于 1.83 米。

凳在旁边跪了下去。他的腰部发出抗议，出现了痉挛，他的坐骨神经受到了挤压，臀腿部都有剧烈的刺痛感。他咬紧牙关，试着通过拒绝承认疼痛来控制疼痛，等待着疼痛消失。接着他闭上眼睛，开始行动起来。

他听着自己的心跳声。他跟随着呼吸的节奏，先让肺部和横膈膜盈满空气，再平稳地吐尽，到最后，他终于找到了自己想要的东西。

他举起双手，将两只手合在一起，再次希望她能活在这世上。她身体的重量全都压在他粉红、柔软的手掌和指肚上。她头皮上柔软的绒毛，她特有的麝香和血液所发出的温暖气息，垂下的嘴唇，乳白色脸颊上的睫毛，小到不可思议的手指，指甲上那些不起眼的伤口，肩膀上那块泪珠大小的胎记——这一切再次出现在他眼前，仿佛昨日重现、往事重演。他从她脖子上扯下来的蛇一般的脐带还在有节奏地跳动着。

如果她还活着，现在应该有十八岁了，这样一来，他便会成为一个大姑娘的父亲，而不是一个小女孩的父亲。在某个瞬间，也仅仅在那个瞬间，他沉浸在失去至亲的痛苦中，那种痛苦是那么强烈、那么沉重，仿佛刚刚经历过一样。而揭开伤疤，让他这么痛苦的正是他自己。

她出生前，他曾接生过许多婴儿；她出生后，他接生的婴儿数量是之前的两倍。有些婴儿活下来，有些没有。他无力决定生死，他只是个懂点医术的人而已。他坚信这一点。可是，他可以在脑海中看到她，感受到浑身是血、一动不动的她在自己手中的重量。纵使他平素学了那么多东西，可他还是没有准备好去面对这样一个让人感到痛苦的事实：她那娇小的身躯里什么也没有了。在这个忧郁的日子里，在小树林中，他想着她的模样，俯下身来，向掌心吹气。原谅我吧，他低声细说道，原谅我吧。

道歉一点用处也没有，现在是如此，那时也是如此。可是，等到他把肺部的空气呼尽，他屏住了呼吸，仿佛这么做能够改变过去。等到他坚持不下去的时候，他喘着粗气，吸了一口气，让她再次离他而去。他不再看着自己的手，而是抬起头，强行抛弃那些关于她的回忆，就像他强行推开那些前来埋葬她的女人一样。

他的头猛地向后一仰，用手指修长的双手捂住张开的嘴。一股灼人的白色热气充满了他的胸膛，如果他站着，他可能会因此跌倒。灼热的感觉四处蔓延，浑身的细胞也温暖起来，自我的火花猛烈地相互碰撞着，他觉得自己满脸通红。他被冻结在时间与痛苦之中，他想尽可能长久地保持这种状态，一分钟、一小时、一辈子，直到她的生命走到尽头，直到他的宝贝女儿那独一无二的生命走到尽头。他睁开眼睛，又一次看到了天空，只有天空见证着他的回忆。

今天是他女儿的生日，也是她的忌日。他告诉自己，她已经不在了。她不在了。她不在了。她不在了。

第八章

“看啊，妈妈！那只鸟在水上走路呢！”雷大喊道。他圆圆的脸转向格尔达，确定母亲也看到了那只正在上演奇迹的鸟之后，便一边挥舞胳膊，一边大叫着跑向了那只鸟；他穿着一条肥大的旧裤子，一阵风似的跑着，释放着小男孩特有的能量。他跑过那只鸟栖身的浅水坑，水面像玻璃一样碎开了，明亮的水花四处飞溅，打湿了他和母亲的靴子。她欲言又止，考虑着自己该做何反应。

“小孩子的靴子要是湿了，就得待在屋子里的炉子旁，一直待到靴子干透了。”她发出了警告，可是雷并没有听她说话。一头新生的牛犊一路小跑，来到围栏旁观看这场“骚动”；这两个小家伙——一个圆脸男孩和一头白脸牛犊——一本正经地端详着彼此，看到这一幕，她很想大笑出来，但又屏住了呼吸。每一天，她的小家伙们都会让这个世界焕然一新。

“它以为你会给他喂奶。”她说，“伸出你的手指来。”雷恍恍惚惚地举起一只手，照着母亲的吩咐去做，却完全不知道该怎么办才好。至于这头牛犊，它的态度跟雷的态度一模一样。它张开前蹄，谨慎地向前伸着脖子。它肥肥的粉色舌头寻找到雷胖乎乎的手指，将它们慢慢吸入嘴里，一开始轻轻吮吸着，接着便用力起来，仿佛任何东西都有可能变成食物。

雷惊叹地站在那里，看着牛犊像吮吸没有奶水的奶头似的吮吸自己的手指。他抬头看了看母亲，这时候，她不确定他到底会笑还是会哭。她靠在围栏的栏杆上，等待着他做出反应。

一阵柔和的微风扬起牛圈中的一小片沙子，打在围栏上哗啦啦作响，让牛犊和雷都受到了惊吓。他们跳着分开了，咒语也随即被打破。

“它打算把我给吃了，妈妈！”雷举起手检查了起来。

“我不会让那种事发生的。”看见他露出如此认真的表情，她大笑了起来。

雷和弗里茨简直像是一个模子里刻出来的。雷的头发虽然更薄也更细，可头顶处的鬈发跟弗里茨的一模一样。若有机会长得够长，那头发便会蜷缩在他耳边。如今，雷的头发已经够长了，她便把给雷理发这件事加入了在礼拜日去教堂前的待办事项清单中。格尔达总是盼望着去做弥撒，不过弗里茨似乎并不在乎这件事。她喜欢带着孩子们去教堂，看着他们身处神圣的事物之中。沐浴在透过彩色玻璃窗照射进来的阳光下，每一次，他们看起来都很像天使。她父亲的那句穷鬼依然刺痛着她，于是她下定决心，自己的孩子们永远不能像她父亲预言的那样，看起来像是穷鬼，或者真就是穷鬼。

早晨如约而至。一整个月，天气都暖和得有些不正常。从南边吹来的风夹带着开往东边的六号列车的声音以及河流的味道。这样的组合总让她想起家来——她会一直觉得这就是家的感觉吗？

透过苹果树的树枝，她能看到自己的菜园子，她有了一种熟悉的感觉，渴望去菜园子里忙活起来，刨刨土，种种菜。

"妈妈！妈妈！"雷呼喊道，"有一只知更鸟！"

"是呀。"她答道。听到他的说话声，她突然觉得疲惫。她得照顾他，得满足孩子们所有的需求，这似乎让她有些承受不过来。屋子里，凯蒂和另外两个男孩这时候应该在收拾早餐的餐具，可是，她又怎么知道他们有没有按照吩咐做事呢？孩子们中最大的是凯蒂，也才八岁而已；男孩们全凭一时的兴致来决定到底要不要听姐姐的话，他们的这种兴致，连格尔达也从来没有摸透过。

"看见了吗？看见了吗？"雷大喊道。

"嗯，嗯！我看见了！"她不耐烦地对他说道。到底是什么让她一下子从一种极端走向了另一种极端呢？一开始，她满怀爱意地看着他，可后来，她又想冲他尖叫，让他不要烦自己。小家伙，让我安静一会儿吧！她想大叫出来。

河里又吹来一阵微风，她产生了一种几乎难以抑制的冲动，想要跑向河边，沿着河边往东走，直到找到回家的路，回她娘家的路；在那个家，她可以忘掉一切与穷鬼有关的事情，忘掉这些孩子。噢，妈妈，她想，有时候我真的非常想家。你也会想念我吗？眼泪在她眼眶里打转，她想用力地摇醒自己。这是在胡言乱语，她不能容忍任何人胡言乱语，最不能容忍的就是她自己胡言乱语。

一气之下，她摇晃起空空的鸡蛋篮子来。等她注意到雷就站在她近旁时，已经来不及了。冷冰冰的金属击中了他左边眉毛的上方。他发出了尖叫声，她也发出了尖叫声，两人都哭了起来。她跪在他身旁，甚至都没注意到他们驻足的小路上有一些马粪。

“让我看看，小家伙。”她说，“让妈妈看看。啊，不会吧，流血了！不会吧！流血了，雷！让我看看，让我看看！”

雷用胖乎乎的手捂住脸，在她面前蜷成了一个逗号。深红色的血从他的指缝中渗了出来，滴到了她的裙子上。他的哭声既可怜，又响亮。她一把将他拉到腿上，把他的手从脸上掰开，做好了最坏的准备，却发现他的额头上只有一道红肿的痕迹。他脸上的血实际上是从鼻子里流出来的。没有伤口，只是红肿，那肿痕已经发暗，变成了保护着太阳穴的那块骨头表面的一处瘀伤。

“哎呀，雷，你流鼻血了。妈妈没有伤着你，你只是鼻子流血了。”她松了一口气，又觉得自己很虚弱。为什么没有人告诉她孩子流鼻血会如此吓人呢？尽管已经有了四个孩子，可是，她一看到他们谁的脸上沾了血，心里还是会有一种被刺痛的冰凉感觉。流鼻血是常有的事，可她总是担心鼻血会流个不停。刚有流血的迹象，她就想象到血流成河的景象来：鲜血直喷，生命逝去，而她却只能无助地站在一旁。失去孩子，挽救不了上帝赐予她守护的人，这便是她的梦魇，她最害怕的事。她将他紧紧抱在胸前，现在，两人的身上都沾上了血渍。

“实在是对不起，小家伙，妈妈错了。”她对着他纤细的头发喃喃说道。

雷的哭声由大变小，由疾变缓，直至完全消失。危机已经过去，她又可以呼吸了。“雷，快过来。帮妈妈把鸡蛋放到篮子里。”她扶着他站了起来，还给他整理了下外套。

“为什么要打我？”他的下嘴唇颤抖着，他的灰眼睛还在滴着泪。

她弯下身子，直视着他。圆脸小孩，你为什么要这么折磨我呢？她抚平了他的头发，试着对他微笑。

“我不是有意的。”她说，“都怪我太不小心了。这下你知道人要是不小心会出些什么事了吧？”她从围裙的口袋里掏出一大块红色手帕，擦了擦他的脸，“我们必须时刻小心。一定得记住这一点，小家伙。我们必须时刻小心。还记不记得妈妈跟你讲过的来自阿特金森的那个小男孩的故事？”几个礼拜前，报纸上刊登了一则新闻：一个小男孩一不小心开枪杀死了自己的堂兄弟。她往手帕的一角吐了一口唾沫，然后擦了擦男孩下巴上已经快干了的血渍，“你瞧瞧，那个小男孩不够小心的后果是什么样的。”

雷挣扎着想要从她身边跑开。像所有的孩子一样，他讨厌别人擦他的脸，尤其是用口水擦脸。“别这样，妈妈！”他哀号着，已经忘掉了他额头上的那道伤痕。

“呃，那好吧，不过你这次可得吸取教训。你必须时刻小心。”甚至连她听起来都会觉得自己是一位称职的母亲。

雷挣脱开来，跑向前面的鸡舍。格尔达站在原地，看着她周围的一切。那只牛犊还在观察着她和她的儿子。牲口棚的大门敞开着，像是一张张大的嘴。粉刷过的外屋[1]在晨光中闪闪发亮。一只红衣凤头鸟在屋后的防护林中啭鸣着，这栋白色的房子有两层，带有黑色的百叶窗和其他装饰。盛夏时节，房子周围的院子看起来像一片丛林——至少是她想象中的丛林的模样：牵牛花的花藤爬满了墙壁和篱笆；玉簪、百合、蜀葵、鸢尾、玫瑰、雏菊争奇斗艳，想获得更多的生长空间。她闭上眼，想象着到了夏天后院子里的景象，想象着她第一年种下的树和灌木完全长开以后院子里的景象。

她深吸一口气，觉得胸前的衣服绷得紧紧的。突然间，她明白了，她的疲惫、似乎总在眼眶里打转的眼泪、舒展肩膀呼吸时柔软又饱满的乳房究竟是怎么回事。

肯定的，她又怀孕了。她怎么可能不知道呢？时间一个礼拜接一个礼拜地飞逝，不经意间，好几个月便已经过去。她等待着某种感觉的到来，这样一来，她便可以意识到自己体内也孕育着生命，可她只觉得累。她睁开眼，再次环顾四周，看着她和弗里茨亲手建造起来的地方。这样的生活很好，她想。可是，即便她这么想，她还是觉得有什么不对劲的、危险的事情潜伏在她看不见的地方，觉得有某种黑暗力

[1] 原文为 outbuilding，通常译为外屋，一般用来储存物品，或作为工作场所。

量正伺机向她猛扑过来。

一想到雷那张沾了血的脸，她就想吐。她一手捂着嘴巴，低声祈祷着，强忍着恶心与恐惧。“啊，最最仁慈的童贞马利亚……”这是伊丽莎白曾试着教她唱的祷告词，它们随即让她想到了姐姐，想到了那种挥之不去的恐惧。她低着头，没有听见弗里茨走到了自己身后。他把手放在她的胳膊上，吓了她一跳。

“哎呀，弗里茨！你吓了我一跳！”

“你看起来就好像把整个世界扛在了肩膀上呢，格尔德[1]——你身上那些都是血吗？”他睁大蓝色的眼睛，向她伸出手来，“怎么了？你没事吧？”

“嗯，嗯，我没事。”她一边说，一边挥手让他走开。她又怀孕的事实依然只有她自己知道，她还没做好准备跟其他人分享。“雷流鼻血了，还有……”她犹豫了一下，不想让他觉得自己很脆弱，可却很想靠着他，只靠一小会儿。突然间，她觉得非常疲惫，倦意如同波浪一般袭来，让她觉得很惊讶。她努力保持着轻松的语气：“你知道我是什么样的人。我刚才想起了阿特金森的那个叫赫尔姆的男孩，去年春天因为流鼻血死掉了。”弗里茨还没来得及大笑起来，她便发现自己讲错了话，然后突然住了嘴。“我的意思是，他中了枪，受了伤，死掉了。”她扭头看向了别处，依然有些惊讶。

[1] 格尔达的爱称。

转身离开时，弗里茨用力拍了拍她的肩膀："格尔达，格尔达，格尔达。在这世上，我们的伤心事已经够多了，没必要再去管陌生人的伤心事吧。"

看着他宽阔的背影消失在牲口棚的阴影之中，她既想把他叫回来，又想他就这么走开。看起来，面对一切问题，他的答案都是"不要自寻烦恼"。

"二十七。"雷打断了她的沉思，正小心翼翼地将最后一颗鸡蛋放进篮子里。

"二十七！"她惊叫道，"你是怎么学会数这么大的数字的？你还太小，数不了那么多数。"

"不——"雷严肃地说，"我已经是个大孩子了，如果我愿意，我可以数到一百。"

她意识到，他确实是个大孩子了，能数数，能读书，还让她不得不承认，时间过得飞快，孩子们也都在长大。她觉得心里一紧，那种感觉既不是喜悦，也不是悲伤。小男孩长成男子汉，她努力不去想在战火纷飞的世界，接下来会发生什么：男子汉变成士兵。

我爱你。我爱你。她可以说一千遍"我爱你"，可这并不能改变什么。这些字眼并没有魔力，也不能治愈别人。她当然知道。可她还是说了。她抬手抚摸着隆起的肚子。*我爱你。我爱你。我爱你。*

她忍着让自己不要哭出来。*什么样的宝宝会想要我这样的妈妈呢？*

她思索着。我大哭。我大吼。我对要洗的衣物都比对自己的孩子温柔。我那些活得好好的孩子。

她那些活得好好的孩子。她把手放在腹部，低声说道：“我爱你。”

她觉得最难忍受的是恐惧。疲劳是会过去的。怀孕的疼痛与负荷，这些她都能应付。她从来没有像有些女人那样会孕吐。有时候，胎儿挤压其他器官，让她的胸口像着了火一样，可她从来都不用着急忙慌地冲向污水桶。她很幸运。

幸运。她很幸运。可醒着的每一个时刻，她都感到很害怕。

“我爱你。”她小声对进入胎动期的宝宝，对右肋骨下面怦怦乱跳的心脏说着话。

伊丽莎白死后，她母亲尖叫起来，像一个疯女人，一只野兽。床下的格尔达用双手捂住耳朵，努力不去听那声音，那痛苦的尖叫声压根儿不是来自母亲，而是来自附在母亲身上的某只恶魔。她扑到伊丽莎白身上。她整个人的重量都压在床上，使得床板下陷，上面的金属部件压在了格尔达的脸上，将她困在了母亲、伊丽莎白，以及那个孩子的身下。她母亲尖叫着她听不懂的话，嘟哝着语义不明的短语。格尔达觉得母亲已经着了魔。

过了一段时间，过了一会儿，又或者说，过了很久很久，有人把她母亲从伊丽莎白的身上拉开。格尔达听见她父亲正在恳求她母亲，一开始，他的声音还很轻柔，到后来，他大声喊了出来。他们两次抱起她，想把她从床上拉开，可她却两次挣脱，回到床边，紧紧抱着她死去的女儿的躯体。格尔达从床下看见了母亲。母亲的手和胳膊沾满鲜血，裙子的前摆也被浸湿。鲜血，那么多的鲜血。被血浸湿的裙摆紧紧地沾着她的双腿。

他们关上了门以后，格尔达便独自和伊丽莎白待在了一起。她知道姐姐死了。她也知道死亡意味着什么。她见过农场上的动物死去的样子。她才五岁，却已经知道死亡这回事了。

格尔达溜出床底时，碰到了伊丽莎白的手，便伸手去稳住它，不让它晃动。时间还没过多久，伊丽莎白的身体便凉了下来。她放下了那只手，像是被烫到了似的。她站在床边，低头看着伊丽莎白。伊丽莎白光着身子。阳光从南面的窗子射了进来，照在她的脸上。她的眼睛还睁着。她的双腿被拉得笔直，上面沾着黏糊糊的血污。她的腹部、她的双乳上面也都是血。一开始，她还以为伊丽莎白穿着一条红裙子，或是盖着一张红毯子。格尔达不明白为什么会有那么多的血。

那个婴儿也浑身是血，所以她才没第一眼就看见它。它的黑发蓬乱、湿滑，小小的身体躺在伊丽莎白的臂弯之中，看起来一点也不像是个婴儿，而像是一条在伊丽莎白身旁蜷缩成一团的蠕虫。

房间里的空气无声地颤动着，像是被拨动的琴弦一样。发生在这里的事情的余波尚未平息。甚至在那个时候，她也觉得，出现在这一刻的某些东西也将会出现在她未来的这一刻。她将永远也摆脱不了这幅画面：她那已经死去的姐姐脸色发白，那个婴儿蜷缩在她身旁。

房间里弥漫着血液以及胞衣的味道，此外，还有一种令人腻烦的浓烈的甜味，浓得仿佛就在她舌尖。她毫无预兆地吐了。上一顿饭吃下去但还没来得及消化的玉米和牛肉一股脑儿地涌了出来，啪嗒啪嗒地溅落到地板上，在安静的房间里，那声音大得像爆炸声。她用手背擦了擦嘴巴，发现身上也沾上了血，她尖叫起来。一声长长的哀号，直到她喘不过气来，接着又是一声。有人猛地把门推开，闯入房间，力度之大连窗户都嘎吱作响起来。有人将她抱在怀里，带着她跑出房间。

她脸上的血来自一处小小的线圈一样的划伤。她的姨妈推测，她肯定是从床底爬出来的时候碰到了一根松动的钉子，格尔达也相信她的推测。卷曲的伤口愈合以后，变成了一道看起来像是反过来的 S 的疤痕。

S 代表着姐妹，她告诉自己。反过来的 S 的意思则是再见[1]。

她和姐姐从没在家里说过“我爱你”。她从没听过“我爱你”这句话，而她母亲刚刚大声喊出了这句话。甚至在英语中，这句话也是陌生的。

妈妈尖叫着喊出了“我爱你”，却为时已晚。伊丽莎白不在了，她从没在活着的时候听到这句话。格尔达不会犯这样的错误。“我爱你。”她一边小声说着，一边用手按了按肚子，让声波顺着手臂传入子宫。“我爱你。”她对着自己隆起的小腹说道。

[1] 反过来的 S 即 Ƨ，其手写体看起来像是字母 g，而 g 则是“goodbye”(再见)的首字母。

第九章

她嫁给弗里茨，是因为她爱他。她嫁给弗里茨，是因为她坚信，他会成为一位好父亲、好丈夫。所以她嫁给了弗里茨。她已经是四个孩子的母亲了，肚子里还怀着一个。然而，就在她用胳膊夹着邮件步行回家的途中，她还是情不自禁地微笑了起来。

查尔斯·伯克只是个孩子，一个非常自以为是的年轻人。他的那些话就是说说而已，当真不得；他只是喜欢逗女人笑罢了。她没有觉得这些……调情还有别的意思。她可不是个傻瓜。

尽管如此。

跟他说话的时候，她会想起自己是女儿身，难道这也有错吗?

她刚才拿着一封寄给凯瑟琳的信，急匆匆地跑到了信箱前，可是，伯克跟她开起玩笑的时候，她差一点就忘记把信给他了。真的，整件事都很愚蠢。走路回家时，她还觉得自己的脸在发烫。她的裙子前面有两个圆形的泥圈，那是早些时候，她跪在菜园子里为自己种的豆子绑线时弄到衣服上的。在跟查尔斯说话的时候，她并没有注意到，可现在，甚至不用低头就能看到。它们是那么显眼，就像是被灯光照亮了一样。她伸手抚平头发，却发觉有个发夹松了，有一大绺鬈发垂落在她的背上。她想，天哪，伯克先生此时此刻一定笑得很开心吧。

她咯咯地笑了起来，然后竭尽全力才止住了那笑声。她逐一查看了手中的信件，发现有一封妹妹寄来的信。信封的背面有一簇盛开的粉色玫瑰绕着一颗心，心上面印着“我亲爱的姐姐收”的字样。凯瑟琳总是能弄来一些新款信纸和明信片。格尔达列清单、写信用的都是同款线条信纸；她常在克罗格的店里一次性买上两三本。

那张粉色的信纸的正面和背面上写满了妹妹潦草的字迹。格尔达一边读着信，一边往家里走。

“哎呀，天哪。”格尔达大声说道，突然跑了起来。

“凯蒂要结婚了！”格尔达在门口撞见了弗里茨，激动得神采飞扬。

“我们的凯蒂吗？”他怀疑地问道。

格尔达用手里的信在他胸口上拍了一下。

“当然不是啦，她才八岁呢。”她往后退了退，让他走进屋里，然后看起她手中的那封信来，“我是说凯瑟琳，我的小妹妹。”

“那我就放心了。”说完，弗里茨转向洗手盆，洗了一把脸和手，“我说嘛，就下地干活儿的那会儿工夫，我的宝贝女儿都长大嫁人了，怎么可能！”他伸手揉了揉提着一桶水经过的凯蒂的头发，接下来只见她把水倒入炉子上的水箱里。

“我不会结婚的，爸爸。”她扭头说道，“我打算做个修女。”

“可你已经是个姐姐了。”雷插了一句话，“你是我的姐姐。”

“不是姐姐妹妹的那个姐姐，是教堂里的修女姐姐[1]。”凯蒂皱着眉头说道。

格尔达跺起脚来，不过，在她跺脚的时候，她就已经后悔了。“哎呀，你们在说些什么胡话呢。我说的是我妹妹凯瑟琳，她二十岁了，给我写信说，约翰尼·霍夫曼向她求婚了。”她举起那封信，让他们看了一眼，但没等他们细读便收了回去。“你还记得霍夫曼一家吧，弗里茨？他们住在教堂南边，是吧？有一栋很大的砖砌房子，出城往北走的时候，隔着好几里路都能看到那栋房子，是吧？”

“那个小矮子吗？”弗里茨说，“不会吧？他这个人就知道吹牛，还一嘴龅牙。为什么她要嫁给这么一个爱吹牛皮的人呢？”

格尔达皱着眉头，看着孩子们，“你都不认识他，怎么能这样说他呢？”

“我当然认识他了。”弗里茨一边说，一边把肉汁舀到面包上，“你刚才明明说了我认识他的呀。他就住在教堂南边的那栋大砖房里，隔着好几里远你都能看见。”他对雷和弗兰克眨了眨眼睛，“他叫约翰·霍夫曼；他求你的妹妹，也就是凯瑟琳，一个已经满二十岁的姑娘，嫁给他。你说我不认识他，是什么意思呢？”

[1] 在英文中，sister 一词既有“姐姐”“妹妹”的含义，又有“修女”的含义。此外，在教堂里，修女间也以姊妹相称。

“你认不认识他并不重要。”格尔达说。她觉得自己的脸越来越热，她想跺脚，冲他大喊大叫，因为他表现得像个……傻瓜。“你不该那样说别人的！”她听得出来，自己的声音越来越刺耳，她很讨厌自己这样说话。

弗里茨抬头看着她，他的表情很淡定，又有些得意。他慢慢地咀嚼、吞咽，然后说道：“哪样？”

格尔达疯了似的凝视着他。她突然转过身，抓起角落里的泔水桶，大步走到屋外的猪圈前，把桶里的东西倒进了食槽里。

为什么？为什么？为什么？她默默地抱怨着，为什么我们就不能简简单单地聊一些简简单单的事情呢？她猛地将泔水桶扔到了围栏上，吓得围栏另一侧的猪直哼哼。

“哎呀，闭嘴吧。”格尔达喃喃自语道。她把双手放在臀部上，环视着农场，看着他们在这里建造起来的一切。沉思片刻后，她走进了孵化室，弗里茨这个礼拜早些时候买回家的那些小鸡挤在加热灯下。她看了看灯里的煤油的余量，然后把一张凳子拉到保护围栏的近旁。她小心地坐了下来，以免吓到那些小家伙，然后看着毛茸茸的黄色小鸡啄来啄去，跌跌撞撞。看着看着，她的心跳速度恢复了正常，接着，她起身看向孵化室外面的他们的家。弗里茨吃完午餐后还没有从家里走出来，于是她决定再看一会儿小鸡。

“爸不太喜欢约翰，不过他已经在努力掩饰了。”凯瑟琳在信中写道，

“我觉得，这是因为约翰并不像我们这里的其他小伙子那样害怕他。他们一直都是这样的吗？反正约翰不这样。我记得，有一回去教堂做完礼拜后，我看见他在跟人说话，那时候他甚至还穿着马裤呢。我跟你讲，约翰和爸爸谈生意的时候，不管他乐不乐意，他都得坐直身子听约翰说话。你知道吗，实际上是霍夫曼一家建立了这个镇子？他们在镇上确实有足够多的地产，至少看起来是这么回事。”

凯瑟琳描述着她的未婚夫、他们一家、他的宠物，以及他所有的想法有多么了不起。所以，格尔达读到霍夫曼家的户外厕所甚至都不需要通风设备时，她也并不怎么觉得惊讶。

格尔达觉得，自己恋爱、成家的经历跟凯瑟琳的截然不同。弗里茨也不怕父亲，但他并未博得德吕克的尊重。

* * *

“你想要什么，格尔达？”贝斯塔尔神父似乎是照着他身前的《教义问答手册》提问的，格尔达则在自己手册中寻找着合适的答案。他们坐在神父家后面的书房里。墙上挂着两盏煤油灯，两人之间的桌上还有一盏，三盏灯发出的灯光还不足以驱散漆黑的秋夜。上课期间，格尔达不得不经常眯着眼睛看手册。书架上摆满了深色的皮面精装书，地板上到天花板，摆满了好几面墙；书房里还有两扇小小的深色玻璃窗，甚至在大中午也没有什么光线能透过窗子射进来。墙上有两盏壁灯，一把安乐椅放在其中一盏附近，只有坐在这把椅子上读书，你才会觉得光线很舒服；可在她跟着神父学习的时候，两人总是隔着桌子坐着，中间只有一盏桌灯。

格尔达坐在直背椅子的边上，身子探进那盏灯投射出的光圈内，不过，她从来没有觉得灯光照到了她。她的那本《教义问答手册》中的每一行字似乎都给下一行字投下了阴影；格尔达读起来没有什么把握，也不太确定是否听清楚了每一个字，更不用说理解它们的意思了。

格尔达发现，她读的那一页上没有一字一句与神父说的话相符，便抬头对神父眨了眨眼。那老人咯咯笑了起来。“别害怕，我亲爱的孩子。”他说，“我发现，在花园里被我追赶的兔子的表情都没有你那么惊恐。”

他合上身前的手册，背靠在椅子上，双手交叉，放在自己胖胖的肚子上。

神父的脸藏在阴影深处，格尔达觉得胸前的带子松开了，于是往椅子后面坐了坐。她脸上的阴影给了她一种安全感。贝斯塔尔神父能读懂她的心思，这让她感到有些不安，可她觉得，她的那些心思都很私密，她得保守这些秘密。

“对不起，神父。”她说，“我以为你的问题跟我缺的课程有关。我不——我不太明白你的问题。”

十九岁的时候，格尔达·德吕克的皮肤光彩照人，仿佛皮肤之下透着神圣的光。她额前的黑色鬈发如同柔和的波浪，虽然她用发卡夹得整整齐齐，可似乎总有可能散开，让她白费那么大劲儿。在光线之下，她那富有光泽的头发闪闪发亮，尽管别着发卡，看起来似乎一直在动个不停。不像与她同龄的那些年轻女子，她习惯在跟别人说话时直视对方的眼睛。这个习惯总让贝斯塔尔神父有些措手不及。她父亲每个礼拜送她来上一次课，已经上了三个多月的课了，尽管如此，每当格尔达抬头看着他，这位年迈的神父还是会略微感到吃惊。

他觉得，如果上帝召唤了她，想让她过那样的生活，她可能会成为一名让人敬畏的女修道院院长。正因为他对这个召唤感到疑惑，所以他才会这么问。格尔达上课时很听话，也很礼貌，可第二次给她上课时，他便知道，她只是做做样子而已，对传教这件事，她并没有真正的使命感。虽然教会确实需要像她这样的女性将其使命延续下去，但是，贝斯塔尔神父坚信，只有那些真正受到了召唤的女子，才可以成为修女。

“你到底想要什么，格尔达？”他温柔地重复着自己的问题。虽然他看不清楚她的脸，但他能看见，她在椅子上越坐越稳，原本紧绷的肩膀也松弛了下来。

“我不知道，神父。”其他女孩子也许会结结巴巴，不说真心话，可格尔达却回答得很平静，也很有把握，“我父亲坚信，我会成为一名修女，他还坚信，我会成为他献给教会的最好的礼物，可我不知道会成为什么样的礼物。每当我想起他给我选好的生活，我都会感觉害怕，害怕我胸中感受到的那份重量会成为一种负担，去妨碍我在这个世界上做好事。”她身体前倾，把脸伸进桌灯投下来的小小光圈之中，“这算是一种罪过吗，神父？”她问，“不想过父亲认为的那种最适合自己的生活，有罪吗？”

贝斯塔尔神父凝视着她严肃的面孔。她那双褐色眼睛如此深邃，他觉得快被吸引进去了。

“没有。”他小声说道，又突然清了清嗓子。“没有，”他又说了一遍，“我们每个人都在以自己的方式侍奉上帝。上帝若是单独召唤了我们，我们就必须对他的召唤做出回应。”他站起来，向格尔达伸出了手，“我们来做会儿祷告吧，格尔达。我听到你父亲把车停在门外了。”

格尔达乖乖地站了起来，握住神父的手。她想微笑，不过她并不知道自己为什么想微笑。她一直低着头，躲避着光线，不让神父看到她的表情。

贝斯塔尔神父告诉格尔达的父亲，他不需要再带格尔达来上课了。弗兰克·德吕克听罢，看上去像要当场暴揍那位年迈的神父。可他并没有这么做，而是略微点了点头，还没等格尔达在座位上完全坐稳，就用鞭子抽打起马屁股来。她紧紧抓住座椅靠背，稳住身体，能离她父亲多远，就坐多远。在回家的路上，她在父亲身旁蜷缩着，一句话也没讲，她很确定，一旦没有别人在场，他便会把他用来抽马儿的马鞭挥向她。

他并没有用鞭子抽她。一连好几天，他再也没跟她说过话，只有在必要时，他才开口。一开始，她母亲似乎明白，格尔达注定会过上自己想要的生活，可渐渐地，她也发生了变化，眼里只有那些父亲信以为真的东西。她也不跟格尔达说话了，于是家里安静得像坟墓一样。他们一言不发地劳作、吃饭、一起去教堂。每当格尔达试图跟他们中的某一个讲话，他们都会让她住嘴——母亲会举起手示意，父亲则会猛地关上门，走到屋外去，连他周围的空气也弥漫着暴力的气息。她的伯伯们短暂地拜访了他们，却没进屋子里坐一坐。格尔达觉得他们都在看着她，尽管他们从来不直接跟她说话。

等到格尔达再也受不了了，她便回到了年迈的神父的身边。这一次，她单独和神父待在忏悔室里，对自己想要什么有了更清楚的认知。

"天父啊，我有罪，请保佑我吧。"格尔达嘴上说着这些熟悉的字眼，可她的嘴唇却几乎没有发出任何声响。她跪在狭小的忏悔室里面的硬木跪垫上，膝盖在上面动来动去，发出了很大的响声。她清了清嗓子，又试着说了一遍。

"天父啊，我有罪，请保佑我吧。"她小声说道，"我犯了悖逆之罪。"

"你悖逆的是上帝呢，还是你的父母呢？"贝斯塔尔神父轻声问道。透过隔在两人之间的帘子，格尔达可以看到，神父那满是白发的头低垂了下来，下面是他一直拿在手中的念珠。他总是告诉那些来学习《教义问答手册》的学生，他不论去哪里，都会带着一串念珠。"这样的话，要是我有空，我就可以拿着念珠念《玫瑰经》了。如果你总是随身携带一串念珠，那么上帝的时间就一点也不会浪费掉。"头一回听神父说这番话的时候，格尔达十五岁。她很好奇，当他跑到教堂后面的那条小路的尽头处大小便时，会不会也在念《玫瑰经》呢？她从来没有当着别人的面说过这些话，可是，每次想到那么一幅画面，她总会想哈哈大笑起来。不过这一回，她并没有这么想。

“是我爸爸。”她小声答道。

“格尔达，说话大点儿声，我可是个老人家呢。”

“我父亲。”她说话的声音稍微大了一些。将两人隔开的帘子只是象征性地隐去了彼此的身份。“我有罪，我冒犯了我父亲。我没有听他的话，做了一些他让我不要去做的事。我惹他生气了。”一旦她开了口，那些话也就不难说出口了。

“贝斯塔尔神父。”她继续说道，“我不知道该怎么办。我没有听我爸爸的话，而且我以后还会这么做。我知道的，可我控制不住我自己。”

“没办法，还是不愿意？”

她叹了口气：“好吧，是不愿意。”

“这件事跟你的使命感有关系吗，孩子？”

“我可没有什么使命感，神父！我只想做个妻子，做个母亲。我已经快二十岁了，也是时候了。”

贝斯塔尔神父慢慢地点点头：“弗里茨是个虔诚的天主教徒。”他的话让格尔达感到惊讶。她不知道，除了家里人，还有别人知道弗里茨向她求了婚。

“是的。”她苦涩地说道，“可是他很穷。我爸爸并不在乎他是不是天主教徒，他只想着钱，只想着在这世界上出人头地。”

“你这样说你爸，其实是在伤害他，亲爱的孩子。”

“可我说的都是实话。”她坚称，“他让我姐姐嫁给了一个新教徒，就因为那人有钱。”

“你姐姐？我都不知道你还有个嫁了人的姐姐呢。”他说。

“她死了。”格尔达轻声说道，“很久以前的事情了，那时候你还没来这里。”

透过帘子，她看见神父把拿着念珠的手举到了耳旁，看起来几乎像是在倾听那一个个念珠的声音。

“你的罪过得到了原谅。”他突然说道，“念十遍《天主经》，再念十遍《圣母经》，你就可以和上帝和好了。”

她还没来得及说话，他便滑动隔板，挡住了帘子。走出忏悔室之后，她看见，等着去忏悔的人从最开始的几个增加到了十多个。在她去教堂后面忏悔时，等待着的人们都抬起头来看她。她觉得脸在发烫，因为她意识到，他们可能会因为她的忏悔时长而浮想联翩，与此相比，被贝斯塔尔神父打发走，似乎就显得没那么糟糕了。

第二天做弥撒的时候，她意识到年迈的神父并没有打消她的顾虑，而是将那些顾虑记在了心里，打算就此说一番话。是呀，神父的确让她跟上帝和好了，可他的那番话，让她父亲再也不会原谅她了。

“上帝告诉我们，要尊敬你的父亲和你的母亲。”他开始了说教，“可是，若你的父亲待你不好，那该怎么办？”年迈的神父站在诵经台前，看向会众。格尔达尽管感到惊讶，却依然看到他的双手又在颤抖了，接着，他暂停了一会儿。他用手指摸了一会儿脑袋，似乎从头顶的胎记汲取了力量。格尔达记得，他管他的胎记叫天使之吻。他祷告时拿着念珠，而在他觉得需要指引的时候，便会伸手去摸摸头顶的胎记。

“我今天想来谈谈孩子们通往天堂的三条路。”他点了点头，说话的声音越来越响亮，仿佛找准了自己想要的语气，“最短、最直接的路，是投身宗教事业。第二条路向右偏转，虽然路途有些迂回曲折，但照样通向一个光明永恒的终点。这条路是世上的未婚者走的路。第三条路通向左边，通往山区，在这条路上，你会遇见很多令人快乐和高兴的事情，也会遇到许多伤心事，吃很多的苦。这便是已婚者走的路。在此，我要特别指出，这三种人生状态都是上帝提前决定好的；我们在选择适合自己的人生状态时，全能的上帝并没有对我们的选择漠不关心；如果得到了上帝的召唤，我们必须心甘情愿地接受上帝赋予的使命。婚姻如同宗教信仰一样，也是一种真正的使命。”

格尔达感觉，仿佛教堂里的每个人都听得出来他是在跟她说话，她觉得自己的耳朵都开始发烫了。意识到他这番话的用意之后，她开始祈祷，希望不要有人发现他说话的目标。

“如果你，一个信仰基督教的少女，已经到了合适的年纪，觉得受到了上帝的召唤，可以步入婚姻殿堂，并且有人向你求婚，那么，重要的问题便出现了：我该嫁给谁？我该和谁订婚？我首先应该注意哪些方面？我将努力为这些问题提供切实可行的答案。首先要注意的是未来伴侣的宗教信仰。你只需要注意你未来的伴侣是否正直，是否诚实，是否忠于我们神圣的教堂。”

格尔达偷瞄了她父亲一眼，见他正目视着前方，但她看不出来父亲是否在听神父说话。

“圣哲罗姆[1]讲述了如下一则与圣玛塞拉有关的逸事，圣玛塞拉还很年轻的时候，就成了寡妇。有一位家世很好、名叫凯列阿里斯的男子想要娶她，并且许诺，如果她接受他的求婚，就让她作为他财产的唯一继承人。她母亲敦促她应下这桩绝妙的婚事，可她却说：‘如果我还没下定决心不再结婚，那我应该找的是一个丈夫，而不是一份财富。’”

贝斯塔尔神父点点头，很满意能找到这样一个故事来阐述自己的观点。“你们这些信仰天主教的少女，还有你们的家人，应该持有相同的观点。到了选择夫婿的时候，不要过多地考虑财富以及世俗方面的利益，要尽可能地注意另外一点，也许是最重要的一点：只能嫁给天主教徒，绝不能与异教徒通婚。”

格尔达的父亲大声地抽着鼻子，双臂交叉放在胸前。

“我在警告天主教徒不要与新教徒通婚的时候，并不想有意去冒犯新教徒们。”贝斯塔尔神父继续说道，“新教徒若站在自己的角度去看待这个问题，也应该持有相同观点；事实上，他们也确实经常这么做。拥有不同宗教信仰的两个人结合在一起，往往是一种可悲的错误。不管你是谁，只要你选择了这种形式的婚姻，就必须下定决心，去历经种种困难。上帝可不会对这样的婚姻微笑祝福的。”

[1] 圣哲罗姆（Saint Jerome，约340—420年），出生于罗马帝国一个富有的基督徒家庭，是早期西方基督教会四大权威神学家之一。

格尔达闭上眼睛，试图想象自己越变越小，直至可以溜到教堂长凳下面，消失得无影无踪。

“凡是真切地关心自己及子女灵魂救赎的人，都不该与异教徒通婚。”神父开始做最后的总结，“是的，请尊敬你的父亲和母亲，这是上帝的第四条戒律。不过，父亲和母亲们，你们也必须遵守同样的戒律。不要将虚假的神供奉在你们面前，不要让虚假的神去影响你们对孩子应负的责任及你们的整个人生。”

贝斯塔尔神父挺直腰板，冲着会众微微一笑。“赞美归于上帝。”说完后，他便转身走向了圣坛。

做完弥撒后，她父亲头也不点，径直从弗里茨身旁走过。尽管如此，格尔达还是在追上家人之前小声对弗里茨说道：“嗯，嗯！我愿意嫁给你。”

* * *

她从兜里掏出凯瑟琳的信，又读了一遍。凯瑟琳要结婚了。她端详着信纸上妹妹工工整整的字迹，跟她们上学时学校里教的写法一样。一个影子落在了她腿上，格尔达抬起头，看见弗里茨正站在门口。她看不清他的脸，便等着他先开口。

“我不是故意要惹你生气的，格尔达。我只是想找点乐子而已。”

格尔达梳了梳从发髻上散开的头发，用发卡重新固定好，接着说道：“我想，我还没跟你说我的事吧。”

“你的意思是，你收到的信里面不光提到了凯瑟琳要结婚，还提到了别的事？”

格尔达低头看了看手中的信纸。“不是，不是信里的内容，弗里茨，”她说话的声音很轻，弗里茨只好向她凑近了一些，“是我的事情。又有一个宝宝要出生了。”她抬头看了看他。煤油灯照亮了他的脸，她看得出来，他不太明白她这句话的意思。她把信放回了围裙口袋，站了起来：“在这里，又有一个宝宝要出生了。你和我，我们又有了一个宝宝。”

看着他渐渐露出恍然大悟的表情，接着又变为了喜悦，格尔达想，上帝爱他。弗里茨微笑着，给了她一个熊抱，抱着她转起圈来，她的双脚在空中飞舞着，像是小女孩的双脚一样。等到他放下她的时候，他又笨拙地吻了吻她。

“好了，沃格尔夫人，我们快去忙吧，这样才能养活这个还没出生的宝宝呀。我们会生一大堆孩子的，对吧？”他握住她的手，领着她走到阳光下，“很大一群，很大一帮子，一整个学校那么多，一大把，许许多多，一蒲式耳[1]孩子，都是我和你——沃格尔夫人生的，都是我和你的。”他又抱着她转起圈来，这一次，转圈的速度慢多了，仿佛他们在用四分之三倍速跳舞，接着他松开她的手，边吹口哨边走去干活儿。

“亲爱的姐姐，婚礼日期定下来了，就在十月底！我确定，婚礼会

[1] Bushel，计量单位，1 蒲式耳相当于 35.2 公升。

在秋收之后举行。我想，农民们很看重这一点。约翰尼工作时很少会弄脏自己。爱你，亲爱的！”

格尔达想了想，便断定弗里茨没必要看到妹妹的那些话。他很容易因为格尔达娘家的人怠慢他或者看不起他而生气。有时候她觉得，之所以会这样，部分原因其实出在他自己身上。他似乎总喜欢在她父亲和兄弟面前扮成一副乡巴佬的模样。他会装傻充愣，而她的兄弟们则自吹自擂，让他看起来更傻——两边都觉得自己笑到了最后，每到这时，她总是感到非常生气。她从来没跟弗里茨讲自己是从她父亲家里逃出来的。她回家后没有第一时间跟他讲，于是这件事便成了一个秘密，一个她不知道该如何跟他分享的秘密。首先，他不相信她讲的火车上的那个男人的故事；其次，她知道，一旦告诉他自己跟父亲之间发生的事，他和她父亲的关系会变得更糟糕。

她觉得，男人有时候真是让人感到沮丧。怪不得这世界会深陷战事之中。男人可能会非常坚定地以自己的方式而且只会以自己的方式去看待事物；女人似乎更能找到共同点，与人和平相处。刚刚萌生出这样的念头，她便想到了在克罗格的杂货铺上班的那个女人。

格尔达从玛格丽特那里得知，她名叫埃米莉·戴维斯。正如克罗格所说，她是个寡妇。几年前，她嫁给了克罗格夫人远在圣路易斯的表兄弟，不过，在那位表兄弟撒手人寰，埃米莉·戴维斯发现自己无家可归、身无分文之后，克罗格一家才第一次见到了她。

那位表兄弟生前是一名水手，威尔逊总统刚发表完“接受现状，进入战争状态”的演讲[1]，他便加入了美国远征军。听到这里，格尔达想知道他这么做是不是为了摆脱自己的妻子，不过她忍住了，没把自己的疑惑讲出来。结果，大部队还没有到达前线，他便和几名同伴一起丢了性命。在爱尔兰海岸线附近，一艘德国潜艇击沉了他坐的那艘名叫“真空”的邮轮。船上共有六人丧生，他便是其中之一。在那个雾蒙蒙的早上，船上大多数人都坐上救生艇，漂流到了科克。当地人帮忙把这些淹得半死、饥肠辘辘的美国人拖上了岸，那个时候，他们看起来一点也不像他们应该成为的救世主。

情况大致就是这样。话说回来，格尔达不太确定，是这个故事在镇上传开的时候引起了大家的困惑，还是埃米莉本人引起了大家的困惑。不过，埃米莉似乎认为爱尔兰人跟德国人一样，都得对自己丈夫的死负责。实际情况是，轮船被德国人炸开了一个洞，没几分钟，她丈夫便和整艘船一起沉入了海底，距爱尔兰只有不到两英里了，可他再也到不了了。尽管如此，可她根本不在乎这一点。他们说，载着埃米莉来斯图尔特的火车经过奥尼尔的时候，她打开车窗，将身子探出窗外，冲市里德高望重的长者们刚立起来不久的标牌吐了口唾沫，标牌上写着：“欢迎来到内布拉斯加州的奥尼尔。”

有小道消息称，这一幕被麦格恩医生看见了。虽然他看到她车票

[1] 此处应为1917年4月2日，威尔逊发表的《关于宣战对国会的演讲》(*Wilson's War Message to Congress*)。

上的终点站写着“斯图尔特”，可他还是在做完自我介绍之后问了她要去哪里。

她用个性十足的答案回答了他的问题：“麦格恩，这是个苏格兰名字吧，对不对？”

“那是很久以前的事了。”麦格恩答道，“如今已经是美国名字了，流传了几代人。”

她眯着眼睛看着她，问道：“这座叫斯图尔特的镇子，是不是到处都是德国佬啊，还是说，丢人现眼的只有我亡夫的家族？”

埃米莉·戴维斯就这样在斯图尔特亮了相，不过，等到格尔达听到时，戴维斯的故事已经传了好几轮了。当然，告诉沃格尔一家这件事的人是阿洛伊斯·鲍姆。弗里茨表现得就像从来没听说过那个女人一样。

听到这个故事的时候，格尔达叫了出来：“就是我跟你说过的那个女人！还记得我自己去镇上的那一天吗？”

阿洛伊斯一直讲个不停，仿佛格尔达没在说话似的：“我跟你说，这个老女人就像个干瘪的苹果。要是老克罗格不留个心眼，注意一下她对待顾客的方式，他肯定会流失一些客源的。”

“要是你问我，我会觉得，她这个人怪得不得了。”格尔达说。当然，男人们并没有问她。虽然弗里茨没让阿洛伊斯离开，可是，他对格尔达关于那个在克罗格杂货铺工作的女人的看法并不感兴趣。

“她可跟我们没什么关系，格尔达。”鲍姆一家离开后，他说道，“可别再让自己这么激动了，对你肚子里的宝宝不好。”

每当有人告诫格尔达不要“太过激动”，她几乎都会因此而“激动”起来。她将手里的毛巾扔到操作台上，气冲冲地离开了厨房，砰地摔上了身后的门。

她听见送邮件的马车来了，不过她并没有停下脚步，掸去身上的灰尘，整理一下仪容。冲向那辆马车的时候，她可以感觉到自己的裙子迎着风鼓了起来，她忍不住笑了。“小鸟夫人。”他说完后，两人都笑了起来。她把自己写的一封信交给了他，又接过了他递给她的一沓邮件。他深深地鞠了一躬，她则行了个屈膝礼。随后，她一路微笑，走向回家的小路。这样的互动真是愚蠢极了，可每一次，她都满怀期待。

格尔达沿着小路向家中走去时，被弗里茨吓了一跳。他从鸡舍背后走出来，动作实在太过突然，她差点叫了出来。

“你很投入嘛。”他说，“邮件里有好消息吗？”他双手都拿着工具，所以格尔达没把信件递给他，不过她觉得，她的表情似乎暴露了她的想法——她很想把凯瑟琳的信塞到自己兜里，连看都不让他看。这让她感到有些慌张。她想知道弗里茨是否看见了她跟查尔斯·伯克说话，这么一想，她便激动得连脖子都红了。

“你没事吧？”他问。她用手摸着脖子，想张嘴说话，可就在这时候，两个小男孩从拐角处跑了出来。弗兰克尖叫着指责雷偷走了他的娃娃，于是，她和弗里茨一下子又陷入了混乱的家庭日常。

自那以后，又过了几个礼拜，格尔达一直没空去想那些邮件，也没空去想弗里茨有可能看见了什么。终于到了夏天，活儿多得他们干都干不完。很快，因为日渐隆起的肚子，她平时穿的衣服也变得不合身了。等到她再次想到自己的时候，已经几乎看不到面对查尔斯·伯克愚蠢的调情时会脸红的那个女人的影子了。怀孕这件事总是会占去她全部的注意力，甚至让她没有心思去顾及其他几个孩子。仿佛她搬到了一座岛上，只能远远地眺望自己的家人。日子一天天过去，肚子里的宝宝越长越大，而她也越发形单影只了。

第十章

沃格尔家的农场位于内布拉斯加州的桑德希尔兹的东北角，地势就像人的手掌心一样平坦。如果你试着去勾勒自己手掌的轮廓，你便知道这样的平坦只是一种假象。如同光滑的皮肤一般，平坦的田地会突然下陷，变为由季节性水流冲积而成的水沟和洼地。陆地像是枕在什么东西上面一样，坡度很和缓，四周的地平线似乎很遥远，看起来活像是一只倒扣着的蓝色空碗的碗口。不管你朝哪个方向走，只需要走上一小段路，你的身影便会消失在别人的视线之中。

这座农场的最高点——姑且将其假定为“大拇指”根部——成了埃尔克霍恩河[1]和大桑迪溪[2]之间的分水岭。埃尔克霍恩河流向东边，与

[1] The Elkhorn River，发源于内布拉斯加州的桑德希尔兹东部，为普拉特河最大的支流之一，全长470千米。

[2] Big Sandy Creek，是阿肯色河的一条支流，长约340千米，源于科罗拉多州厄尔巴索县的佩顿。

普拉特河[1]汇合；大桑迪溪则蜿蜒北上流向了奈厄布拉勒河[2]，它们最终都汇入了密苏里河。这块高地是农场里弗里茨最喜欢的地方，或许也是全世界他最喜欢的地方。在这里劳作的时候，他总觉得更加轻松、更加年轻，也更为接近头顶上广阔的蓝天——他相信，那里才是上帝真正的家。

在这个特别的礼拜日早上，为了刚好在太阳轻吻世界的时候来到这里，他借口自己需要在做弥撒之前看一看麦子到底熟了没有。那一刻总让他感到既充实又紧张。他面朝东边，耐心地等待着它再度来临。亮了，更亮了，变成金色了！麦穗闪闪发亮。整块麦田动了起来，像是一只正在享受抚摸的猫。

看到这一幕后，弗里茨快乐得微笑了起来。在这个神圣的时刻，他毫无保留地感激上苍让他拥有这一切。格尔达已经怀孕六个月了，她现在体态圆润，笨拙但不失优雅，好似一匹马上要生小马驹的母马。麦田里满是沉甸甸的麦穗，马铃薯蔓藤长势茂盛且喜人。牛群在不远处哞哞叫着。生活给了人们希望，人们则需要等待着这希望一点点地变为现实。面对这美好的一切，弗里茨几乎有些头晕目眩了。

附近传来了一匹马的嘶鸣声，把他从白日梦中惊醒。他自己的那几匹马在马厩里，这匹马的声音离他很近，虽然听起来不算不友好，却显

[1] The Platte River，内布拉斯加州的主要河流，为密苏里河的支流，全长约500千米。
[2] The Niobrara River，为密苏里河的支流，全长约914千米。

得如此不合时宜、如此出人意料，让他的脑海中出现了一连串画面，给兴高采烈的他泼了一盆冷水。

他想，那些吉卜赛人又来了，他很担心，等他从教堂回去以后，家里不知道会丢些什么东西。不见几只母鸡，奶牛的奶都被挤光，单单是这样的情况就已经够糟糕了，可最近，那些吉卜赛人越发胆大妄为了。人们曾看见，头发乌黑的吉卜赛小孩游荡在斯图尔特的小巷里和荒芜的战时菜园中。几个礼拜前，南面的邻居丢了一头猪，这么大的损失几乎压垮了他们，毕竟丹尼尔去年春天就病倒了，到现在还病着。弗里茨不像其他人那样在乎那些吉卜赛人：去年春天来到这里的那一大家子修补起锅碗瓢盆来可是一把好手，他们的要价也足够合理。

对弗里茨来说，问题不在于他们做了些什么，抑或是他们从某个农庄里偷了多少东西，而在于，他们太奇怪了。他们似乎可以凭空出现又凭空消失在街区的道路上。他常在某个安静的夜晚上床休息，第二天早上伴着篝火的味道醒来，接着便发现他们又出现在了马路对面。或者在晚上，在田间辛勤劳作了一整天以后，他常在晚饭后出门看星星，这时候，他又会听到从河边的营地里传来的叮叮当当的音乐声和嬉闹声。甚至在他不知道的时候，他们便已经安顿了下来。

今天不行，他想了想，这个季节也不行。他们不能待在这里。又一个孩子即将出生，战争对农民的压榨没有丝毫减轻的迹象，正因为此，弗里茨根本拿不出足够的东西与他人分享。让这些人离开也不是件容易的事——他可拿不准他们会做出什么事来——可是，一个男人必须尽己所能，来保护自己拥有的一切。他出发前往那座峡谷，那是他们上一次露营的地方，也是他听到的那阵嘶鸣声传出的地方。

他本以为会看到三四辆饱经风吹雨打的绿色马车，可却看到了一辆黑得发亮的新马车。他停下脚步，仔细观察着眼前的这一幕：棉白杨苗沐浴在晨光之中，高处的树枝发出了噼啪的响声，可那片洼地仍然被黑暗笼罩着，一匹套着挽具的灰色花斑母马正不安地站在那里。

弗里茨认出那匹母马，一匹漂亮的阿拉伯马，是本地商铺老板欧文斯的马。他不太确定自己偶然间撞上了什么事，便等在那里，听着周围的动静。他觉得自己听到了男人低沉的声音，接着是玻璃碰到金属发出的叮当声。

片刻之后，他大声叫道："你好啊，小马车。"那匹马扭头看向他，弗里茨注意到它弧线一样的脖子。他一直都梦想着能拥有这样一匹好马，如果他是善妒的人，那么他肯定会为这样一匹马感到嫉妒。那匹母马已经把它附近的大部分草都啃食掉了，弗里茨推测，它应该在那里站了相当长一段时间。

他听见了一阵沙沙声，然后再次听见了低沉的男声。那辆小型马车嘎吱嘎吱地响了起来，与此同时，一个男人吃力地扶着车轮从另一侧的地上站了起来。过了一会儿，弗里茨才认出那人是欧文斯。他平日里梳得整整齐齐的头发乱成了一团，脑后有一缕头发立了起来，另一缕头发则垂下来，遮住了他的双眼。他的黑色西装外套扭曲着，从一只肩膀上脱落了下来，浆洗过的白衬衫并没有塞到裤子里。弗里茨觉得他可能受伤了，便准备走向他，可他还没迈出一步，欧文斯便厉声命令道：“停！”他用手指着弗里茨，眯缝着眼睛，“站远点儿。”

弗里茨呆住了：“你没事吧，欧文斯？出什么意外了？”

欧文斯继续用手指着弗里茨，目光沿着手臂一直看向手指，仿佛用手枪对准了弗里茨。

“欧文斯？”弗里茨问道，他不知道该如何去理解眼前这个人的行为。过了一会儿，欧文斯把那只手放到身侧，弯下腰，突然吐了起来。弗里茨又准备朝他走过去，可欧文斯举起一只手，示意他停下来。

“离——我——远——一——点——儿，你这个肮脏的德国杂种！”

弗里茨将重心均匀地落在两只脚上，以便更好地应对接下来要发生的事情。

欧文斯眯着眼，盯着弗里茨看。他用衣袖擦了擦嘴，从手肘一直擦到手腕，这个动作实在与他极其注重细节的性格不相符，弗里茨的惊讶盖过了愤怒。有一段时间，两人谁也没说话，只能听见草丛里昆虫的叫声以及树上的草地鹨的啁啾声。欧文斯从口袋里摸出一个小瓶子，用颤抖的双手把它送到了嘴唇边。

即便离他这么远，弗里茨还是认出了那琥珀色的液体。他的父亲就是个酒鬼，所以他知道，现在跟欧文斯谈论或争辩任何事情都毫无意义。威士忌喝多了的人跟聋子没什么区别。他考虑过干脆离开那里，装作什么也没看见、什么也没听见，可他又觉得事情有些蹊跷。弗里茨并不会假装对欧文斯的生活了如指掌，但是大家都知道欧文斯不酗酒，更何况在斯图尔特这种小镇上是没有秘密的。

太阳从弗里茨身后的小丘升起，清晨的阳光照亮了欧文斯的整张脸：一天没刮的黑色胡楂在他苍白的皮肤的衬托下，格外显眼；眼睛充血得厉害，血似乎都快从眼睛里流出来了；下巴上还有唾液干了以后留下的条状痕迹。

很久以前，弗里茨的父亲便摧毁了他对酗酒之人可能产生的任何恻隐之心。他看着欧文斯，心里除了好奇，几乎没有别的任何感受。弗里茨从他父亲身上学到的是：受酒精控制的人根本不是人，而是被困在人体里的动物。这样的束缚会让酗酒的人发狂。有时候，他还是会做噩梦，梦到父亲变成了一匹狼，每喝一口臭烘烘的酒，他的牙齿便会变长一些，头发也会越发蓬乱。欧文斯突然一个转身，将空瓶子扔到了树丛中，他的动作既狂野，又难以捉摸，就在这时候，弗里茨看见了欧文斯体内的那只怪物。

那个瓶子砰的一声，无力地落在了远处的草丛中；欧文斯又一次弯下腰来，双手撑着膝盖。他的脸有些扭曲，弗里茨以为他又要吐了，可欧文斯却大叫起来，那凄凉的声音似乎是来自黑暗的地球中心，而不是那个站在晨曦之中的瘦小颓丧的男人。那匹灰色的母马受到了惊吓，踉踉跄跄地向前迈了几步，马车的前轮却被一块岩石牢牢地卡着，马车在原地嘎吱嘎吱地摇晃起来。

“我儿子。”欧文斯哭道，这三个字串在一起，汇成了一声长长的哀鸣，“我儿子！他们杀了我儿子！那些坏到骨子里的德国杂种杀了我儿子。”他瘫倒在地，脸埋进了沙土里。

弗里茨闭上眼睛，脑海中浮现出欧文斯儿子的那张脸，很年轻，上次见他时他穿着一身不太合身的崭新军装。接着，他儿子的脸取代了欧文斯儿子的脸，他看见，他们越长越大，而这个世界仍在为了寻求和平而进行着无休止的战争。他感觉肺里的空气被挤了出来，突如其来的虚弱感差点让他跪下去。他慢慢地走到欧文斯面前，蹲在他身旁。只有一辈子和动物打交道的人才会像他那样温柔、缓慢，他伸出双臂，搂住了欧文斯。在弗里茨巨大的怀抱中，悲痛万分的欧文斯是那么瘦小，弗里茨觉得，对欧文斯来说，自己肯定像是一头熊，不过欧文斯并没有挣脱他的怀抱。

弗里茨跪在那片熟悉、松软的土地上，笨拙而又小心地将欧文斯揽在胸前，内心却对未来充满了恐惧。他抬头看了看自己刚刚所在的小丘。近处的那条地平线看起来仿佛在不断地后退。在小丘的另一侧，格尔达和孩子们正在等着他。

第十一章

盛夏的天气又热又干。高温从六月一直持续到八月。闷热的早晨也因为持续不断的风而变得异常干燥；到了下午，空气中、她的皮肤上都满是灰尘。格尔达觉得身上又黏又脏，而且常常觉得疲惫。洗衣服似乎是在浪费时间，毕竟空气中充满了她从布料上洗掉的脏东西。菜园子把她和孩子们费劲打来的水吸得一滴不剩，等到他们又拖着一桶水从水井那边回去时，前一桶水的痕迹早已消失不见，表层的土壤都已干透，渐渐地被风刮走了。

格尔达教孩子们如何用稻草盖住一排排作物，以保持作物中的水分，可在天气最热、风最大的日子里，这样做还不够。风会卷起稻草，把它们吹到空中去。她让孩子们把卡在围栏上的一簇簇稻草收集起来，等到晚上风势变小以后重新铺在作物上。

她开始觉得，风有一种独特的性格——它确实喜欢表达自己的意见，大部分时间，它不分白天黑夜地呼啸着、咆哮着。可它似乎对她怀有敌意，阵阵狂风有时像手指，拽着她去她不想去的地方；有时候又像拳头，凶狠地敲打着她和这个世界，直到她觉得自己就快疯掉了。

她很早就种上了凉季作物，因为它们在夏季的高温天气来临之前的春季长得最好，可这个春天转瞬即逝，所以那些作物的长势并不算好。她站在一排作物的尽头，一边看着它们的长势情况，一边等着弗兰克和雷抬水回来。她背对着风，裙子和衬衫在身前鼓了起来。她在身旁地上的影子里看见了自己的身形。她试着抚平裙子和衬衫，让它们贴着自己的身体，但风实在太大，她做出的一切努力到头来似乎只是为了凸显她的肚子有多大。照我现在肚子变大的速度，她想着，我怀的有可能是整个世界呢。

雷和弗兰克还没走到小路上来，声音却先到了。很明显，两人正在争论，这一次是在争论谁那一侧的水桶更重、谁更强壮。格尔达注意到，两人争论来争论去，结果桶里大部分的水都洒在了回菜园子的小路上。她当即决定，来年，她会在小路两边都种上花。就种百日草——它们耐热耐旱，毕竟孩子们不会一直是小孩，也不会一直起争论、弄洒桶里的水。她提醒自己记住这一点，仿佛这样做真的会有帮助似的。

她用长柄勺将桶里的水淋到西红柿上，又吩咐男孩们再去打些水来，这时候，她听到弗里茨在叫她。她转向声音传来的方向，见他在果园的另一边，所以她看不清楚他需要什么。她把拔掉的杂草扔到菜园子边缘的杂草堆上。她的菜园子似乎被疯长的马唐草和旋花草之类的害草包围起来了。不是风，就是杂草。格尔达想。她抬起双手，轻快地搓了搓，让风帮忙带走沾在她手指上的尘土。

格尔达找到弗里茨的时候，他已经将博斯套在了马车上，正在整理皮质挽具。老布鲁站在围栏旁，发出了紧张的嘶鸣声。这匹老骟马腿上的伤还没有好利索，因此，不到万不得已，弗里茨不会再让这两匹马一起出动。

“你刚才叫我了？”格尔达问。

“磨床上最后一条该死的皮带也断掉了。”格尔达看向谷仓，那里的磨床旁边，放着一排零件，这下便能解释弗里茨为什么会骂骂咧咧了。“你不是说你想去镇上见见那个神父吗？”他说，“我得去欧文斯的店铺一趟。如果我走的时候你已经做好了准备，那你可以跟我一起走。”

“你什么时候走？”格尔达一边问，一边立刻开始思考需要做些什么准备。

“现在这个时候正好。”弗里茨说完后便走进牲口棚。格尔达冲进屋子里，急匆匆地把孩子们召集到一块，又让凯蒂负责把他们的脸收拾干净，确保衣服不至于太脏。

“你收拾好以后，”格尔达一边在厨房里东奔西走，一边说道，“就出门去马车那里，别让你爸爸丢下我们一个人走。”

“我得怎么做呢？”凯蒂有些害怕，眼睛睁得大大的。

“我也不知道。”格尔达的注意力都放在了手头的工作上，“让你哪个弟弟到马车前面去。这应该能让你爸的速度放慢一些。”她冲出屋外，手里还拿着一个篮子。

凯蒂面露疑惑地看着弟弟们。雷站在其他孩子身后，指着弗兰克，对凯蒂说："他先来。"

她怒视着他："别磨蹭！动作利索点！"

格尔达本希望把篮子收拾得更整齐一些，本想选收成最好的那一天，可她只要有机会，就必须坐车去镇上。自从春天的那场暴风雨之后，她就没有一个人单独去过镇上。

就在那天早上，她对弗里茨说想去见见新来的神父。她似乎没办法不叫他"新来的神父"，尽管他已经在这片教区待了将近六个月，可在她眼中，他依然很陌生。她希望跟他谈谈给孩子施洗的事情。

按照传统，父母们会尽快带新生儿去教堂里的洗礼堂接受洗礼，可格尔达不愿意等到孩子出生才去。她生前几个孩子时，黑特韦尔神父会在医生到他们家之后不久就赶来，不等孩子们小小的身体上的皮脂[1]干透，便用圣水为他们施洗祝福。

伊丽莎白的孩子夭折前只得到了一位助产士的祝福，每天晚上，格尔达都会为那个被困在未受洗礼者的炼狱之中的小小灵魂祈祷。她并不希望自己的孩子遭受这样的命运。

黑特韦尔神父曾吩咐加诺威医生，让他在去沃格尔家帮忙接生孩子的时候赶紧给他打个电话。到现在，格尔达还是特别喜爱这位神父，因为他为人善良，而且能轻而易举地让她将恐惧抛到一旁。

[1] 刚出生的新生儿皮肤上带着的一层薄薄的乳白色油状物。

她想跟新来的神父——荣格尔斯神父，她逼自己说出他的名字——谈谈，问问他是否愿意在她的宝宝出生时来他们家祝福他或者她。篮子里装着的农产品包括一盒牛肉罐头、一罐德式泡菜、两罐果酱，这些东西看起来有些寒碜，不足以换取永恒的拯救，可她能给的也就这么多了。把篮子装好以后，她意识到，本打算烤的面包依然在厨房的操作台上，还只是一个用棉布毛巾包着、正在膨胀的面团。她把篮子留在小路上，跑回家里，一拳打在了正在膨胀的面团的中间。她将面团揉捏成不到原来的三分之一大，然后把它放在桌面上。至少在那里，如果面团膨胀到从碗里溢出来，还可以落在桌面上。这肯定不会是她烤过的最好的面包，但也不会被白白糟蹋掉。她快速检查了一遍厨房，然后又一次冲到了屋外。

她走到院子边上的时候，弗里茨坐在马车上，正冲着雷大喊大叫，让他闪到一边去。凯蒂和弗兰克则站在马旁边，一人一只手牵着利奥。雷站在马鼻子下，一动也不动，他背对着自己的父亲，两只小胳膊交叉着放在胸前。格尔达绕过拐角处看见他们时，雷的脸上露出了惊恐的表情。要不是这一幕让她感到很惊讶，她可能早就放声大笑起来了。雷一直等到母亲离马车只有几英尺远的时候才给那匹大马让了路。

他们坐了很久的车才到镇上，一路上都很安静。每隔几分钟，格尔达就会伸手揉揉坐在后面的雷的头发；而弗里茨又差一点燃起怒火，他太容易生气了。在镇上，他把马车停在了欧文斯的店铺和食品店之间的拐角处。那里离圣・博尼费斯教区的神父住的那栋小房子只有两个小街区的距离。弗里茨跳下马车，看都不看家人一眼，便走进了欧文斯的店里。看着他越走越远，格尔达极力克制着想朝他背后丢石头的冲动。在她看来，他有时候太妄自尊大了。可她并没有对他诉诸暴力，而是在座位上转过身去，对着孩子们笑了笑。

“亲爱的小家伙们，谢谢你们，不过，”她停顿了片刻，看着一张张仰起的脸，继续说道，“从现在起，我们得好好想想我吩咐的哪些事情是你们应该严格执行的，好不好？”

“早就跟你说过了嘛。”弗兰克说完后，踢了踢雷的脚。雷什么也没说，只是怒视着他。

凯蒂站在一旁，扶着利奥下了马车——格尔达想，有时候，凯蒂照顾起利奥来，比她更像个母亲。凯蒂把小弟弟放到地上，抬头看着雷，说道：“我觉得你挺勇敢的，就像圣乔治[1]一样。他可是个骑士呢，你知道吧？”

“你们都很勇敢，”格尔达说，“你们都是我的骑士，都穿着金光闪闪的盔甲。”

接着，他们下了马车，叽叽喳喳地聊个不停，仿佛什么也没有发生。两个男孩抬着篮子，朝神父家走去。走到门廊的时候，格尔达便让孩子们去自由活动了。“看见我出来，你们就回到马车跟前。”她说道，“所以，最远只能去到那边的球场。”

---

[1] 基督教圣徒，经常以屠龙英雄的形象出现在西方文学、雕塑、绘画等领域。

她知道神父家的客厅比马厩中的小隔间大不了多少，因此不希望孩子们在那么小的空间里大吵大闹，惹些麻烦。等孩子们离开以后，她才按响门铃。

透过纱门，格尔达可以一直看到屋里的厨房。后门与前门正对着。如果换作弗里茨，他也许会说，你可以发射一枚炮弹穿过屋子，而不打碎屋里任何东西。在战争打响前，他或许会这么说，如今，可没有人会再拿炮弹开玩笑了。客厅在门的右手边，里面一片漆黑。厚厚的窗帘遮住了窗户。

格尔达按响门铃后便转过身背对着门。她觉得，有人应答之前，最好不要往屋里看，这样做会比较礼貌。她知道有人在家，因为她瞥见有人在厨房里走动，此刻，甚至还能听见平底锅发出的嘎嘎声和砰砰声。门铃声响起时，那声音并未停止，于是格尔达再次按响门铃，然后敲了敲木门。

“有人吗？”她朝屋里喊道。她看见一个看似新来的神父——荣格尔斯神父——的人正站在角落里仔细看着她。可那人背着光线，他的脸陷在漆黑的阴影之中，所以她并不能确定他是不是神父。

“呃？”他说，“别光站在那儿啊。”然后他消失在厨房里，厨房再次传来了平底锅的砰砰声和嘎嘎声。

不知所措的格尔达笨拙地用一只脚抵着门，费力地将身后的篮子拖进屋里。进屋以后，她发现新来的神父正一手挥舞着小刀，一手搅拌着炉子上炖着的某种东西。那东西闻起来像是食物，可她并不确定是哪种食物。看那厨房的样子，仿佛有一阵强风吹过，将橱柜里的东西吹到了桌子、操作台以及地板上。神父黑色长袍的袖子卷起，白色的衣领不见了，他看起来就像是图画书里的人物——一个边搅动冒烟的坩埚边念咒语的老巫婆。格尔达想说贸然前来拜访，不好意思，打扰了（黑特韦尔神父从来不介意她这么做），可是，她还没把这些话说出口，他便转向她，对她说："你来得正是时候。毫无疑问，你肯定想象得到，"他挥舞着小刀，让本已经乱作一团的厨房变得更加混乱了，"我没有烹饪方面的经验。我接受的都是神学方面的训练，对烹饪和家务事一窍不通。我希望你做好了开工的准备。"说完话后，他丢下小刀和勺子，抓起一块抹布，擦了擦手，"这事就交给你了。"他说着突然走出了厨房。

格尔达目瞪口呆地站在厨房中央。突然间，炉子上的锅里煮着的东西沸腾了起来，溅到了锅下面的火中。火焰发出的噼啪声和嘶嘶声吓得她跳了起来，她不由自主地拿起隔热垫，把锅从炉子上挪开。神父刚刚把勺子丢到了炉火近旁，勺柄已经开始冒烟变黑。她把勺子拿开，用嘴吹凉，然后转身看着乱糟糟的周围。

"荣格尔斯神父？"她大声叫道。她走到门厅，又叫了一声。不一会儿，神父仔细地梳着头发回到了厨房，他放下了衣袖，扣好了袖口的扣子，还戴上了衣领。

"我觉得有件事你搞错了。"格尔达说，"我来这里可不是为了当你的管家婆。"荣格尔斯神父上下打量着她，她也顺着他的目光看去。溅出来的肉汁弄脏了她的裙子，顺着裙边流了下来，裙子下摆还沾着自家菜园子里的泥土。她责备自己来镇上之前的准备工作做得还不够细致，可她当时根本来不及准备。她的脑海中闪现出年幼的儿子站在巨大的马儿前的画面来。她继续说道："我来找你，是想聊聊施洗的事情。"她指了指前门附近的篮子，"我还给你带了一些自家菜园子产的农产品。"她看着那个男人，他却一言不发，只是看着她。"实在不好意思，你初到圣·博尼费斯的时候，没能抽出时间去好好欢迎你。"不知怎的，在那一刻，她觉得有一种自己尚未承认的罪恶感重重地压在了她心头。"我们离家匆忙，另外，天气这么热，菜园子的收成也不太好，不过我真的努力了，"她急匆匆地向他保证，"我努力地给作物浇水、除草，可是……"

"你刚刚提到了施洗的事情，沃格尔太太。你是沃格尔太太，对吧？"

"啊，是的。"格尔达继续往下说，终于有机会直奔主题了，对此她感到很开心，"我想跟你谈谈给我的宝宝施洗的事情。"

"你的宝宝？为什么要给那个孩子施洗？他肯定不止两岁了吧？那可不是个宝宝。"神父从她身旁擦身而过，走进客厅。他从桌上拿起一本书打开，似乎打算读书，不过，房间里太黑了，根本读不了书。"你等了这么久，才想起来要洗干净他的原罪，你这是在拿这个孩子不朽的灵魂冒险啊，你知不知道？"

格尔达又一次被神父惊得目瞪口呆，接着，才意识到他说的是利奥。"啊，不是的。"她欢快地说道，"我说的不是那个宝宝，那个宝宝已经受洗过了。我说的是这个宝宝。"她用手摸了摸肚子，"我想跟你聊聊这个即将出生的宝宝。"

荣格尔斯神父皱着眉头说道："你怀着孩子？这就是你想对我说的话吗？"

"是的。"格尔达说。然后，趁着自己还没有失去勇气，趁着他还没有再次聊起别的话题，她向他叙述了自己的期望、黑特韦尔为她前几个孩子所做的事情，以及这件事对她的意义。在她滔滔不绝地说话的时候，她甚至还提到了伊丽莎白的名字，尽管她知道，这个名字对神父来说毫无意义。

离开神父家的时候，她不太确定，他是同意了在宝宝出生的时候来帮助她，还是仅仅同意了收下她带来的礼物。不管怎样，在无时无刻不在的疲惫感面前，她败下阵来，一心只想离开那所房子，回到马车上。她甚至都没有停下脚步，招呼孩子们回来，而是径直走到马车前，等着他们自己回到她身旁。

高温之下，远处闪着微光，她周围的空气则嗡嗡作响。回家的路上，道路两旁的青草在地平线的边缘看起来无精打采的。蚱蜢疯了似的在被太阳炙烤的临街店铺前发出唧唧的声响。汗水沿着她的锁骨往下流，弄湿了她连衣裙的领口；闷热的天气逼得她只能靠在马车的后挡板上休息。

她透过欧文斯的店铺的玻璃凝视着弗里茨，他正站在一群人的边上。她希望他能转过身来看着她。

"出来吧。"她小声说道，"现在就出来吧。"他却一动也不动。她深深地叹了口气，扭头看向了别处。

镇子西边传来了四点三十五分出发的那辆火车的汽笛声，车厢和火车头的轰鸣声使得这座小镇充满了工业城镇的气息。不知从哪里冒出的一群小孩快步跑向了铁轨旁。她的孩子们原本有气无力地坐在马车里，这时却像牵线木偶一样站了起来。

“妈妈，我能下去看看吗？”弗兰克问道。

“不行。”她答道，“你爸爸很快就要回来了，我们得回家干活儿了，可没有时间去跟那些小孩子一起追火车。”

弗兰克猛地向后一倒，一把扯下帽子，盖在了自己脸上。她看见他的下巴动个不停，而且也能猜到他嘴里正默默地骂着什么。她本想训他几句，但还是决定留着全部气力在烈日之下等待弗里茨回来。最终，纱门嘎吱一声打开，弗里茨走出了店铺，肩膀上各挎着一袋东西。

“当心点儿。”他一边说，一边把两大袋东西往马车里一甩，孩子们见状，只得仓促躲到一旁，以免被那些东西砸到。看起来他的心情比来的时候更糟糕。她闭上眼睛，努力回想着最近一次向新来的神父忏悔自己发怒时，神父指引她说的那些祷告词。在他们一家人回家的路上，她提醒着自己，新来的神父至少给了她一些指引。

快要到家的时候，弗里茨才开口说话，并且在说话之前，他用力地朝路边的杂草里吐了一口唾沫。

“欧文斯搬去了奥尼尔。”格尔达等着他继续往下说，“那个叫戴维斯的女人在帮他打理他的店铺。”他啪的一声甩动缰绳，让他那匹骟马加速小跑起来，行进中的马车嘎吱叮当作响，她基本上听不见他在说什么。“她说，他们再也不允许赊账了。她现在只做现金生意。”

格尔达看着他们前面的路，想到了火车上的戴维斯。在仅有她们两个女人在场的可怕时刻，如果她当时向戴维斯伸出了手，也许如今的情况就会有所不同了吧。她很好奇那天自己为什么会如此沉默，那沉默就如同未说出口的祷告词一般。

肚子里的胎儿让她彻夜难眠，一大早又将她叫醒。加诺威医生说，胎儿成天在她肚子里游着泳。他还说，女人是种神奇的机器。你的身体会制造胎儿所需的一切，这种情形不仅出现在分娩前，还会出现在分娩后。你的乳房会分泌大量母乳，来喂养这个婴儿，每一次怀孕生产都是如此。

他说这番话的时候，她的脸有些发热。她不仅是个成年女子，还是四个孩子的母亲，可即便是这样，听到一个男士，哪怕是一个医生，说出某些字眼的时候，她依然会脸红。乳房本身倒不会让她觉得尴尬，真正让她觉得尴尬的，是“breast”[1]这个词，最开始的辅音发完以后，嘴唇之后形成了一个气泡，接着喷出一小股空气，再然后发出“st”的音来，这个声音让她想起了蛇的咝咝声。这个词本身有一种调皮的意味，每当她听到别人读到这个词，她总是会注意到它。她自己从来没有说过这个词，与别人聊天的时候也用不到它。虽然加诺威医生用到了，但仿佛对

[1] 乳房的意思。

他而言，它没有任何意义，仅仅是个单词而已。

他非常了解她的感受和想法，都用不着她说出来。他怎么可能意识不到这一点呢？有时候，她觉得他是在故意逗她，仿佛把看到她脸红当作了他的一大乐趣。

她感觉到了胎动。最近几天，她经常感觉到胎儿在踢腿，不过有时候，她也分不清楚是胎儿踢腿还是自己肠胃胀气。每次怀孕，她都会有这样的感受。每次怀孕的过程都如出一辙，以她可以想见的方式进行着，贯穿她的生活。首先是疲惫感，这是最容易忽视的一种迹象，接下来是背痛、不安、腰部变粗，再然后就是这个阶段——体内的小生命开始动来动去。

她把手放在肚子上，深吸了一口气。这种感觉很真实：她的体内有一个宝宝，一个生命。她猛地将手拿开，仿佛被烫到了，又惊惶地看着自己的手掌：她的拇指根部并没有那个S形伤疤。那不是她的伤疤。“啊，伊丽莎白。”她小声说道，“啊，我的伊丽莎白。”

是啊，每次都这样。她感到很害怕，仿佛自己披着一件蒙头斗篷，又仿佛戴着一顶沉重的隐形兜帽，只能从它们下面窥视周遭的世界。将她和她的所见、所闻以及所感隔开的，是伊丽莎白的幻影，是一切结束之后随之而来的寂静。她已经学会了那些祷告词。她已经弥补了姐姐需要她的时候她所犯下的错误。那些祷告词她已经烂熟于心了。

啊，最最仁慈的童贞马利亚，人们都知道，若有人向你寻求庇护，恳求帮助，祈求怜悯，你绝对不会袖手旁观。我信心激发，投奔于你，啊，我的圣母，童贞马利亚。在你面前，我罪孽深重，痛苦万分，请不要无视我的请愿，愿你在慈祥中回应他们。阿门。

满有恩典的万福马利亚，主与你同在；你在女人中深受赞颂，你的儿子耶稣同样受到赞颂。神圣的马利亚，上帝的母亲，请在现在，在我们临终之际，为我们这些罪人祈祷吧。阿门。

每一天，她都会把这些祷告词说上几十遍。干活儿的时候，她会不知不觉地小声念出来；每天醒来以后、睡去之前，她都会自觉吟诵。在伊丽莎白需要这些祷告词的时候，她没有学会。那就是她的原罪。这么简单的祷告词，在伊丽莎白试着教她的时候，她为什么没学会呢？犯下了如此罪过的她，将会受到怎样的惩罚呢？犯下了种种罪过的她，又会受到怎样的惩罚呢？

第十二章

查尔斯·伯克轻松地跳下了运送邮件的亮蓝色马车，走到了信箱旁的砂石小路上。他依然比格尔达高出将近一头。虽然她告诫自己她不要这么做，但她还是注意到，他的那双眼睛就像他驾驶的马车的车漆一样蓝，就像黎明时分晴朗无云的天空。

“我猜，你来这儿是想看看你妹妹有没有给你写信吧？”他胸前抱着一沓邮件，一双眼睛闪烁着邪恶的光芒，看样子，似乎知道一些她不知道的事。

“当然了，伯克先生。”她微微一笑，把头歪向一边（天哪，她是从哪里学会卖弄风情的？），“我正在努力劝她，希望她在下个月度完蜜月回家途中能顺道来斯图尔特看一看。”

“他们打算去黄石公园看看风景，对吗？‘我多想看看那里的间歇泉和野生动物啊！’”

“哎呀，我也是呢！我——伯克先生！你是怎么知道我妹妹打算去黄石公园的？”她双手叉腰，说道，“你一直在偷看我的邮件吗？”

查尔斯大笑起来，用邮件轻轻地敲打着胸口。“小鸟夫人，为什么呢——你怎么能这么想呢？我可是个正人君子呢。”他将一张明信片递给了她。

“只看过明信片而已。”他冲她眨了眨眼，等着她读凯瑟琳写给她的明信片。

“‘我多想看看那里的间歇泉和野生动物啊！’伯克先生，你不仅看了明信片，你还把她的原话当成了你自己的话！”

“我只是借用了一下嘛。”他用手指轻轻地敲了敲格尔达手中的明信片，“看到了吧。我把借来的话还回去了。一点损失也没有嘛。”

格尔达笑了笑。在这里，在这条小路的尽头，她觉得自己变得轻盈了一些，仿佛不仅胎动让她呼吸起来更加容易，甚至连空气本身也让她浮了起来。她的生活中已经很少有这种自在的感觉了。

“你就是个无赖，伯克先生。你自己也知道这一点，是吧？”

他傻里傻气又彬彬有礼地鞠了一躬，然后严肃地回答道：“谢谢你，小鸟夫人。你真是太客气了。”

“对了，你有没有在上个礼拜的《拥护者报》上看见我的名字？”他把她剩下的邮件——两张明信片、一封信，还有一份她没太看清楚的东西，好像是某种广告——递给了她。这样的东西用邮件寄送似乎有些奇怪。她伸手去拿那沓邮件，而他却把邮件收到了胸前。她差点为了拿到邮件不自主地往前迈步，但她及时地止住了向前的步伐，只是等在那里。

“呀，小鸟夫人，我希望有一天自己能娶到像你这样的女人。”他笑了笑，把邮件递给了她，“嗯，你看到了没？我觉得自己出名了，告诉我，说你看到了。”

“没看到，”格尔达一边说，一边由衷地感到抱歉，“我还没空读这个礼拜的报纸呢。你也知道，现在是做蔬菜罐头的时候，西红柿、豆子、甜菜，好吧，似乎整个菜园子里的蔬菜一下子熟了，都可以做罐头了。”她很惊讶，自己居然一口气列出了好几种蔬菜，接着，她咬了咬嘴唇，继续说起了她的那些家务活来，“我的朋友玛格丽特明天会过来帮忙，在她来之前，我还有很多事情要做呢。”

“啊，可在我沿着这条路来送信时，你却有空走到这里来取邮件？”他又一次大声笑了起来，声音里满是喜悦。

格尔达的脸涨得通红，她用手捂着脸颊。难道说，他误解了她的动机？或者说情况更糟糕，是她误导了他？

“我……我……”她想不出来该说些什么。在他俩周围，一群草地鹨正在唧啾啼叫，一只红翅黑鹂落在了查尔斯肩膀后面的围栏上。红翅黑鹂身上的红色斑块闪闪发亮，像是在对她发出警告似的。她产生了一股冲动，想要转身跑起来。事实上，她也的确转身离开了马车，开始朝家中走去。

“等一下！”查尔斯惊讶地说道，“我不是有意要赶你走的，沃格尔夫人！我总是盼望着把信交给你。送信的路途总是很漫长，白天也总是非常无聊——我的意思是，读完所有人的明信片之后。”

她看了看手中的明信片，然后转过身去看着他。他友好地微笑着，被太阳晒黑的皮肤衬得他的牙齿整齐而洁白。“我这么做，只是想呼吸点新鲜空气，伯克先生。”她并没对他回以微笑，“有时候，孩子们的声音——当然了，我很爱他们——有时候，他们的声音实在是……太吵了。我反倒更想舒展舒展腿脚，听听鸟叫声。我来只是单纯地取信，并没有别的意思。”

沿着小路向前方看去，可以看到她和弗里茨搬到这里的第一年种的树。虽然沙质土壤松软，可种那些树还是把他们累得够呛。每一天，她都会来给每一棵树浇水，一直坚持到那些树在土壤里扎了根，能够自己汲取水源。前方还有一个果园，果园离他们家稍近一些，园子里的樱桃树和苹果树今年开始结果了，不过，要是想站在地上就能摘到果子，她还得再等上几年。他们种的那些树围绕着他们的家，她和弗里茨携手建造起来的家。

她严肃地看着他。渐渐地，他不再嬉皮笑脸，而是跟她一样，也露出了严肃的表情。

“我被征召入伍了，沃格尔夫人。所以我的名字才会出现在报纸上。我这个月底就要去赖利堡了。”他喋喋不休地把他所知道的一切都说了出来，他谈到了自己会去哪里，越说越让人觉得这趟旅途既危险，又像一场冒险，要知道，他还很年轻，而且活力十足，实在没办法想象未来即将经历的一切居然还不如年少轻狂时所设想的那样精彩。

格尔达听他说着话，没有做出任何反应。查尔斯将成为她认识的第一个要奔赴战场的男人，不过她也在报纸上认出了许多被征召的人的名字。她环顾四周，看着她熟悉的乡间，认出了每一棵树、每一只鸣禽，可是，自从邮差告诉她这则消息以后，她觉得一切都变了，一切正在发生变化。她觉得有些迷茫，既不确定自己身在何处，也不确定自己该说些什么。有那么一瞬间，她产生了一种奇怪的感觉，仿佛自己和查尔斯并没有站在她家小路的尽头，而是完全站在另一个地方的边缘。仿佛另一个世界，一个满是士兵、枪炮、毒气、战壕的世界突然间冲了过来，就像水灌进了一个被淹没的碗。不管她朝哪个方向走，她都会看到：意大利、英国、法国，就在不远处的地平线上。

格尔达听见了玻璃相互碰撞时发出的悦耳声音，她知道，是玛格丽特带着罐头瓶来了。“男孩们，现在赶紧把那个木盒子装满，再去打一桶水来。”她朝他们挥了挥自己的围裙，好像他们是等着被她驱赶的小猫，“打完水以后就去牲口棚——爸爸肯定需要你们搭把手。”她很快便擦干餐具，把它们放回了橱柜，“凯蒂，和利奥一起去菜园子。你们可以趁着天气不热除除草。”她把自己那个巨大的蓝色装罐工具从门廊上方高高的搁板上取了下来，这时候，她觉得自己身体的一侧绷得紧紧的。

“格尔达，小心点！”玛格丽特大声叫道，“你先等我一会儿，等我卸完车，让我来帮你拿吧！我马上过来！”玛格丽特费了番工夫在腰间打了个绳结，好比临时做了一副特殊的挽具，这样一来，她既能拉住身后装满罐子的马车，还可以腾出手来帮格尔达搬装罐工具。一只农场犬跟了过来，把鼻子凑到玛格丽特手中，嗅了起来，她却重重地打了它几下。“走开！我不需要你的帮助，我已经有够多的麻烦了，蠢货。”

等到玛格丽特解开绳结，格尔达已经把马车上的罐子都搬下了车，正将它们摆放在水池旁边，在那里，她早就准备了好几锅肥皂水。玛格丽特匆忙走进厨房，一时间停下了脚步，好让眼睛适应昏暗的光线，接着便麻利地和格尔达一起干起活儿来。两人都知道什么时候该做些什么事。

“你今天一定得多喝水。”玛格丽特说，“你感觉怎么样？有一些莫名的疼痛感吗？你肚子里的宝宝呢？今天感觉到胎动了吗？”她关切地问了格尔达一连串问题。

“天哪，玛格丽塔[1]，”格尔达责备起她来，“你简直像只老母鸡。”不过事实上，她很满意有人会如此关心自己。一直以来，她都很渴望得到母爱，也很渴望有人能如此温柔地关爱她。

“我早就跟你说过，名字是个秘密。如果你一不小心把它说了出来，别人就会指责我，说我有吉卜赛人的血统——好像做一个德国人还不够糟糕似的。对了，你还没有回答我的问题呢。你长了小疙瘩吗？你得知道，这可不是什么好兆头。”

虽然格尔达曾向玛格丽特保证不会叫她“玛格丽塔”，可是，每当她想起她的这位朋友，她还是经常会用这个名字来称呼她。这个名字有一种异域之美，还包含一些别样的意义。词尾的气音似乎充满了希望，充

[1] 在德语中，“玛格丽特”（Margaret）这个姓名的标准形式为“玛格丽塔”（Margaretha）。

满了活力。格尔达知道，这个女人在朴实无华的外表下，精神饱满、充满朝气，这个名字很适合她。

有段时间，格尔达很害怕，如果没有玛格丽特·鲍姆，她可能会深深地陷入自己的思绪之中无法自拔。也许正是因为失去了唯一的女儿，玛格丽特才会变得特别善于倾听。她俩刚认识不久，有一次，她告诉格尔达，她这个母亲对自己的孩子太严格了，而且总是为如何让他们吃饱饭、如何保护好他们而发愁。

“他们只不过一张张需要吃饭的嘴，以及长大后一双双能帮忙做些事的手。”在那个晴朗的日子，她们在镇子西边采摘沙樱时，她对格尔达说了这番话。男人们则把马车拉到河里，舒舒服服地坐在马车座椅上钓着大头鱼。孩子们觉得钓鱼看起来比在山丘上散步有意思多了，于是格尔达和玛格丽特便能自行支配时间，沿着堤岸散步，把酸酸黏黏的浆果装满水桶。

“我女儿嫁了人搬出去后，家里就变得特别安静，我甚至以为自己聋了！”她大笑着讲道，可没过多久她的笑容便消失了。过了一会儿，她继续说了下去：“她的儿子改变了这一切。他一岁以前只知道大喊大叫，太吵了，我都希望自己真是聋的！”她摇了摇头，“那个可怜的小家伙哭啊哭，我俩简直都受够了。我女儿去……”她停了一会儿。她的女儿在生孩子的时候死掉了，女婿则突然离开家，说是要去喝酒，却再也没回来，“把孩子留给我们抚养，可我们俩都太老了，早就不中用了。”格尔达向外望去，看见了玛格丽特的外孙，那孩子如今已经十二岁了，他正和男人们以及沃格尔家的孩子们待在马车里。她能听见那孩子时不时发出的笑声。他之所以笑，也许是因为他对凯蒂做的一些恶作剧吧，他特别热衷于惹表情严肃的凯蒂不开心。

就在那时候，格尔达告诉她，她的一个姐姐也是死于难产。她花了好几年时间才把这个故事讲给弗里茨听，可当着玛格丽特的面，她却自然而然地说出了这个故事。

“你姐姐是孩子的母亲还是那个孩子？”玛格丽特问道。

格尔达说：“是孩子的母亲。”可突然间，她想起了她母亲和埃尔莎姨妈反复说的那些故事，那个时候，她们以为格尔达并没有在听她们说话。“我觉得，也可以说两者都是。”她若有所思地说道，“我的意思是，在我五岁的时候，伊丽莎白，也就是我的姐姐，死掉了，她的孩子也死掉了，可我觉得，我妈妈还失去了几个孩子。在我娘家那边，还有一些坟墓，我妈妈会去献花，可她不愿意告诉我那都是谁的坟墓。”说话的时候，格尔达揉了揉太阳穴上的伤疤。每当感到担忧，或是陷入沉思，她总习惯性地摸一摸太阳穴上倒立的锯齿状S形伤疤。

“生孩子太不容易了，从满世界的小小坟墓就可以看出来。我们能活下来真是个奇迹。”玛格丽特说完后，又大声笑了起来，“还好我们生孩子的时候没遇上什么麻烦！我猜，有些人就是会比另一些人活得更久一些。”这个想法似乎让她振作了一些，她开始边走边哼起曲子来。

和玛格丽特一起将蔬菜瓜果装罐的日子让格尔达想起了和母亲以及姨妈一起工作的时光。平日里，母亲很严厉，也很安静，可当着她的姐妹的面，她却变得健谈起来。她们会讲故事，会因为奇奇怪怪的事情而放声大笑，都是些只有她俩才听得懂的笑话，让做工的日子变得更像是在聚会，不再那么辛苦劳累。直到现在，格尔达的脑海里还会浮现出母亲和姨妈脸上挂着汗水以及笑出来的泪水的模样。不管外面的天气如何，将蔬菜瓜果装罐的日子总是累人的，并且酷热难耐。虽然她们会用夏日厨房[1]里的厨灶，可屋子里还是热得让人喘不过气来。干完活儿、吃完晚饭之后，格尔达请求玛格丽特多待一会儿。“等天气凉快下来再走吧。”她说，“就算你少做一顿饭，你家的男人们也不会饿肚子的。”

然后她们走了出去，坐在格尔达的菜园子边上的长凳上，太阳落山很久之后，她们还在那里坐着。孩子们躺在她们身后草地铺好的毯子上。晚风徐徐吹拂，热浪终于散去，一弯新月成了黑暗中唯一的光源。他们密切注视着天空中是否有流星划过——在八月份，人们经常能看到流星——可孩子们早就安静下来了；格尔达觉得，这一次，可能只有她和玛格丽特能看到流星了。她最喜欢八月夏日的夜晚，虽然在这样的夜晚，她会想起她的父亲，想起孩提时代，父亲带她到他们家南边的草丘上看流星，苦乐参半的经历。曾经有一段时间，她感觉得到父亲是爱她的。尽管如此，今夜的景色依旧很美，夜空很美，流星也很美。她一直仰着头，看着那一道道转瞬即逝的光。她将双臂伸过头顶，感觉到自己的乳

[1] Summer kitchen，是一种小型建筑或小棚屋，通常与房屋相邻，在天气炎热时用作厨房。

房沉甸甸的。

“对了，我确实长了一些小疙瘩，不过不是你问到的那种小疙瘩。”她把双手放在乳房上，接着，她和玛格丽特都笑了起来。

“你的身体已经做好喂小宝宝的准备了。”玛格丽特说。想起加诺威也说过类似的话，格尔达的脸一下子就红了。

“我知道，离宝宝出生还早着呢，可我觉得，宝宝都要把我的内脏挤出来了。”格尔达把手放在喉咙根部，“我觉得我的肺现在就在这里，紧接着就是胃。”她疲倦地吸了一口气。如今，她时刻都会觉得呼吸短促，也很惧怕未来，有时候，这些突然涌起的感受仿佛要从她体内溢出，尤其是在此时此刻——好心的玛格丽特正陪在她身旁，她很想打开话匣子，向她倾诉心事，希望以此能让自己得到解脱。在纷乱的思绪中，她看到了小玛丽躺在伊丽莎白怀中的画面。她产生了一种强烈的负罪感，仿佛胸口堵着什么似的。要是她告诉玛格丽特，自己一直觉得很羞愧，因为不熟悉那些本可能救她姐姐一命的祈祷词，那会怎么样？格尔达回想起那时涌上心头的恐惧——在伊丽莎白最需要的时候，格尔达却说不出她用心教给自己的祷告词。格尔达害怕是因为自己，上帝才降罪于房间里的伊丽莎白母女，这种从她内心深处涌起的恐惧感，挤压着她的肺，让她拼命地呼吸起空气来。这种事有可能再次发生，正因为这样，她才会害怕怀孕。哪怕那种恐惧已经在她脑海中化为具体的话，可她还是知道，自己说不出口。因为，如果她说出这些话，她也可能突然说出其他一些话，一些她想都不敢想的话：要是她记得那些祷告词，又会怎么样？神明们会听到她的祈祷吗？她抬头看着头顶上方浩瀚的夜空，不禁打了个寒战。不，有些秘密就得尽全力去保守，绝不能向别人，甚至向自己吐露。

“你知道吗，”过了一会儿，格尔达继续说了起来，“人活这一辈子，大多数时间里，在反思某件事做得怎么样时，不管是什么事，你总会觉得，如果事情稍做调整，如果时机正确，又或者说，如果你更强大、更优秀，你可能会做得更好。”她看着玛格丽特，揣测着她此时的表情。她的朋友点了点头。“反正我就是这么想的。我总在想我接下来得做什么事，或者回想我刚做过的事。我从来没有真正——完整过。”她停了下来，想了想怎么把自己的意思表达清楚，“可是，生孩子却不一样，总有那么一个时刻——在每次生产完第一次见到孩子，听到他们的第一声啼哭，闻到血，还有——我也说不上来是什么味道——新生儿身上的那种味道，第一次注视宝宝的眼睛，然后看到……我看到……”她知道言语已经不足以表达她的意思了。她不知道该怎么表达初见崭新生命、崭新灵魂时感受到的那种无与伦比的喜悦。她知道，那个瞬间的自己就是最完美的。她想说，她全身心地沉浸在那一刻……她的触觉、她的呼吸，以及她那双看着崭新的小生命的眼睛。她又一次抬头看着玛格丽特，为自己接下来打算说的话感到有些难为情，“因为在那一刻，我知道，我比其他任何时刻都要接近上帝。”

在昏暗的光线中，格尔达的眼里闪烁着光芒。

“你明白吗？”格尔达问。她很少说德语，可和玛格丽特在一起时，那些德语短语就是会浮现在她的脑海中，进而自然而然地出现在她们的谈话中。

“嗯，我懂。”

在一片漆黑中，她们身后的一根树枝突然啪的一声断了，把她俩吓了一跳。凯蒂从孩子们中坐了起来，看了看周围，只见阿洛伊斯从黑暗中走了出来，于是她重新躺了下去。

“我想着从镇上回来的时候顺便来这里看看。”阿洛伊斯说，“我猜你可能还会在这里。”

“还真被你猜中了。”玛格丽特站了起来，舒展了一下背部肌肉，“这时候坐车回家多好[1]呀。”

“你是想说‘good’，对不对？”阿洛伊斯粗声说道，“你最好多学点英语。”他朝他来时的方向走去。格尔达想知道，他是否听见了她和玛格丽特的谈话，他“说英语”的要求是否也针对她。

“他从镇上回来以后总是这样。”玛格丽特故意大声对格尔达说道，“都怪之前在克罗格店里工作的那个女人——欧文斯儿子死后，她似乎接手了欧文斯留下来的工作，扮演起了在战争期间教育大家的角色。我跟你说，他在奥尼尔找到了一份新的工作，现在很少出现在自己的店铺了，这些你都知道吧？”

一听到玛格丽特提到那个女人，格尔达便红了脸。甚至连那女人

[1] 玛格丽特说的是德语 gut，表示“好”，相当于英语中的“good”。

的名字似乎都会对她产生某种影响。“弗里茨说她现在在欧文斯的店里工作。”

“呃，她一天做的四分钟演讲比欧文斯一个礼拜做的还要多！天哪，那女人还挺能说的嘛。”玛格丽特摇了摇头，“而且她嗓门儿特别大，声音可以传到半英里之外呢。她也不在乎有没有人听，不过她会确保每个人都听她讲。”

“她都讲些什么呢？”

“我其实也不太清楚，不过既然你问了我，那我就说说自己的感受吧，她其实不是在教育别人，而是在煽动仇恨。”她用眼角的余光瞟了格尔达一眼，“她不喜欢德国人，这你也知道。”

“那她在这里干什么？”格尔达问，“她以为她在对着谁说教呢？”她站了起来，把身子挺得直直的，擤了擤鼻涕，她内心里的钟摆现在正朝愤怒的方向摆动，“斯图尔特的德国人可比其他人都多。”

“这事可真可笑。”玛格丽特说，不过从她的表情里看不出任何幽默的意味，“阿洛伊斯说，县里的德国人似乎一直在减少，可也没有人搬走啊。”

格尔达看着她，显得有些困惑。玛格丽特继续说道：“他们说，政府正在修改法律条款。你要是为德国人出头，就有可能因为叛国罪蹲大牢。”

“啊？”格尔达小声说道，看了看远处的孩子们，“你在说什么呢？”

“我不知道这条消息到底有多可靠。”玛格丽特也压低了声音，“可是，就像我刚才说的那样，那个女人的声音可以传到半英里之外。”接下来，她又告诉格尔达，据她了解，那个女人最喜欢谈论哪些话题。那个女人似乎下定了决心，要亲自杜绝使用德裔美国人、意大利裔美国人、俄裔美国人，以及诸如此类的合成词。“‘你要么就是美国人，要么就不是。’她不止一次这么说，‘如果你不是美国人，那你就该被枪毙。’”这两个女人打了个寒战，紧紧依偎在一起。玛格丽特的话还没说完呢，她讲完以后，格尔达觉得自己再也睡不着了，因为她内心充满了恐惧，或者说即便睡着了，也会做很多噩梦。

玛格丽特向后一靠，打了个大大的呵欠。

“我最好还是追上阿洛伊斯，否则他可能会丢下我，让我自己走路回家了。”她拍了拍格尔达的手，便去追自己的丈夫了。格尔达沉默地坐了一会儿，抬头看着天空。两颗流星划过夜空，一颗在天穹，另一颗在地平线上。格尔达揉了揉疼痛的腰窝，告诉自己，现在是现在，明天是明天。

然后，她站起来冲孩子们喊道：“回来吧，你们的床还在等你们呢。”

早上，弗里茨站在桌旁，读着阿洛伊斯前一天晚上送来的奥马哈当地报纸的头版。“德皇的军队让他们吃了一场大败仗。”他将牙签从嘴的一侧移到了另一侧，“我猜，这出乎所有人的意料吧。大家本以为美国人到达战场后，会轻轻松松地搞定一切。”他又读起报纸来，鼻梁上架着副老花镜，“不，简直让所有人都大跌眼镜。”突然，他凑近报纸，手指划过一行行文字，又猛地扯下眼镜，啪的一声放回了眼镜盒里。他没把眼镜盒放回门上方的架子上——那里放着他不希望孩子们知道的东西——而是把眼镜塞到了胸前的口袋里。他胡乱地折起报纸，夹在了腋下。

正在熨衣服的格尔达抬起头看了看他。格尔达看不出来他宽宽的脸、突出的下巴之下酝酿着怎样的情绪。他是在担心同胞会消失在这场贪婪地吞噬着一切的战争中吗？他是在想象这一切会没完没了地持续下去，直到儿子们达到参军年龄……又或者说，她只是在杞人忧天而已？

“如果我不去，就没有人割干草了。”他说完后，从挂钩上取下了自己的帽子。格尔达觉得他话里有话，却又不知道到底是什么。

他走到屋后的门廊上，凯蒂和两个年纪大一点的孩子正在那儿往一个大陶碗里剥豆子。“剥完以后，就帮妈妈摘西红柿去，”他说，“听见没？”他没有等着他们回答——他一旦说去干活儿，就不喜欢停下来——便沿着小路走了下去，没有去牲口棚，这出乎格尔达的意料。她看着他越走越远，被他那奇怪的举动弄得有些糊涂。

八月的高温就像重物一样压在她的皮肤上。她觉得哪怕在菜园子里暴晒，也好过站在熨衣板跟前。她用门廊上的厨灶加热熨斗，散发的热气堆积在空气中，到后来，似乎连房子都发起烧来了。她已经尽可能地推迟了这项任务，希望能在热浪之中休息一会儿，可没人过来帮忙，而且全家人已经快没有熨得整整齐齐的干净衣服可穿了。西红柿熟了，豌豆、豆角、胡萝卜和甜菜都做好了准备，等着她采挖、洗净、切好、装罐，似乎世界上的万事万物都在拼命向上生长，或是向外扩张，都在努力活下去。

干完农场上的杂活回到家以后，弗里茨说道："事情有了变化，我觉得你应该了解一下。"他的声音听起来出奇地平淡，她也读不懂他脸上的表情。她放下了手中的针线活，看着他，可他却转过身背对着她。

"我不想让你担心。"他把帽子从门背后的挂钩上取下来，戴到头上，然后又摘下来，挂到钩子上。他走到她面前，一把抱住她，还有她坐的椅子，一双大手捧着她的肚子。格尔达想钻到他的臂弯里去，可不知怎的，她却害怕得身体发僵。

"这事跟征兵有关，跟军队的征兵有关。"他对着她的头发小声说道。格尔达觉得自己的手背与脚背有一种刺痛的感觉。这感觉向上涌去，传遍全身，最终变成了一种让人打起冷战来的恐惧感。

"报纸上说，华盛顿当局做出了一些改变。"弗里茨继续说着，"这场战争似乎并没有像他们预想的那样结束。"

格尔达什么话也没说。她很害怕自己一开口说话会吓到他，这样一来，他可能就不会继续说那些本来打算要讲给她听的事情了。

"嗯，他们说，国家希望农民们继续务农，你只用记住这一点就好。"

格尔达从他的怀里挣脱了出来："你在说些什么呢，弗里茨？征兵跟我们有什么关系？"

他走到水池旁，从水桶中舀了一杯水，慢慢地喝着，喝了很久很久，然后才继续说道："也许没什么吧。他们说，所谓的'农业豁免'不会有任何变化。那些变化也许影响不到我。”

“呃？”格尔达问，“具体有哪些变化呢？又会影响到谁呢？”

“许许多多的男人。”弗里茨开始在厨房里走来走去。格尔达突然觉得，他在告诉她这些消息时所表现出的吞吞吐吐的态度跟她一点关系也没有。他只是想努力弄明白到底是怎么回事，再大声地说出来，可即便如此，她还是觉得很沮丧。她希望他能开门见山，把该说的都说出来。“许许多多的男人。政府把征兵的年龄范围调整为十八岁到四十五岁。”

“四十五岁？”格尔达几乎大喊了出来，“你确定吗，四十五岁？”

“你觉得这些都是我编的吗？”他不耐烦地说道。他笨拙地将自己的重心从一只脚转移到另一只脚上，看上去既想逃跑，又想扑到她怀中，“我准备明早搭便车和丹·莱亚伯一起去奥尼尔。既然征兵的年龄范围修改了，我得再次提出豁免申请，这么做只是为了确保他们不征召我。”他看了看格尔达，“不会有事的。”他说完后，两人都陷入了沉默，气氛显得有些沉重。弗里茨打破了沉默，微笑着说道：“我们打算开丹新买的福特去奥尼尔。”

“开汽车去？”格尔达问，“坐着汽车去吗？安全吗？”尽管她知道自己问的这个问题有多么荒谬，可是，弗里茨带来的这些消息让她有种被掏空了的感觉，而且她也想不出来还能说些什么。

弗里茨紧闭的双唇间吹出一口气，他回答道：“安全？当然安全了！”他趁机转移了话题，呼唤起孩子们来：“快来猜猜你们老爸明天会做些什么吧。”他说，“我准备一路坐着汽车去奥尼尔。”孩子们激动地手舞足蹈，大声喊着：“我也要坐！我也要坐！”

尽管从弗里茨口中得知变化的消息时，格尔达觉得待在家里仿佛有一种窒息的感觉，可是第二天一早，她和孩子们向弗里茨挥手告别时，她又觉得他们像是在庆祝着什么。她一边和孩子们一起挥手送别弗里茨和莱亚伯，一边试着朝汽车里的那两个男人微笑，可是，没等他俩在车道尽头处拐弯，她便回到了屋里，试图找些活儿来干，仿佛在找救生索一样。

后来，弗里茨把征兵委员会的办事员给他的那份表格放到了钱包里。他想了想，只有把表格放在钱包里，它才既不会丢掉，又不会被格尔达看到。他把表格横着折了三下，又竖着对折，这样一来，表格就可以跟那些他觉得从来都不够用的纸币放在一起。有时候会有那么一会儿，他忘记了表格在钱包里。

此前，他和另外三个从斯图尔特来的人走进了县里的政府大楼，当时的他仍然沉浸在第一次坐汽车的兴奋感之中，想到等着他的不过是一条长队以及一份需要他填写的让人困惑的表格。他环顾四周，看了看那些摆好的桌子，接着惊讶地发现威廉·欧文斯正坐在其中一张桌子后面。欧文斯的儿子去世后没过多久，弗里茨在自己的地里见过欧文斯，自此以后，他便再也没见过他了。一时间，两人紧紧盯住对方。欧文斯率先扭头看向别处。弗里茨摘下帽子，看了看帽子里面，仿佛他可以在汗津津的帽檐上找到他想说的话似的。在田地里的那一刻不像他生命中的其他任何时刻。他不知道一个大老爷们儿居然会哭成那样，居然会沉浸在如此巨大的悲痛之中。那时候，他几乎是扛着欧文斯走到了欧文斯的马车前，又像抱自己的孩子一样把他抱上了座椅。他先是轻松地将卡住轮子的东西挪开，然后便驾着马车回到了主路上。颠簸的马车让欧文斯又呕吐起来。弗里茨站在马车旁，扶住弯下腰痛苦干呕的欧文斯。等欧文斯坐直了以后，仿佛身体里的恶魔被赶走了一样，他又恢复了正常，接着，他挺直腰，越过马头，看向前方。

“我没事了。”他说，“你现在可以走了。”

两个男人似乎都不敢看着对方。弗里茨把缰绳递给他，从马车上跳下来，开始穿过自己的田地，朝家里走。从表面上看不出来自那天以后欧文斯出现了怎样的变化。他坐在桌子后，看上去和他做四分钟演讲时一样自大。

有人撞上了弗里茨的肩膀，他这才意识到自己挡住了正在移动的两条长队的路。他走到一旁，环顾四周，寻找着他的老乡们。等到他再次朝桌子望去，欧文斯已经走了，另一个人取代了他的位置。

队伍移动得很快，因为县里解决了造成入伍登记最初几天队伍移动缓慢的种种问题。最开始，很多人都在谈论征兵工作的条例是怎么回事，每个县又会由谁来负责确保条例顺利实施。有些州允许申请者就近去邮局登记，可霍尔特县要求申请者亲自去县政府登记。华盛顿当局出台的那些文件看似很切合实际，可是，在人们排起队来的时候，文件中的内容实施起来却常常缺乏效率。事实上，有很多人压根儿就不识字，弗里茨看见排在他前面的一些人拿着那份表格，一副寻找更好的光线的样子，可事实上，他们只是不愿意承认自己是个文盲，更不愿承认自己的英文水平堪忧。这使得登记工作进展得很缓慢。弗里茨认出了住在阿特金森附近的两三个农民，并向他们点头打了招呼，可政府大厅里弥漫着一种紧张的气氛，那些男人只会对自己的老熟人柔声说话。桌子后面的官员坐在某种台子上，所以，每当有人走到队伍最前面，他都必须抬起头来，就像在法庭里面对法官一样。人们走到队伍最前面提交申请时，他们的个头看起来更小了。这让弗里茨想到了欧文斯的店铺，以及店铺柜台后面隆起的地板。他又一次四处寻找起欧文斯来，发现他站在一根柱子后面，正轻声跟某个人说着话，他们两个人都在看弗里茨。马上就轮到弗里茨的时候，和欧文斯说话的那个人走到了桌前，跟收集表格的人说了几句话，然后走开了。如果弗里茨是另一种人，一个不信任别人的人，也许，他在看到那一幕的时候便会感到恐惧，可弗里茨这个人总是坚定地认为，人心本善。他把表格递给了坐在桌后的那个人。那人快速浏览了表格，扭头看了一眼，接着在表格上面盖了个章，最后把它还给了弗里茨。

申请表的中间用红色的印泥盖着“豁免申请不予通过”的印章。

弗里茨读了读印章上的文字，不太明白是什么意思。接着，他看了看桌子后面的那个人。“这是什么意思啊？”他问。

“意思是，你得留意一下报纸上的通知，注意一下你去做体检的日期。”他慢吞吞地回答了弗里茨，仿佛弗里茨完全听不懂他所说的语言，“有时候他们会给你寄一封信，可你有义务自己弄清楚时间，所以，可别等到他们上门来找你。”

“可是，”弗里茨眨了眨眼，眯着眼看着手中的表格，“我是农民啊，农民不是可以免服兵役的吗？”

“不是所有的农民都可以。”那人的表情变得谨慎起来。他耸了耸肩，俯身趴在桌子上，仿佛在保护着什么，“他们不得不做出一些改变，因为有些人故意购买菜地，这样一来，他们就可以免服兵役了。这就像为了免服兵役而去结婚一样——一大群人跑了出去，跟他们见到的第一个女人结婚，这样一来，在国家需要他们的时候，他们就不用为国效力了。”

“可我当了一辈子农民啊。我结婚九年了。你知道吗，我还有小孩。”弗里茨听得出自己声音里的绝望，这让他感到愤怒。

那人伸出手又拿走了弗里茨的表格。这一次，他更加仔细地看了看那张表格。弗里茨注意到他们周围变得出奇地安静。“沃格尔，这是个德国名字，对吧？”在这间刚刚安静下来的屋子里，他的声音就像咆哮似的，他的表情也变得越发漠然，像一块窗帘。弗里茨站在那里，抬头看着他，他张着嘴，准备说一些他不可能说出的话。

有个人一把抓住弗里茨的胳膊，他将那人的手甩开，然后才意识到那人是丹·莱亚伯。

“算了吧，弗里茨。”丹说，“咱们走吧。”

那男人低头看了丹一眼，说道：“你们俩是一起的吗？”

自从春天感染流感病毒之后，丹·莱亚伯就从来没好利索过，在县政府大楼昏暗的灯光下，他看起来面色苍白、衰老，可他只比弗里茨大一两岁。自从弗里茨和格尔达搬到斯图尔特之后，他们就认识了，两人既是邻居，也是朋友。他们互帮互助，共同经历了至少八个收获季，也帮对方做过无数次琐碎的杂活。桌子后面的男人站了起来。丹抬头看着他，又看了看弗里茨，他表情漠然，转身走出了政府大楼。余下的一个从斯图尔特来的男子跟在丹身后，他朝着弗里茨点了点头，虽然没有公开说，但还是鼓励弗里茨跟着他们一起走。弗里茨不明白，为什么满满一屋子人这么快就安静下来了。他之所以会走出那扇门，主要是因为震惊，而不是因为害怕。他也不知道自己还能做些什么。

他没有把这一切告诉格尔达。分娩在即，她一直很累，不能再给她增添新的负担了。他想，也许还没轮到他，战争就结束了。他知道，他什么也不说，就相当于对格尔达撒了谎，而且是他对她撒过的最大的谎。渐渐地，他开始赶在格尔达之前去他们家小路尽头的信箱取邮件。他停下来，等着阿洛伊斯把报纸送来，还常常编些借口在礼拜四早上去镇上，因为那天是政府的征兵人员名单公布的日子。独自一人的时候，他发现自己会小声说着求你了，上帝，求你了，上帝，求你了。可是，他祈祷的那一切对他所熟知的那两种语言来说，似乎都太笼统了，因此，他每一次都只是低声恳求着。他的每一次呼吸似乎都是一种等待。

格尔达将一盘蘸了肉汁的面包摆到弗里茨面前，从背后看着弗里茨用刀叉切面包。他将方方的一块面包整齐地切成四份，又把每一小块面包切成三角形，最后才开始吃。他低头看着盘子，慢慢地咀嚼着。

“好吃吗？”格尔达问。

她这么一问，吓得他清醒了过来。他急忙看了看她，然后狼吞虎咽地吃起了晚餐。“嗯，嗯，好吃。”他说，“你做起饭来真有一手，格尔达。要是你问我，我会告诉你，玛格丽特·鲍姆就做不出足以拯救她灵魂的美味肉汁。”他喋喋不休地说着，谈到了肉汁的好处，以及牛肉汁与鸡肉汁的区别。

他一整个礼拜表现得都很奇怪。他从奥尼尔回来那天，丹·莱亚伯把他送到了县道的尽头。余下的半英里，他是走回去的，所以格尔达并没有听见他回家的动静，不过，从下午三点钟左右起，她便一直在等待着外面传来嗡嗡的引擎声。她和孩子们待在牲口棚，忙着把奶挤完。雷那胖乎乎的手指终于长长，可以抓住奶头，从最小的奶牛贝丝身上挤出奶来了。如今，三个年纪稍大一些的孩子人人都有一头奶牛，可以各自挤奶。利奥的年纪还太小，只能待在干草堆中，以免受到伤害，他试图抓起一把干草喂给那些关在小隔间里的奶牛。那些奶牛很顺从，也很冷静，大多时候都不理会他。凯蒂和弗兰克已经能熟练挤奶，哪怕奶牛走动，也能得心应手地在凳子上保持平衡，稳住奶桶，所以格尔达可以放心地把任务交给他们。格尔达坐在雷的身旁，头抵着奶牛的胁部以保持平稳，与此同时，雷挤出一股股牛奶来，每挤出一点奶，他都会微微一笑。格尔达的手放在他的手上，用之前教其他孩子的法子教着他，她一边提醒他要温柔一些，一边表扬他，而此时，牛奶慢慢汇入桶中，已经看不见桶底了。

弗里茨的身影遮住了门口的光线，牲口棚里一下子暗了下来，把他们吓了一跳。雷费了好大劲才接满的那一桶牛奶差一点被打翻，好在格尔达及时抓住了奶桶；可在另一边，站在独脚凳上的弗兰克失去了平衡，摔到了地板上。利奥看见他父亲以后，高兴地尖叫了起来，大声吵着要爸爸抱。甚至连等着分享牛奶的猫也从它们的栖身处跳了下来，大声地喵喵叫。

最初，令格尔达感到震惊的是，弗里茨没有走向他们中的任何一个人。他只是站在门口，看着他们，仿佛他们在台上表演，而他只是观看表演的观众。他并没有特意看着他们中的任何一个，似乎是在同时看着他们所有人。她觉得，他眯着眼睛，仿佛在从一个新角度打量他们。

弗里茨整个礼拜都在疯狂工作，不过，就像她此刻在晚餐的餐桌旁观察到的那样，格尔达常常注意到他一而再、再而三地陷入沉思，一动不动。她伸出手，用手背碰了碰他的额头，他却不耐烦地走开了。

“我没病。”他回答了她没有说出口的那个问题。“孩子们，你们有没有注意到，你们的妈妈表现得特别像只老母鸡呢？”他把自己的餐具放到了洗涤盆中，转身面向她，蹲下来，又伸出两只胳膊模仿起母鸡来。“咯，咯，咯”的叫声逗得孩子们哈哈大笑，于是他继续模仿着，用他粗壮的胳膊搂着格尔达，在厨房里跳起了两步舞[1]。

“够了！够了！”格尔达说，“我太累了，也太胖了，跳不了舞。”她挣脱他的束缚，双手捧着肚子坐了下来。她感受到腹中的胎儿在动，用它的小手或者小脚微微顶了顶她圆圆的大肚皮。弗兰克和雷跳着跳着，开始神气地绕着桌子快步走动起来，他们将双手夹在腋下，像小鸟一样扇动着胳膊肘。兄弟俩咯咯地叫着，凯蒂则抓住利奥的手，跟着他们的节奏拍着手。虽然房间里的动静很大，但格尔达并没有被表象蒙蔽。弗里茨微笑着，可他的眼神有些漠然，格尔达看得出来，那双眼睛的背后有一些他想掩藏的东西。如果她问他，他只会矢口否认，于是她等待着，等待的过程中，一种悲伤与恐惧的情绪潜入了她的心头。

时间就这样一天接一天、一个礼拜接一个礼拜地过去了，工作让他们双手忙个不停，身体疲惫不堪。格尔达看着弗里茨，可他似乎也在全神贯注地关注着每一件事情、每一个人，仿佛想要记住什么似的，因此她始终没能引起他的注意。这让她想到了蝉留在树上的蝉蜕，它们看似完整、逼真，却只是空壳而已。有时候，她伸手想要碰一碰他，可他却吓了一跳，没有料到她居然离自己这么近。

鲍姆一家下了马车之后，沃格尔一家才注意到他们的到来。格尔达

---

[1] Two-step，出现于1890年左右的美国，算是交谊舞的一种。它的起源尚不清楚，但可能与波尔卡、加洛普或华尔兹等舞种有关。跳舞时，脚步会滑向身体一侧，节奏为四分之二拍。

是最后一个出门迎接他们的，如今，她的脚步既沉重，又缓慢。孩子们你围着我、我围着你转来转去，然后朝着果园的方向飞奔过去，阿洛伊斯却抓住了弗里茨的胳膊，陪着他走到了牲口棚，几乎没有朝弗里茨家看一眼。玛格丽特紧张地摆弄着拿在手中的馅饼盘的盖子。她每次来，都会带些食品类的小礼物。格尔达看着两个男人渐渐走远，然后转身面向玛格丽特。

“他们在忙什么呢？”她问。

玛格丽特看向孩子们说：“我不知道。你为什么会觉得他们在捣鬼呢？”

“我是说那两个男人。”格尔达指向弗里茨和阿洛伊斯刚刚从她们视线中消失的地方，“发生了什么事？”

玛格丽特耸了耸肩：“我不知道。阿洛伊斯今天早上回到家，整个人暴躁得像一头老熊。我告诉他我想过来看看你怎么样，他又跳了起来，说那就去吧。”她把盘子递给格尔达，“没做多少，阿洛伊斯就给了我那么点时间，我也只能做这么多。”她仔细看了看格尔达，绕着她走了几圈，从侧面打量着她，“小家伙入盆[1]了，我的朋友。”

“我知道。”格尔达回答道，“我大把时间都花在跑外面上厕所了，总算可以松一口气了。”玛格丽特轻轻松松便让格尔达再次笑了起来。

[1] 入盆是指在妊娠晚期，胎儿在羊水和胎膜的包围中，以头朝下、臀朝上、全身蜷缩的姿势，使其头部通过母体的骨盆入口进入骨盆腔，从而使其身体的位置得到巩固。入盆意味着孕妇离生产不远了。

格尔达的三个儿子出生时，玛格丽特都陪在她身旁，所以，即便是那些不会向别人吐露的事情，格尔达也能大大方方地跟她讲。在玛格丽特的帮助下，格尔达可以把弗里茨神秘兮兮的行为抛到脑后，单纯地做一个待产的女人，专心地想着腹中即将出生的孩子。

阿洛伊斯径直走到牲口棚里，然后转向弗里茨，将手中拿着的东西递给了他。那是一份奥马哈当地的日报，率先公布了下一批应征入伍人员的名单。斯图尔特当地的报纸还得再过两天才会发行。这篇文章占据了报纸的显著位置。

征召入伍以及体检通告

———————

内布拉斯加州霍尔特县

地方委员会

———————

兹通知下列提及姓名之人员：依据1917年5月18日通过的国会法案，本地方委员会特此征召下列人员服役入伍，为国效力。

受到征召的人员的编号与序号如下所示。他们将于1918年10月25日上午8点前往当地委员会办公室报到，并接受体检。

任何豁免或批准离开的申请都必须以从当地委员会办公室索取或者复印的表格形式提出，且须在本通告发布之日后七天内将表格提交至本地区委员会办事处。

请注意，若违犯或规避1917年5月18日通过的《选征兵役法》，以及本处可查阅的规章制度，您将受到相应惩罚。

编号	姓名	登记住址	序号
258	刘易斯·司科特·泰勒	斯图尔特	1
458	哈尔姆·麦克因勒特·弗兰岑	斯图尔特	2
436	哈尔姆·奥斯滕多夫	阿特金森	3
854	沃德·B.罗伯茨	达斯廷	4
1095	埃尔西·温格特	奥尼尔	5
1455	格雷格尔索斯·波多尔斯（？）	希腊，蒂翁，卡帕尼里	6
83	克劳德·H.冈恩	奥尼尔	7
1117	理查德·查尔斯·霍夫斯泰因	奥尼尔	8
837	弗里茨·沃格尔	斯图尔特	9
337	哈里·菲利普·施罗德	林奇	10
676	弗雷德·查尔斯·尤特	阿特金森	11

名单上不止这些名字，不过，弗里茨已经没有必要继续看下去了。

“你早就知道了吗？”弗里茨看完名单，把报纸重新叠起来以后，阿洛伊斯问道。

“我大概猜到了。”弗里茨说。他并不相信自己说的话，于是便没再说下去。

不，其实他并不知道，甚至都没允许自己设想这件事会发生。之前，他很担心格尔达，很担心她要是得知他免服兵役的申请被拒的消息之后会做出怎样的反应，可他却从来没有真正考虑过自己有可能被征召入伍。站在黑暗且发霉的自家牲口棚里，他感到轻飘飘的，很奇怪，仿佛身体不再受重力控制，有一种不断向上飘浮的危险。他想象着自己正抓住椽子，试图回到坚实的地面。阿洛伊斯的声音似乎是从非常遥远的远方传来的，弗里茨听不懂他在说些什么，就像他不能理解在光柱之间飞来飞去的家燕吱吱的叫声一样。

他回想起自己走上前去提交豁免申请时欧文斯看他的那种眼神。他现在终于知道了，他看到的是仇恨，可他并不明白那股仇恨有多深。他明白，欧文斯恨的，不仅仅是弗里茨的出生地。他突然意识到，在自家田地里发现烂醉、颓丧的欧文斯的那天，他犯了一个非常严重的错误——他本应该转身就走的。欧文斯可以原谅他是个德国人，却不能原谅他目睹了自己流露出那种原始且毫无保留的悲痛之情，那种只属于他自己的悲痛之情。

那天晚上，弗里茨蜷缩在格尔达的怀里，双臂环抱着她，抱着两人共同创造出来的那个孩子。他对她臃肿的身躯以及她肚子里的宝宝满怀感激，差一点就哭了出来。在黑暗中，他终于组织好语言，对她说起话来。说完想说的一切之后，他知道，他们周围的气氛开始变得寂静、沉重。气氛似乎有了形状，压迫着弗里茨，他感觉自己肺里的空气都被挤走了。

身处这种实在且有形的沉默之中的格尔达说道：“不，你不会走的。”

弗里茨紧紧地抱着她，他的脸紧贴在她的头发里，想要记住她的香味。她的语气是那么肯定，他很想相信她，相信她坚定的信念可以拯救他们。尽管他们关注这场战争的罪恶之处，可他们却从来没有发现，近处的危险正向他们逼近，那个“恶魔”甚至就出现在堪萨斯平原上。

第十三章

九月下旬的正午，暑热尚未褪去，可随着某日清晨第一株枯萎植物出现，秋意越来越浓。太阳升上地平线，驱散了笼罩着山谷的薄雾。白昼来临，雾气散尽，一队队雪雁正沿着古老的迁徙路线向南飞去。在碧空的映衬下，它们宛如条条灰线，掩映在羽毛状的缕缕白云之中，几乎难觅影踪；唯有在大地屏住呼吸之时，人们才会听到它们令人难以忘怀的叫声。随微风摇曳的棉白杨闪耀着黄色的光芒。河边的草地上，成群的红翅黑鹂如轻烟一般，上下翻飞。就在一个礼拜前，它们还各自栖息在芦苇之上，可它们的某种本性，抑或是自然界的某种特质却提醒着它们：放弃独来独往的生活习惯。现在，它们成群结队，快速掠过成片的草地与树木。三四只草地鹨沿着路边排成一列，轻快地在开满了花朵的麒麟草的草梗与须芒草的草丛中飞来飞去。它们唧啾叫着，仿佛在对彼此说："再见！回头见！"经过河南边的小路时，加诺威觉得，这些鸟儿就像是他的好伙伴。

驾车前往一位新病人家中的时候，加诺威想，鸟类间的交流奇异、美妙、神秘。这倒提醒了他：活着是一件快乐的事情。可最近，他有时却会忘掉这种感觉。“没有什么比今天更加宝贵。”哲人歌德曾经写下这么一句话，可这也是加诺威不会说出口的一个想法。战争远在天边，却也近在眼前。甚至在这里，人们也变得很奇怪，连邻里之间也不再肯定是否能够彼此信任。一排排张贴在店面前的海报提醒着每一个人对国家应尽的义务。“若你已经报名参军，请确保你的朋友也报了名。”“真正的美国人都会买战争债券，你也买了吗？”爱国主义似乎成了大街上唯一安全的话题。甚至连学校也不能幸免。教育部已经发表声明，称“爱国主义、英雄主义以及牺牲精神”应成为小学生重点学习的课题。在这样一个人心惶惶的时期，教育的重中之重已不再是教人们明事理、辨是非了。

他曾希望能够成功的战时图书馆基金项目甚至尚未启动便已经胎死腹中。“那可不行”一度成了人们当时最常用的一句流行语。除非他们能确保不采购任何德语书，否则大多数镇民都不愿意捐钱。欧文斯公开谴责德语是“一种传播独裁、暴行以及仇恨观念的语言”，并声称，一旦资金从斯图尔特流出，就没有办法保证那些负责人不会买一些宣扬亲德观点的书籍了。麦格恩干脆和顽固不化的欧文斯结成联盟，一起浇灭了镇上其他居民好不容易被激起的热情。

加诺威觉得，如今的反德情绪太过高涨了。仿佛人性中所有的仇恨与焦虑找到了归宿，真相是什么不再重要，重要的只有所有人都相信什么。即使人们表面上继续过着正常的生活，可整个镇子早已被恐惧麻痹。

战时菜园很可靠，战争债券同样如此，但是，如果无法证明某件事物完全不受克罗格店铺里那个女人所谓的“德国皇帝的影响”，镇上就没有人会给予支持。

可今天，那些鸟儿让他想到了美。清晨驾车南下出镇时，他觉得心情轻松了许多。他的一天始于保尔森家打来的一通电话。打电话的时候，阿曼达·保尔森听起来很害怕，但加诺威早就习惯了为病人们做些自己力所能及的事，而不被他们的恐惧传染。他并不担心接下来会发生些什么。刚入秋，还远未到疾病高发的季节。他注意到，病毒似乎还在等待严寒来临，伺机暴发。甚至连他的生意也被欧洲的战争改变了。战争在这里，在他家乡的人民中引起了一场震动，一种新的坚忍精神已经站稳了脚跟，没有人愿意承认病了或者受伤了，暴露自己的软弱。打电话来寻求医疗帮助的人越来越少。就在上个礼拜，阿特金森有一名被割草机割伤脚的男子，因为不愿意告诉医生病情而差一点死掉。他想做一个良民，一个从不占用士兵补给的美国人，结果就是一条腿膝盖以下生了坏疽，全部被截掉了。同样的情绪也可以解释阿曼达·保尔森为什么会等了这么久才打电话为丈夫求医，可是，加诺威并不认识这对夫妇，所以他也不确定自己的猜测是否准确。

拂晓时分，阿曼达打来电话时，加诺威还在睡觉，她在电话中悄声说道：“他从来不生病的。”他站在门厅里，听她小声说着话，听出了她语气里的内疚与恐惧，他的思绪则飘到了他赤裸的双脚下那冷冰冰的地板上。他计算着自己驾马车到保尔森家要花多长时间，与此同时，他也安慰着她，一切都会好起来的。

“我觉得我电话打得太晚了，医生。”她的声音有些嘶哑，充满了恐惧。

“我会尽快赶过去的。”他说，他声音很低沉，安慰着电话那一头的人，“尽快。”

马车驶离主路，驶向保尔森家的牧场时，他注意到，没有炊烟从山顶那栋房子的烟囱冒出来，就在那时候，他第一次产生了一种不祥的预感。秋日里，天气还算暖和，加诺威想，即使他们没有给屋子供暖，但总得生火做饭吧。一群椋鸟从牛圈里飞了出来，悄无声息地落在了通往阿曼达家的电话线上。他驾着车从它们下面经过，觉得自己像是暴露在了它们的视线中，被监视着。焦躁不安的牛群一直叫个不停，马儿踢着马房的墙，发出了砰砰的声响，由此，他意识到，家中的主人还没来得及干杂活儿。这地方看起来出奇地冷清，院子里连一只鸡都没有，屋子后面的孵化室的大门紧闭着。加诺威知道，不管这里遭到了什么样的疾病的攻击，一定是发生在夜间小鸡回窝、鸡舍被锁起来之后。他推测，疾病一定来得又急又猛。他琢磨着屋子里可能发生过的事情。他弟弟曾给他写过一些信，信中谈到了在堪萨斯的赖利堡出现的一种疾病，不过他没想到它已经传播到这么远的地方来了，因此，他并未回忆起信中的内容，至少在那个时候，他并没有回想起来。

他刹住马车，慢慢地从马车上走了下来。穿过院子的时候，他有些希望有人能走出屋子来迎接他。窗子遮上了窗帘，如同空洞的眼睛。他敲了敲门，敲了两次，却无人应答，于是他便自己走进屋子里。

“有人吗？”他在漆黑一片的屋子里喊了一声，“我是加诺威医生。保尔森夫人，你在吗？”房子里弥漫着樟脑和人的粪便的味道，通常，这种甜腻且刺鼻的特殊味道会在病人的家中久散不去。他摸黑走到了房间中央的那张桌子前，借着窗外的昏暗光线，他看见厨房的地板上有一个黑乎乎的身影，有呼噜声从那人的体内传出，听起来肺部充满了痰液。他向前一步，拉开窗帘，让光线射进屋内。一开始，他以为出了些什么差错。躺在地上的是一个黑人，并不是他以为的某个挪威人。他的身后传来了一阵沙沙声，吓了他一跳，他转过身去，看见了阿曼达·保尔森倚在门框上，脸上紧紧地裹着一块布。她试着说话，可她的努力却化作了一阵猛烈的咳嗽。她什么忙也帮不上，只能无助地挥挥手，让医生继续工作。

加诺威在靠墙的一张桌子上找到了一盏灯。他拿着一根削尖了的长木棍来到炉子前，用木棍戳了戳炉子里的煤，直到火花闪出，炉火燃烧起来。他用木棍末端摇曳不定的火焰点燃了那盏灯。在忽隐忽现的灯光中，眼前的景象吓得他差点喘不过气来。现在他看清楚了，地上躺着的是劳埃德·保尔森，可他从未见过劳埃德身上出现的那种症状——他的颧骨上长了许多红褐色的斑点，斑点向外扩散，整张脸都变黑了。起初，加诺威推测，是剧烈的咳嗽导致了皮下血管破裂，可细致观察后，他发现，眼下的情况跟他想象的不太一样。那个男人耳根周围的斑点是发绀[1]导致的，嘴唇也因为缺氧而发青。他张着嘴巴，每喘一口粗气呼吸，身子都会剧烈颤抖。

加诺威跪在他身旁，打开了自己的小背包。突然间，那男人开始胡乱地挥舞双手，仿佛想要用那双长满老茧的大手抓住他肺部急需的空气。听到他胸口发出的汩汩声，阿曼达从另一个房间里走了进来，可她自己也很虚弱，只得弯下腰来。她也患了那种奇怪的病——加诺威从她青黑色的眼圈就能诊断出来。劳埃德抓着医生的一只胳膊，试图坐起来。加诺威熟练地握紧劳埃德的双手，柔声对他说着话。如果救治不了，他便会安慰病人。劳埃德向后倒了下去，他的头重重地摔在了坚硬的木地板上。听到声音后，阿曼达面部抽搐了一下，可她虚弱得没有一丝力气来到丈夫跟前，只能靠在门上，看着他吃力地咽下最后一口气。接下来，加诺威将注意力转向了阿曼达。他往她的胸口上抹了一点药膏，拿来一条毯子裹住她，直到她停止了颤抖。他用毯子在她的床周围搭了个“帐篷”，又在地板上放了一壶加了薄荷醇和桉叶油的沸水，希望能帮助她呼吸。他顺着她的胳膊揉到肩膀处，一直揉到她的皮肤变成粉红色，可几个小时后，她也死了。

劳埃德·保尔森三十五岁；阿曼达二十八岁，已经有了八个月身孕，怀的是他俩的第一个孩子。加诺威仅仅见过这对夫妇，他从来没有给他

[1] 发绀是指血液中去氧血红蛋白增多使皮肤和黏膜呈青紫色改变的一种表现，也可称为紫绀。这种改变常发生在皮肤较薄、色素较少和毛细血管较丰富的部位，如唇、指（趾）、甲床等。

们治过病，不过他知道阿曼达怀孕了——甚至在她的肚子还没有鼓起来的时候，她的脸上便已显出孕妇特有的红润。劳埃德的个头很大，像他养的那些公牛一样强壮。他身体健康硬朗，很能吃苦耐劳，要是他大笑起来，你从一个街区之外都能听见他的笑声。加诺威觉得，他们不是那种会轻易死掉的人，可眼前所见让他困惑不已。

如果上帝真的存在，愿好心的上帝原谅他的所作所为：他将劳埃德·保尔森的双臂交叉，叠放在胸前，然后轻轻地帮他合上了双眼，这时候，他的第一反应居然是兴奋。他觉得自己马上就要学到非常重要、非常震撼的一课了。他因为期待和恐惧而感到一阵刺痛，他曾在第一次解剖尸体、第一次用显微镜的时候有过同样的刺痛感，就好像是他跨过一扇门，进入了某个可以揭开谜团、给出答案的地方。

一回到家，他便立即给弟弟写了信。拉克·加诺威驻扎在堪萨斯赖利堡的卫生官员训练营中。春天的时候，拉克曾发信提及了一个他认识的、来自堪萨斯西部的医生的消息。洛林·迈纳在堪萨斯的哈斯克尔县执业，性格与埃德和拉克非常相似。他是个受过良好教育的人，以自己掌握的科学知识为荣。跟大多数医生一样，迈纳也见过很多流感病例，可是，从 1918 年的 1 月底到 2 月初，他的一些病人却表现出了异常严重的症状来：这种流感能快速、迅猛地侵袭病人全身。“我有一些病人，他们原本身强体健的，也病倒了，就像中枪了一样。”他曾告诉拉克。应接不暇的病人令迈纳精疲力竭，他开始在自己的马车上睡觉，让马儿拉着他回家。（拉克讽刺地评论道，在汽车变得便宜、易购的时代，乡村医生却仍然坚持使用轻便马车，图的就是这种奢侈享受。）

可是，晚春时节，这种疾病消失了。到现在，他早就把它忘得一干二净。他把保尔森一家的奇怪病例告诉了弟弟，还提到了年初迈纳的那份报告。拉克回信时写道，是的，这听起来有些像他们那边出现的那种奇怪的疾病，他们也开始注意到了这种疾病，不过他只是在描述训练营里的情况时提了一下，就像是一种附加说明一样，并没有过多担心：

你看看，他们在盖楼的时候只用了经过部分加工的木料。墙上的裂缝太大了，如果你愿意，你可以把你的拳头塞进裂缝里去，所以你可以想象，晚上会有多少蚊子从裂缝里进入房间。为了在严寒袭来之前补好裂缝，营地里派了一些士兵去完成这项工作，他们用报纸、油布，以及他们从芬斯顿军营沿路捡来的废弃木料，将屋子里面有裂缝的地方糊住。这样可以阻挡最猛烈的风，但挡不住蚊子，也挡不住肺炎。我不知道，这种新型疾病的肆虐，是不是跟我们营地的居住条件太差有关系，可是，一定有什么让它像野火燎原一样传遍了营地。你要是在这里，你可能会过得很开心，毕竟你对研究疾病非常感兴趣。我必须说，这种疾病似乎超乎寻常地致命。你说得对，它确实让我想到了迈纳跟我讲的那些事。通常情况下，流感致死是通过慢性细菌性肺炎，可这种疾病似乎可以直接攻击肺部。病人的双肺几乎像是被烧焦了一样。在学校时，经常被称作“人体头号杀手”的肺炎，而今，正在这里流行开来。

加诺威把那封信读了六遍，每重读一次，那种熟悉的遗憾与羞愧就会减淡一分：他一直都有这样的感觉，觉得自己落在了拉克的后面。拉克是他的弟弟，比他只小不到一岁，在大多数人还不知道国家将要卷入战争的前几个月，他便加入了军队。两兄弟都觉得，当一名军医既可以履行公民的义务，又可以到处漫游，这样的结合再好不过了。虽然拉克最终只是在堪萨斯驻扎下来，可他一直都有可能跟随军队去更远的地方。

加诺威知道，他在桑德希尔兹边缘的这个小镇上做着自己的分内之事，可是，在他的弟弟从军以后，他觉得仿佛这个世界突然间充满了可能性——他真的可以考虑战争中的那些可能性吗？他有些不能自持。他确实考虑了。他觉得别处正在发生些什么，而自己却没有尽到应尽的责任。他并未披上戎装出征，与此同时，那封信也在提醒他，他正在错过某个最令人兴奋的机会，那个机会与最新的科学发现有关。

作为一名科学家——他觉得自己既是科学家，又是医生——他相信，如果通过观察，得出了某些合理的假设，紧接着，又根据这些合理的假设，产生了对某种事物的认识，那么这个事物就可以被了解。科学中最重要的两个问题是“我能了解些什么”以及“我该如何了解它”。一个人必须近距离接触某种事物，才能去观察它。有时候，他看着自己周围的乡间风景，几乎没有任何东西出现在他与地平线之间，于是他觉得，他所需的那种经验实在是少得可怜。然而，这世界似乎越变越小了，或者说，事物之间的距离被越拉越近了，全拜这场战争所赐。加诺威可以感觉得到，事情一直处在变化之中。他对事物的了解以及他了解事物的方法即将突破自己最狂野的想象。是的，战争便意味着可能性。

如今，便出现了这样一种可能性。

第十四章

天空湿漉漉的，会众走下圣・博尼费斯宽阔的台阶，很快便四散开去。有关这种怪病的消息已经传开，恶劣的天气和疾病让大家提心吊胆，甚至在做礼拜的时候，邻居们也彼此离得远远的。在正常时期，去教堂做礼拜是许多农民家庭唯一喜爱的社交活动。可现在并不是什么正常时期。

人群散去后，只有约翰・考普还在那里逗留。他的这个习惯已经保持了很多年。每一次弥撒结束时，约翰都会把教堂走个遍，检查教堂里的长凳，确保跪垫放回了原处，同时确保人们没有落下任何东西——围巾、帽子，甚至是诵经用的念珠——他将这件事视为己任。如果发现得足够及时，大多数被落下的东西都能立刻归还给失主。教堂后面的箱子里连一件失物也没有，约翰对此感到特别自豪。

他这么做，不仅仅是因为他胸怀宽阔。他早就习惯了在任何一场聚会结束后留下来，给别人先离开的机会，尽可能避免别人走在他身后。他曾经见过那些年轻人模仿他走路的姿势，先是伸出右脚，再踉踉跄跄猛地向前迈一步。他小时候得过小儿麻痹症，因此，他很早便知道，他没办法改变自己有一只脚畸形的事实，也没办法改变周围的人对自己的看法。他能尽力做到的便是，调整自己的日常习惯，不给别人留下嘲笑自己的机会。（感谢上帝，克里斯蒂娜没有只看到他那条畸形的腿，而是看到了他的本性。每一天，他都对这件事心存感激。）

“谢谢你，约翰尼。”荣格尔斯神父大声对他说道，随后便消失在了更衣室后面。约翰挥了挥手，继续往前走，唯一陪伴他的是熏香味。克里斯蒂娜应该带着孩子们回到家了，这时候，她应该正在做晚餐，孩子们应该正在玩游戏。他的脑海中会清晰地浮现出家中的场景，想到这儿，他便微笑了起来。他希望荣格尔斯神父能够停下来，跟他聊一会儿，这样他就可以说：“哎呀，我得回家了，我的家人正在等我呢。”他很喜欢自己“顾家男子”的形象。他一度觉得自己这辈子就没有这个命，不可能有家室。遇到克里斯蒂娜的时候，他年近三十岁，可她比他要小十岁，那时候，他已经开始相信——害怕——家庭生活以及属于他自己的家庭，离他越来越远了。

完成了给自己布置的任务之后，约翰戴上帽子，走出教堂，走到了空荡荡的台阶上，一心想着克里斯蒂娜为他准备、等他回家吃的那顿晚餐。一辆马车还停在街上，那匹套着挽具的骟马正伸长了脖子去够路边长出来的虎尾草。约翰认出那是加诺威医生的车。他猜医生可能在等荣格尔斯神父。弥撒结束之后，医生和神父经常站在门厅或是台阶上讨论着不同的事，所以他也没太注意那辆马车，而是转身朝家中走去。

“考普先生。”约翰还没走远，医生便冲他喊道。后来，约翰想起来，医生当时叫他“考普先生”，而不是“约翰”或“约翰尼”。“考普先生。”约翰惊讶地转过身来，面向医生。

“我能和你说句话吗？”医生轻轻地走下台阶，走向约翰，这让约翰感到更加惊讶了。过去，都是他走向别人。医生的大衣迎风敞开，约翰情不自禁地想到了一只准备展翅高飞的大鸟。他后退一步，稳住身体，然后一瘸一拐地走上前去见医生。

“考普先生，”医生又叫了一遍，然后伸出手来，“我想你现在可能有空，能帮我个忙。”约翰摘下帽子，用双手拿着它，接着才意识到医生想要跟他握手。

“什么都行，加诺威医生，只要我能帮得上，什么忙我都乐意帮。”他热情地握着加诺威的手，猛地晃动了几下，话音刚落，他便提高了嗓门儿，不过，他并非有意听起来不自信的，他是真的想帮忙。如果能帮助像加诺威这样的人，他会觉得非常荣幸。约翰觉得，他之所以会这么觉得，并不只是因为加诺威的医术高超，虽然这一点就够了，还因为他对待约翰和他家人的态度。医生去过他们家好几次，第一次是去接生，后来又去治好了克里斯蒂娜的一些妇科疾病。每次来，他对约翰和克里斯蒂娜总是以礼相待，约翰见过他是怎么对待社区里的其他人的，所以知道他并未区别对待他们。虽然医生从来没让他觉得自己低人一等，但约翰从未忘记过，两人在生活中的地位有着巨大的差距。在医生面前，他挺直了腰板，有些担心自己会做错什么事或说错什么话，每次跟医生讲话，他都觉得很紧张。

加诺威似乎没有注意到这个男人有些不安。

“我需要一个帮我驾车的人。”加诺威说，“我遇到了一些挑战，很难跟上事态的发展。”他清了清嗓子，“我指的是这种新的疾病。它正在给我们带来巨大的麻烦。”

约翰知道那种疾病。镇上的每个人都知道。店铺缩短了营业时间，因为帮忙看店的人病得太重，没办法来店里。他刚参加完的那场弥撒就没有多少人参加。似乎每个人都染上了什么病。不过，他倒是没有为此感到担心。他和克里斯蒂娜不喜欢与别人来往，而且他的孩子们年纪太小，用不着去上学。他们一家都很健康。对他们来说，这场流感似乎是个有趣的话题，用不着他们担心。

到家时，约翰觉得自己足足有十英尺高。克里斯蒂娜在等他吃晚餐，孩子们如他所料，正在做游戏，可他觉得自己变得不一样了。如今，有人给了他一份工作，一份稳定的工作，而且薪水还不错——他再也不需要排队去找一份临时工作，或是在镇上到处求人给他一份零工做了。他把家人全叫到了厨房，执意要求克里斯蒂娜坐下来，然后才把刚刚发生的事情告诉了他们。

“他叫我‘考普先生’。”约翰对那一张张仰着朝他微笑的脸说道，“他说他得找一个他靠得住的人，然后问了我行不行。”他觉得衬衣变紧了，大概是心底的自豪让身体膨胀起来了吧。孩子们大声笑着，拍着手，围着他跳起舞来。他们或许知道，又或许不知道，对像约翰这样的人来说，得到某个体面人的尊重意味着什么，可他们显然读懂了他们父亲脸上愉悦的表情，他们也觉得快乐。克里斯蒂娜有些沉默，不过约翰没太在意，孩子们也没注意到。晚餐期间，以及晚餐过后，约翰和两个孩子实在是太过吵闹了。

过了整整一天，她才再次张嘴说话。她很爱丈夫，这一点毫无疑问，可她也很爱孩子们。他们上床睡觉以后，她才说出了她要说的话。

“你很需要这份驾车送那个医生挨家挨户上门给人看病的工作吧？”黑暗中，她在他身旁轻声对他说道。

“是的，我很需要！”约翰打断了她的话，“我想让你和孩子们过上更好的日子。我想赚更多钱。我知道，你对许多漂亮东西都不感兴趣，可孩子们马上就要上学了，等到那时，他们可不能看起来像小叫花子一样。”他喋喋不休地说着他为他们设想的美好未来，他说了些之前没跟她说过的话，说到了好多好多他想送给她的东西。他还说，这只是个开始而已。“一旦像加诺威这样的人站在了你这一边，嗯，你可能就前途无量了。”

她打断他的时候，他还在微笑着。

“我们家可不欢迎那种疾病。”她平静地说道，“约翰，为了孩子们好，你开始为医生工作之后，我希望你能离孩子们远一点。”她告诉他，明天以后，他就不能进孩子们的卧室，给他们晚安吻了。一旦他开始做这份工作，他就不能抱着他的小宝贝玛丽，让她坐在他的腿上，也不能像普通父子那样，和杰克摔跤了。

他没有回答她，面对她提出的要求，他该说些什么呢？他需要那份工作。她很清楚这一点，他也一样；可是还有别的，一种他难以言表的东西。医生也需要他。由于一只脚畸形，他没办法和他的弟弟以及邻居一起参军，也没办法像个真正的男子汉那样，为国家效力。他负责红十字会的训练，可是，在教堂西边的训练场上跟着他训练的那些小伙子知道他是个瘸子，也知道他永远不会在战场上领兵打仗。他曾亲眼见到那个叫范诺伊斯的小伙子模仿他走路。尽管他假装没注意到或者不在乎，可这种行为还是让他感到很恼怒。真的。

医生走近约翰的时候，他的声音听起来很迫切。“我需要你的帮助，考普先生。”加诺威医生说道。他都叫他考普先生了，他怎么可能拒绝他呢？他想告诉克里斯蒂娜，他要做的事情其实没有想象中的那么危险。他很懂马，也知道如何驾着马车穿越大多数地形。

“没问题，医生。”约翰说道，“你需要去哪里，我就送你去哪里，随叫随到，不管是白天还是黑夜。”他知道这是自己拿得出手的一技之长。他想做个有用的人。从美国参战的那一刻起，他便愿意做出任何牺牲，可是，他并不适合参军，看样子，没有任何一项工作适合他。他的申请登记表上被盖上了“残疾人”的字样，这个词深深地刺痛了他。他身边的所有人都为这场战争做出了牺牲，甚至他的兄弟也是一名战士，可他却落在了别人之后。而现在，有人拜托他帮助自己的同胞。他不知道自己将来必须做出什么样的牺牲，但他很愿意做出牺牲。从教堂走路回家的时候，他便下定了决心：从那一刻起，他会把自己视为一名战士。

在黑暗中，他躺在妻子的身边，心想，原来这就是做战士的感觉。这仅仅是他做出的第一次牺牲，也许是最艰难的一次。到了早上，他吻别了克里斯蒂娜和孩子们，把自己的被褥搬到了房子后面的柴火棚里。医生打来电话时，他给家人行了个军礼，接着便离开了。

他对工作以及对加诺威医生的热爱丝毫没有减弱，与此同时，他对加诺威的钦佩也与日俱增。加诺威工作起来就像某种停不下来的机器，不论何时，只要有病人或是垂死之人需要他，他便会随叫随到。

约翰开始睡在马车后面，甚至都懒得回到柴火棚，回到他给自己做的简陋小床上去。他希望医生每次叫他的时候他都做好了准备。医生似乎从来不睡觉。在路途中，他闭着眼睛，然而，他们驶过的道路被夏末的雨水冲刷得面目全非、崎岖无比，他并没有得到真正的休息，可他还要继续出诊。他无须跟约翰说太多的话，毕竟约翰看得到医生苍白的面容，以及他眼睛下面的黑眼圈。有好几次，他都得扶着医生上马车。

约翰想，是呀，这位好心的医生需要一个帮他驾车的人，可是，不仅仅是为他驾车而已。他领悟到："医生需要我。"这个想法在他内心深处扎了根，将改变他的余生。

第十五章

“拜托你们从怀俄明回来的时候，顺便来我们这里歇歇脚吧。待一天就好！”格尔达在给妹妹的信中写道，“这样一来，你们就可以在结束长途旅行以后利用这一天时间把自己收拾得干干净净，好好休息一下，然后启程回家，重新开工。求你了，我真的很想你，我最最亲爱的妹妹！”

她每天都写信，有时候一天写两封信。凯瑟琳告诉她，她会乘火车去怀俄明，大概会在十月初的某个时候经过斯图尔特。一开始，她的愿望很简单，只是想见见自己唯一的妹妹，可在接下来的几个月里，格尔达越来越害怕，觉得她可能再也见不到自己娘家的人了。上次回完娘家以后，她便做起了千奇百怪的噩梦，她经常从噩梦中醒来，发现自己大汗淋漓、浑身发抖。她苦苦哀求，直到凯瑟琳最终答复她，说她会试试看，会求自己的丈夫行个方便。

“他是个彻头彻尾的生意人。”她在给格尔达的信里面写道，“事事都要跟生意有关，否则他就一点兴趣也没有。甚至连我们选择在怀俄明度蜜月，也是为了方便他在那里做生意。当然，这种事情也是理所应当的。不过，我相信他会迁就我的。他这个人非常慷慨，我敢肯定，你们都会喜欢彼此的。”

“一如既往爱你的妹妹。”她在信末签上名字之后，又在下面写了一些附言：“爸听见我对妈说我很想求自己的新婚丈夫帮我这个忙，他便开始用德语在家里大吼大叫起来，然而我只是假装听不懂他在说些什么。他可真是个老顽固。不管怎么说，他都不该说德语。”

格尔达的脑海中传来了父亲愤怒的声音，可她没办法想象自己假装听不懂父亲说的那些话。她想了想自己最后一次看到父亲时的场景，当时的他站在铁道旁，身后是冰冷的黎明。直到现在，她还相信他能阻止火车，能让她远离自己的家人，远离弗里茨。回想起站在冷风之中、连帽子也没戴的父亲，她再一次感受到了他的力量。她差一点就屈从于他的意志了，差一点就任由自己被这种意志庇护，哪怕它会慢慢将她吞噬。直到此刻，她才渐渐发现，这就是生为人女的命运。她曾发誓要忠于自己的丈夫，毫不动摇，不离不弃，她也确实心甘情愿地做到了，可是，忠于此同样意味着疏远彼，这是长久以来，她一直拒绝承认的事情。

凯瑟琳曾告诉格尔达，父亲撕掉了她写的那些信，把它们扔进了火里，一直看着它们烧成灰烬，才转身离开。凯瑟琳让她不要再写信的时候，她已经写了九封或是十封信了。“爸是不会屈服的，而且你这样做是在伤害母亲。”最后她写道，“每次收到信，她都会哭好几个小时。”两家之间的距离不到一百五十英里，可又像是有千里那么远。多年以前，在她和弗里茨登上那列火车的时候，他父亲曾说："你走了，就别回来。"他的这番话实在是不讲道理，常常让她非常生气。父亲曾把她叫作"小小鸟"，他的那只小小鸟，因为她在行动迟缓的哥哥们面前灵活得像一只鸟儿。难道他没看见自己的女儿已经变成了他口中的那只鸟儿吗？她本以为自己可以改变他，可做出改变的却是她自己。在一个处于战争中的国家，在这样一个世界，为什么会这样呢？为什么呢？

而现在，凯瑟琳正在往西边去。她父亲的所作所为、所思所想不再像绞索一样缠绕着她的脖子。一想到自己的娘家，她便重新感受到了一丝喜悦。格尔达写信告诉凯瑟琳，她想象着自己躺在铁轨上，挡住了那列东行的火车的去路，哪怕凯瑟琳不愿意，她也会迫使火车停下来。"我会让我的孩子们列队站在火车铁轨旁，冲你大声喊：'看啊！看看跟你名字一样的外甥女吧！再看看三个健壮的外甥吧！他们是不是长得很好看啊？'"她考虑在信末加上一句附言："你可以看看爸因为太过固执而错过了些什么。"

弗里茨读了凯瑟琳写的信，指出她并没有承诺他们会在斯图尔特下车。凯瑟琳只是说，她会趁着丈夫"表现得十分慷慨的时候"试着向他"提出这个建议"。他大声读着凯瑟琳的信，还故意把某些词句读得很重，借此来表示他对这位未曾谋面的新郎官，以及凯瑟琳傲慢措辞的反感。尽管如此，格尔达还是做起了准备，仿佛得到了凯瑟琳肯定的答复。她卷起了地毯，把它们挂到屋外的晾衣绳上，狠狠地拍打了起来。她把窗帘洗干净，铺在沿着墙排成一排的无背长板凳上晾晒了几天，等着它们干透。她清洗了窗户和墙，仿佛一位女王要来造访他们家。她烤好了馅饼和蛋糕，把它们放在井房的阴凉处妥善保管。

她没办法安安静静地坐着。甚至在吃饭的时候，她都会突然站起来，把墙上或炉子上的一点污渍擦干净。弗里茨吓唬她，如果她再不好好待着，他就把她绑在椅子上。而她作出的回应便是，走去信箱前，看了看有没有人给她寄信。

他让她休息一下，保存一些体力，好到时候有力气接待凯瑟琳他们。难道她忘了宝宝马上就要出生了吗？

她心想，他居然会提宝宝这一茬，仿佛自己真的会把宝宝忘掉似的，不过，她并没有停下来回答他。宝宝在她肚子里扭来扭去，踢来踢去，渐渐地，她的胸腔从里到外都是疼的。她的肚子沉甸甸的，拉扯着她的背部，这让她觉得自己就像一匹背部凹陷的老母马。

“我只是想做好准备而已，万一她来了呢。”格尔达没好气地对他说道，“她会来的。”他不知道，凯瑟琳的到访对她来说有多重要；而现在，她也来不及跟他解释了。之前，她没有把真相告诉他，而现在，只能由她独自面对了。在这场难以用语言形容的“战争”中，她夹在她深爱的两个男人中间，不知所措。要是她能再见凯瑟琳一面，那该有多好啊！这样一来，她就会觉得，至少在这场战争中，她寻得了和平。

凯瑟琳就要来了！一想到这句话，她便觉得双肺在不断膨胀，她又可以自由地呼吸了。

铁轨沿河而建，在沃格尔农场南边，距离农场仅半英里出头。有些日子里，火车发出的声响很大，她若是待在家中，哪怕把窗子关上，依然能听到金属车轮在铁轨上滚动时发出的咣当声和嘎吱声。还有些日子里，只有在户外，她才会注意到火车的呼啸声。不管她是否注意到那些声响，在她活着的每一天，火车一直保持着稳定的运行节奏，就像心脏在体外跳动一样。如今，西北铁路公司每天有六列客运列车行驶在这些铁道上，其中三列开往西边，三列开往东边；这些铁道上还行驶着同样多的直达货运列车以及运煤列车。现在的列车比她和弗里茨刚搬到这里来的时候要多，不过她不记得当时具体有多少列车，也不记得列车的数量是什么时候发生变化的。那些西行返回怀俄明以及蒙大拿矿区的空漏斗车[1]发出的隆隆声最为响亮，不过，所有火车都给人留下一种匆匆忙忙、勤勤恳恳的印象。渐渐地，她对这些火车产生了一种奇怪的感觉，它们既让她感到安慰，又让她觉得害怕。在家的时候，这些火车就是她的生命线，她总能看见这种交通工具，也总能听到它们发出的声响。这些铁道会把凯瑟琳送到她身旁。可是，火车的数量与日俱增，特别是在开战之后，这让她觉得，这个世界正在飞速奔向未来；在她看来，这个未来既陌生，又危险。她并不希望时间静止，她只希望在有些日子里，时间能过得慢一些。

[1] 漏斗车是一种铁路货运车辆，在车体底部开有卸货口，用于运输并能自卸大宗货物，如煤炭、矿石、谷物等。

那天早上，她在腰背部的一阵剧痛中醒了过来。她躺在床上，眼睛闭着，等待着下一次痉挛到来。就是现在了吗？她问自己的身体。不过，第二次痉挛并未到来，她小心翼翼侧身翻向一边，在床边坐了起来。她感受到骨盆内一阵刺痛，痛得她脑袋嗡嗡作响。这种感觉总是在孕晚期时出现，可是疼痛并未加剧，也未见破水。还没到时候呢，她的身体说，还没到时候呢。

如今，孩子随时都有可能出生，虽然格尔达一想到生孩子，就免不了觉得非常恐惧，可她已经做好了准备。她觉得自己的身体被拉扯开了，沉甸甸的，她只希望这件事赶紧过去。她低头看了看自己的脚踝，为此，她不得不把腿伸到身前。她注意到，即便是在清晨，经过了一整晚休息，她的脚踝还是浮肿着，有些发紧。她的双手让她想到了荣格尔斯神父香肠一样浮肿的手指。从很多方面来看，她都已经认不出自己来了。她朝东面的窗户望去，看到漆黑一片的地平线的正上方有一抹粉红色的微光。天空中依然撒满了星星。今天会发生些什么呢？她很想知道。

她想，凯瑟琳很快就会到这里了，于是她忘掉了疼痛，忘掉了肿胀，心中一阵欢喜。也许孩子出生的时候，凯瑟琳恰好在这里。她可以亲手帮忙接生自己的外甥女——这将给她的婚后生活开一个好头，想到这里，格尔达微微一笑。如果她把这番话说给玛格丽特听，两人应该会一起大笑起来，可今天一大早，她独自一人，思绪纷纷，情不自禁地想起了伊丽莎白。不，她厉声对自己说，我今天不会去想那件事。她一边在黑暗的房间里穿衣服，一边本能地做起了祷告：“啊，最最仁慈的童贞马利亚……”弗里茨的呼吸平稳、粗重，所以她确信自己没有打扰到他。她随手轻轻地关上了门。

格尔达估计，凯瑟琳和她的新婚丈夫应该会在当天或是第二天从怀俄明启程返回。在夫妻俩出发去度蜜月之前，凯瑟琳便写信告诉了格尔达他们大致的行程安排。她还答应，到时候会给格尔达发电报，将具体的行程安排告诉她。“当然啦，我们会待在卧铺车厢里，会有属于我们自己的私人卧铺间，所以呢，等到达目的地的时候，我们一定休息得很好，也吃得很好。用不着担心我们。我们打算在这次旅行中做一回勇敢的探险家，在命运之风的指引下吃喝玩乐。我再次见到你时，肯定已经看过黄石公园的间歇泉了——我也不知道这样一种疯狂而奇妙的生活状态会把我变成什么样。啊，格尔达，我真是高兴极了。”

格尔达想起了妹妹的那些信，内心迫不及待地想见到凯瑟琳，想听她说一说旅途见闻。格尔达还没去过斯图尔特以西的地方，往东走最远只到过密苏里河。直到现在，每当回想起自己这辈子唯一的乘船旅行经历，她还是觉得很开心。带她坐船的是她父亲，至于原因，她已经不记得了，只记得自己站在汽船的甲板上，大风呼呼地刮着，她甚至可以迎风扑过去而不会摔倒在地。在他们上岸数个小时后，她还觉得身体在随着船身的颠簸而摇摇晃晃的。自此以后，她再没旅行过，毕竟生活中有干不完的活儿。不过，她的妹妹即将踏上冒险之旅了，一想到这儿，格尔达便笑了。

她听见弗里茨在卧室里动来动去。虽然她尽量保持安静，可她知道，自己走动时发出的动静还是会引得弗里茨走出卧室，尽管他还可以再睡一会儿。她像往常一样，把厨灶的火生了起来，开始了新的一天。房间里太冷了，她迎着热气，伸出双手，掌心朝下，在微弱的火苗上烤了会儿火，然后才开始干早上该干的活儿。她又望了望东边，寻思着新的一天会发生些什么。

她听到火车的汽笛声变得比原来长了，接着，传来了某种别的声音，像是一头被卡住的猪濒死前尖厉的惨叫声。一开始，她很好奇是谁在这个时节杀猪，毕竟天气还太热，不适合做屠宰的活儿。她这么琢磨着，突然，雷鸣似的轰鸣声把窗子震得抖了起来，伴随着金属扭曲、变形时发出的尖锐刺耳的嘎吱声，与此同时，空气中弥漫着一股烧焦的味道。

她把正在揉的面包留在案板上，向门口冲去。屋外，空气依然因为刚刚的巨响在颤抖着，可现在又传来了惊恐万分的牛群和人群的大叫。这时候，格尔达终于明白发生了什么，她想都没想，便开始朝南边跑去，可没跑几步，她又掉头回家了。两个年纪稍大的孩子还在学校里；雷和利奥则坐在地板上，正玩着积木。

“过来。”她一边对雷说，一边把利奥从桌底下拽了出来，“快点儿。”她抱着利奥跑过了南边的果园，雷跟在她身后。她喘着粗气，心怦怦直跳，耳边回荡着凯瑟琳的名字：“凯瑟琳！凯瑟琳！凯瑟琳！”途中，她被绊了一下，一条腿跪在了地上。利奥紧紧地抓着她的脖子，出奇地安静。

她觉得自己仿佛在蜜糖里奔跑着，既缓慢，又吃力。等到她登上林子另一侧的分水岭时，其他的邻居已经到了现场。她看见他们站在路上，离火车的残骸很近。火车头仍冒着烟沿铁轨滑行了一段，后面连着七八节车厢，有些车厢看起来摇摇欲坠，随时都有可能翻倒。最后一节稳稳当当立着的车厢里面装的全是牛。最前面那节面目全非的车厢——可能所有车厢都被损毁了，格尔达说不准——运的是煤。黑色的煤沿着轨道撒了将近四分之一英里，甚至撒到了远处的路上。人们双手叉腰，三五成群地站在路两边。有人坐着，有人平躺在草地上。似乎没有人关心那些俯卧着的人。她觉得，他们要么毫发无损，要么已经死了。

格尔达把利奥放到她身旁的地上，喘了口气。她的身侧突然一阵剧痛，顿时，她觉得呼吸都是疼的。她用双手捂着肚子，弯下腰，等着心跳平复下来。两个男孩兴奋得上蹿下跳，在她周围跳着舞，仿佛她是一根五朔节[1]花柱。利奥还太小，不知道发生了什么事，他学着雷的样子，大声哀求着，想到离火车近一些的地方去。“求你了，妈妈，求你了！”两个孩子都大喊了起来。

“嘘！”她说，“嘘！我们得离远一点，别挡住别人的道了。”她把注意力全放在了眼前的这一幕上，并没有注意到弗里茨走到了那座小山坡上，听见他高喊着自己的名字时，她才内疚地转过身看向他。

[1] 五朔节是欧洲传统民间节日，用以祭祀树神、谷物神，庆祝农业收获及春天的来临。人们常在节日那天，手持彩带围着五朔节花柱起舞。

“你跑到这里来干什么？”他一边喊着，一边朝她小跑过来，“我从牲口棚回来，发现你不在，就知道肯定是出什么事了。”男孩们向他冲了过去，大喊着：“火车出事故啦，爸爸！火车出事故啦！”格尔达很感激孩子们转移了弗里茨的注意力，她知道弗里茨的担心不无道理，她很快就要生了，得加倍小心才是。她等着他走到她面前，他的脸红得厉害，脸上写满了担心，惹得她不敢直视他的眼睛。她指了指下面那列火车。“我以为凯瑟琳在这趟车上。”她无力地说道，“我没过脑子，就这么跑来了。”

弗里茨走在两个男孩之间，仿佛穿梭在高高的杂草丛中。她以为他会责骂她，说她净做些蠢事，可他却什么也没说。他环抱着她，看着山下的火车残骸，上帝应该很喜欢他的这一举动。两人静静地站在小山上，与此同时，她试着让自己跟上他呼吸的节奏。

过了一会儿后，弗里茨说道：“看起来像是一点十六分出发的那趟车，它没有客运车厢。”直到那一刻，她才真正地松了一口气。那种解脱感如同一股暖流涌上心头，她的膝盖一软，差一点瘫倒在地上，好在有弗里茨扶着她。“都是运煤的车厢，”他补充道，“车上只有煤。”他转过身，一手揽着格尔达，一手抱着利奥，朝家里走去。雷蹦蹦跳跳地跑在前面，兴高采烈的，仿佛生命中充满了无限可能性，可以往任何方向发展。

另外两个孩子放学回家后便跑到了分水岭，去看人们清理事故现场。

虽然格尔达希望凯蒂帮她做家务，但她也知道，火车事故以及事故的余波的确会让人感到兴奋，谁都不愿意错过这个机会，去看一眼现场。

“别跑得太远，不准跑到那个山头以外的地方去。”格尔达警告道，眼睛直视着弗兰克。冒险精神点亮了他的眼睛，她知道，只要有一丝机会，他就会越过安全线。虽然她知道凯蒂会看住他们，但她还是告诉弗兰克，让他务必照顾好利奥。兴许小家伙能拖住弗兰克。

弗里茨已经下山将近一个小时了，不过他还有不少杂活儿要干，便没在山下久留。格尔达一边在厨房里忙活着，一边听着事故现场噼里啪啦的清理声。她有些纠结，一方面，她很想和孩子们一起去看看铁路工作人员如何清理这堆烂摊子；而另一方面，如果不用干厨房里的活儿，她更想到床上躺着。

那天早上，她抱着利奥跑了很长一段路，胳膊和肩膀上的肌肉都拉伤了，甚至连在太多的奔波和劳作中变得强壮的双腿也使不上劲儿。要做的事情太多了，要做的事情太多了，这个想法在她的脑袋里隆隆作响，于是，她没有休息，一直忙个不停。她心里一直惦记着手上的活儿——她转动摇杆的时候，清洗衣物的水不断地翻腾着；她用力将衣服塞进熨平机的两个滚轴之间的时候，衣服上的水哗哗地倾泻下来；她俯身蹲坐在洗衣盆前的时候，碱液浓烈的气味熏得她眼睛疼。她专心地忙碌着，几乎忘了所有的疼痛。

马的嘶鸣声将她从沉思中唤醒。她从墙上的挂钩上扯下一条毛巾，从屋后绕到屋前，看见那辆亮蓝色的邮车正停在那里。

埃德·加勒特，这个胖乎乎的中年男人接替了查尔斯·伯克的工作。此刻，他缓慢地走下马车，停下脚步，揉了揉背，伸了伸腿，然后转身面向格尔达家。等到他放松够了，可以走路的时候，弗里茨已经从牲口棚里回来，站在了格尔达身旁。

“下午好啊，沃格尔先生，沃格尔夫人。”加勒特一边大声打招呼，一边一瘸一拐地走向他们，“南边简直乱成一团了。”

弗里茨点头以示同意，接着两个男人聊起各自了解的事情来。格尔达只是在一旁听着。两人东一句西一句地交流着各自的见闻，压根儿不给格尔达插嘴的机会。

“那列火车还在道岔[1]上。”加勒特说，“所以铁路不会出现拥堵状况，不过我告诉你，这样一来，取邮件的路程就变长了。今天，我单单为了取到邮件，就走了之前从没有走过的路，有些连路都算不上。”他边说话边用力地点着头，仿佛同意自己所说的一切，“当然了，这是我该做的，这是我该做的。”说这番话的时候，他挺起了下巴，这让格尔达想到了查尔斯·伯克。作为一名邮差，伯克感到非常自豪，这似乎也是让埃德·加勒特引以为傲的工作。

“他们找来了很多人去事故现场，”弗里茨说，“应该用不了多久就能清理干净。”

[1] 道岔是一种使机车车辆从一股道转入另一股道的线路连接设备，通常在车站、编组站大量铺设，可以充分发挥线路的通过能力。

加勒特讥讽地朝身旁吐了口唾沫。“大多数人都不干活儿。你在事故现场见到的是一群懒汉，他们之所以来这里，是为了免费搭乘货运车。这场事故刺激了他们，让他们觉得自己有活儿干了，可他们却不怎么干活儿。”加勒特用手背擦了擦鼻子，又看了看周围，好像在寻找某样东西。格尔达猜他可能想喝水了，但她想听听看他对这场事故有什么高见，听完后再离开。他抽了抽鼻子，继续说道：“然后呢，还有一群监工，他们就坐在那里盯着，确保没有人偷走撒出来的煤，直到铁路当局收回为止。”

“他们留下来的煤炭也许能让一些本地人过个暖和的冬天呢，你说是不是？”弗里茨问完以后，两人都大笑了起来。

“你猜，火车燃轴[1]的时候，司机开车的速度有多快？”弗里茨问。

“据我所知，他当时撞到了铁轨上凸起的地方，然后车就翻了。”

弗里茨点点头：“我感觉，事故发生之前，他正开着火车全速前进。”

格尔达终于走上前问道：“今天有我们的信吗，加勒特先生？”

加勒特掏了掏口袋，脸涨得通红：“我差点儿忘了大老远来你们家是干啥来了！有人给你发了一份电报，沃格尔先生。发电报是一位叫约翰尼·霍夫曼的先生。内容跟某些计划的更改有关。”

他把电报递给了弗里茨，然后转向格尔达：“不介意我去井边喝口

[1] 火车燃轴是指铁路车辆运行时，其走行部分的轴承的温度超出了正常运转温度，散发出轴油燃烧的气味，甚至有冒烟冒火的现象。火车燃轴是造成铁路运行事故的重要因素。

水吧？”他从马车上拿来一个杯子，递到她面前，给她看了看，“我自己带了杯子——我现在事事都很小心，毕竟镇上有那么多人得了那种病呢。你也听说过那种病吧，对不对？这病可不是什么好东西，不是什么好东西。”

格尔达觉得他说的都是些旧闻，便不怎么在意，她向他指了指水井的方位，然后凑到弗里茨身旁，试着越过他的肩膀看看电报内容。可是，他展开那张薄薄的纸的速度慢得让人恼火。他把电报举到离他一臂远的地方，只有这样，他才不用去屋里取老花镜，也能看清电报上写了些什么。从那个角度，格尔达看不见电报上的内容，可看他的表情，她知道肯定是坏消息，突然间，她的呼吸变得急促起来。弗里茨看了看她，问道：“你没事吧？”

“电报上说了些什么？”她迫切地低声问道。可他还没来得及回答，埃德·加勒特便走回了他们身旁。

“谢谢你们给我水喝，沃格尔先生，沃格尔太太。”他一边说，一边缓慢地爬上了马车，“水很好喝，也很凉，我就喜欢喝这样的水。你们可得保重身体。如果可以的话，尽量别去镇上。不要为了做点小生意而拿自己的健康冒险。”弗里茨往后退了一步，向他脱帽致敬，可格尔达却一直盯着弗里茨看。“电报上说了些什么？”她又问了一遍。

弗里茨把头歪向一侧，露出同情的表情来：“电报上说，凯瑟琳病了，他们经过这里的时候不会下车。”格尔达觉得自己的胸口一沉，说道：“不，不。”可她也不知道自己在冲着什么说“不”。

她从弗里茨手中拿过电报，慢慢地走回了家里。

等到弗里茨干完杂活回到家中，见厨房乱得像是有托钵僧在里面跳过旋转舞蹈一样，平底锅、罐子以及食物丢得到处都是，还热气腾腾的。

“你到底在干什么呢？”弗里茨竭力用镇定的语气问道，“你这女人，疯了吗？”

格尔达继续在厨房里跑来跑去：“明天早上，他们会到六号站台。我们可以在挤完奶之后马上出发。恐怕孩子们明天上学得迟到一回了。”

“不。”弗里茨说，“我们不会去火车站接他们。”这时，格尔达停了下来，两人死死地盯着对方看，仿佛她和弗里茨之间隔着一条鸿沟。

“我要去接他们，弗里茨·沃格尔。不管你去不去，我都要去。”

弗里茨活动着下巴，手指紧紧握成了拳头。“格尔达·德吕克！”他大声叫道，丝毫没想过要压低自己的嗓门儿，“你……我……不！”

格尔达一言不发。弗里茨雷鸣般的声音回荡在厨房里，可她既没有说话，也没有扭头看向别处。她有一种奇怪的感觉，仿佛她正站在自己的身体之外，俯视着这一幕。格尔达想，凯瑟琳在反抗父亲的时候，肯定有同样的感觉。两人一动不动地在那里站了很久很久。最终弗里茨打破了这脆弱的沉默，格尔达知道自己赢得了这场战争。“你马上就要生孩子了，”他伸出手来，仿佛在祈求似的，“用不着这么拼命干活儿的。”

格尔达开始缓慢地搅拌着炉子上炖的那一锅汤。

“凯瑟琳病了，”格尔达轻声说道，“她需要我。”

弗里茨摇了摇头，透过窗户朝南方看去。他将重心从一只脚换到了另一只脚，然后又换了回来。他看了看格尔达，然后再次看向窗外，又低头看了看自己的脚。“我叫凯蒂过来帮忙。你能坐下来吗？”他抬头看着她，眼神里既有怜爱，也有恼怒。格尔达无意识间绷紧的肩膀放松了下来。

“嗯，”她说，“等凯蒂忙完了，就让她到厨房来吧。我也会坐下来的，坐上一分钟。”两人都没有冲着对方微笑，不过厨房里的气氛已经没有那么紧张了。

第二天一早，在沃格尔的马车轰隆隆地驶过火车事故现场的时候，弗里茨说道：“这些煤炭都会归那些用不着赶火车的人。”格尔达并没有接他的话茬。她僵硬地坐在弗里茨旁边的座位上，身子稍稍前倾，仿佛要推着全家人更快地赶往镇上。自那天早上醒来以后，她反复说的话，只有让一家人抓紧时间的“快点儿！快点儿！”。

弗里茨很想对她发脾气。他知道，匆忙赶去迎接一列停车时间不足五分钟的火车，这实在是一项愚蠢的“任务”，仿佛在这么短的时间里见她妹妹一面真有什么好处似的。每次提到她的娘家人，尤其是她父亲的时候，他都会变得非常不耐烦。是的，他确实是她的父亲，理应受到尊敬。虽然弗里茨信奉“孝敬父母”[1]的戒律，但他还是认为，一个男人（当然，女人也一样）的一生中总会迎来这样一个时刻，他要放弃自己的原

[1]《圣经》十诫之一。

生家庭，与自己后来组建家庭的家人生活在一起，并为他们而活。《圣经》里的那句话怎么说来着？他并不会假装自己对《圣经》非常了解，可他经常去教堂做礼拜，也坚持了很久，早就记住了《圣经》里的一些话。此刻，他想到的那句话也在他的婚礼上出现过，大意是，一个男人应该离开自己的母亲，忠于自己的妻子。他脑子里一直想着“忠于”这个词。可这个词的意思似乎与他自以为的意思有些出入。他想问格尔达这个词到底是什么意思，可他用眼角的余光看了看她，看到了她突出的下巴，便想起自己原本是想发脾气的。他啪的一声甩动缰绳，抽了马屁股几下，再度沉浸在自己的思绪之中。

他们身后的孩子们出奇地安静。这说明，他们知道他和格尔达正在吵嘴。弗里茨不太明白他们为什么会在他和格尔达像所有夫妻那样时不时起争执时感到害怕。弗里茨想到了自己的童年，想到了自己的父亲。他朝马车一侧吐了口唾沫，与此同时，他那些苦涩的记忆也变成了余留在喉咙里的苦涩味道。

弗里茨的父亲有暴力倾向，而且还酗酒，他直到长大成人，才终于找到合适的时机逃离父亲的那个家。孩子们并没有意识到他不喝酒是件多么幸运的事情。他认为自己通情达理、性情随和，所以他真的不明白，在这样的早晨，为什么每个孩子都是一脸紧张、惊恐。他很想冲他们大喊大叫，让他们举止得体一些，可他们的举止已经很得体了。他知道，他没办法解释自己到底想要他们做些什么。他想从他们或者别人身上得到些什么，可具体是什么，他自己也不清楚。一种饥饿感令他喘不过气来，甚至在他坐着吃饭的时候，也依然搅得他不得安宁。

马车的轮子卡在了车辙里，过了一会儿又猛地挣脱出来。突如其来的晃动使得格尔达歪向弗里茨，他见状伸出手来将她扶稳。“你没事吧？”他问道。

“嗯，我没事。”她不耐烦地答道。

弗里茨回头看了看孩子们，发现雷正在看他。他想冲这孩子大吼一声，让他少管闲事，不要瞎操心父母的事情，不过他也知道，这种冲动很幼稚。雷先把脸转了过去，弗里茨看见他瞥了凯蒂一眼。孩子们——他猜，所有孩子都一样——有一套暗语，其中就包含斜着眼瞥别人以及耸肩。

不知怎的，他觉得自己被那两个孩子指责了，仿佛他们坚信做错事的人是他。也许在他们眼里，不光这次争吵——要不要去迎接一趟无人上下车的列车——还包括以往所有的争吵，都是他不对。有时候，他觉得孩子们把自己当成了格尔达的守护者，仿佛她需要别人来保护她免受他的伤害。想到这儿，他突然间悲从中来，想要大声喊出来：“是我在照顾你们的妈妈啊！”接着，他想到了自己之前努力回避的事，想到了入伍的日期，还想到了很快孩子们便会成为唯一能守护格尔达的人。

再过两个多礼拜，他就必须去参加入伍体检了。他曾听说，有些人在体检后第二天就去参加训练了；还有些人争取到了额外的时间，以便抓住最后的机会处理一些琐事，多照顾照顾自己的家人。弗里茨不知道等待他的会是怎样的命运。他又一次想起了威廉·欧文斯愤怒的表情，不禁打了个寒战。早些时候，阿洛伊斯·鲍姆在弗里茨开口前主动提议，如果他必须在庄稼收获之前离开，他会帮他打理土地、收割庄稼。

“至于接下来的春天……”阿洛伊斯又说了起来。不过，两人都不太愿意想得那么远。战争肯定会在那之前结束，他们都这么觉得，可弗里茨对所有事情都不太肯定。每当他完成一项工作，他都知道，这可能是他最后一次做了。他早就开始清理外屋，整理工具和机器，好方便别人到时候使用。每一个行动都是为了方便别人下一次做。他扭头看了看儿子们，那些小男孩。他耸着肩，仿佛要把胸前的某个极易陷入危险的弱点藏起来，又把帽子往下扯了扯。

到达镇子边缘的时候，他们听到了从斯图尔特西边传来的火车的汽笛声。格尔达转向弗里茨，脸上露出了恐惧的表情。“求你了，弗里茨，”她小声说道，“求你了。”

不管那天早上他有多生她的气，这时候他都已经消了气，剩下的只有一种如鲠在喉的感觉。“我们会赶到车站去的。”他回答道，“我保证。”他试着对她微笑，可他的那张脸有些僵硬，“实在不行的话，我就躺到铁轨上去。”

沃格尔一家到达火车站的时候，火车头刚刚出现在他们的视野中。往常站台上总挤满了人，有的在等着上车，有的在等着接人。早晨的火车总是最为忙碌，人们会乘火车去奥尼尔或阿特金森，那里有更多的生意可做，一般都是当天去当天回。可今天，奇怪的是，站台似乎被人遗弃了似的，上面只站着几个人，彼此离得还特别远。看样子，这场流感影响到了人们生活和工作的方方面面。弗里茨脱帽向几张熟悉的面孔致意，不过格尔达的注意力都在那列火车上。她此前一直坚持要自己提着送给凯瑟琳的那一篮子东西，于是弗里茨只是站在她身旁，一手揽着她的腰。凯蒂抱着利奥，这时候，雷和弗兰克则冲到了站台的西侧去看那列火车。

早晨既安静，又凉爽。火车头喷出的蒸汽形成了一根高高的白色柱子，升向蓝色的天空。从娘家回来之后，格尔达再没坐过火车。她抓紧篮子，看着车头从她身旁驶过，看着客运车厢沿着站台开来。站台上满是蒸汽，喧闹不已，人来人往，步履匆匆，格尔达并没有听见弗里茨告诉她卧铺车厢远在后面。她冲向检票员，大声地问她妹妹所在的卧铺车厢在哪里。那个戴着红帽子的男人扭头看向她，对她说道："没有票，不能上车。"接着，他犯了个错——转脸看向了别处。弗里茨听到检票员说话的声音，便走上前帮格尔达求情，可格尔达并没有等到检票员允许。她转过身去，朝铁轨远处看去，认出了远处的卧铺车厢来。她迅速朝那节车厢走去，她低着头，仿佛不去看别人，她就一直不会被别人看见似的。弗里茨挡住了检票员的视线，检票员压根儿看不见她此时在干些什么。

她把篮子放到车厢里，抓住扶手，准备登上车厢，这时候，一个穿着引座员制服的黑人出现在了她上方。格尔达看着他，被他吓了一跳，但又说不出话来。

"女士，请你往后退，我给你拿把凳子下来。"他说。格尔达向后退了一步，眼睛一直盯着那个引座员，生怕检票员看见她以后挥手示意她离开。引座员一让开路，她便迅速而吃力地爬上火车，拿起了篮子。“我在找霍夫曼夫妇的卧铺间。”她对引座员说道。

引座员难过地看着他：“女士，你这么做就不对了，你不应该离车厢这么近。”他看了看她的肚子，然后又扭头看向了别处，仿佛眼前的这一幕让他感到很尴尬，“我的意思是，以你现在的身体状况，你不该靠这么近。霍夫曼夫妇病了，你应该站远点儿。如果你乐意的话，我可以帮你把东西送到他们手上。”

格尔达突然伸出手，抓住男人的领带。“我想见见我妹妹！”她咬牙切齿地说着。她的孤独、渴望以及疯狂驱使着她在这一天来到了这列火车上，此刻却化为一腔酸楚。“我会敲开每一扇门，直到找到她为止。”

引座员的眼睛瞪得大大的，他摘下帽子，说道：“唉，别这样，女士。没必要这么做吧。霍夫曼夫妇在三号卧铺间。”他向后退了一步，好让她通过。

凯瑟琳的丈夫约翰尼抬起头，意兴阑珊地看了看突然出现在卧铺间的格尔达。她一眼就看出来他也得了那种病，身体虚弱得根本顾不上礼节。他只穿了一件贴身内衣和一条裤子，腰上还挂着背带裤的背带。

“你们得下车去，让我帮帮你们。”格尔达说。卧铺间里弥漫着一股难闻的气味，其中夹杂着汗液的臭味、恐惧的气息，以及格尔达很久之前便已熟悉却叫不上名字的某种类似金属的味道。她很想吐，却克制住了，然后又说了一遍：“你得让我帮帮你们。”

“不用了。”约翰尼的声音比格尔达预想中的要更有力，“我的家人还在等着我们呢。傍晚我们就能回到家。家里面有个很棒的医生。”

“求你了，我的好妹妹。”她面朝着床上的那个女人，觉得胸口发出了一声哀号。看着在床单上扭曲得不成样子的人，她吓坏了。

“我的好姐姐。”格尔达小声说道。在昏暗的灯光下，时间在她身下发生了重合。篮子从她手上滑了下来，她身子一软，瘫倒在地板上。她手脚并用，爬向那个狭小的空间。她来得太迟了。床上的那个女人不是凯瑟琳。乱蓬蓬的头发缠绕在她的脖子上，她的头枕在枕头上，那张脸闪着白光，就像一个漂白了的骷髅头。

“伊丽莎白。”格尔达对她耳语道，“我的伊丽莎白。我真的很抱歉。”她努力回想起伊丽莎白教给她的那些祷告词，可一种无法摆脱的恐惧感牢牢地控制住了她，她一点也想不起那些神圣的话来。她救不了她亲爱的姐姐。“我亲爱的姐姐啊[1]。”

凯瑟琳睁开眼，突然吸了一口气。格尔达紧紧握住她的手，轻抚着她那光滑的手掌。“凯瑟琳。啊，凯瑟琳。你必须留下来。你必须让我帮帮你。”对凯瑟琳的爱以及对救赎的渴望在她胸中燃烧起来，就像一股酸液一样灼伤了她，“求你了。求你了。求你了。”她把头靠在凯瑟琳

[1] 在此段和上一段中，格尔达出现了幻觉，将眼前的一幕和多年前姐姐伊丽莎白难产而死的那一幕混淆在了一起。另外，英语中的 sister 和德语中的 schwester 都既可以表示“姐姐”，又可以表示“妹妹”。

的肩膀上，闭上了眼。她把她这辈子的祈祷都用在了妹妹身上。这一次，她要尽力拯救凯瑟琳。

约翰尼站了起来，伸手拿了件衬衫穿上，仿佛在展示自己的权威似的："我的妻子和我打算继续赶路，回西点去。"

格尔达抬头看了看他。她听到火车拉响了汽笛，这是在警告她，她得抓紧时间了。"求你了，让我帮帮你吧。"她吻了吻凯瑟琳正发着烧的额头，"我马上给你穿上干衣服，你再试着喝点什么。你能听见我说话吗，凯瑟琳？"凯瑟琳咳嗽了起来，格尔达扶她坐正，好让她能够喘口气。她能听到凯瑟琳正在拼命地用自己满是黏液的肺呼吸。

检票员找到格尔达的时候，她正在整理她妹妹周围的干净床单。进门的时候，那人用一块布捂住了自己的脸。

"下车，马上下车。"他的声音虽然很大，但似乎不够自信。格尔达抬头看着他，感到很惊恐，之所以如此，并不是因为他出现在了她的面前，也不是他的本事比她更大，而是因为他显而易见的恐惧。她起身的时候，他往后退了退，生怕她的裙子碰到他。她把自己的头发从她心爱的妹妹的脸上拨开。"上帝与你同在，我亲爱的妹妹。"她不假思索地将凯瑟琳那些汗湿了的衣服收拾到一起，抱在胸前，下了火车。

她怎么可能知道呢？他们生活在这个偏僻小镇东边的小农场里，与世隔绝，怎么可能知道自己即将迎来一段可怕的历史呢？若是格尔达知道这种恶魔似的流感有多厉害，她会抛弃重病之中的凯瑟琳，任由她自生自灭吗？她那天在火车上的所作所为有没有救她妹妹一命呢？到底是什么，让这样一种如潮水般袭来的疾病变得如此致命，如此恶毒呢？出现在堪萨斯平原上的那个恶魔，化身为世界从未见过的一种致命病毒，利用家人间的爱、姐妹间的爱，将毁灭的魔爪伸向更远的地方。不到三个月的时间里，世界各地将会有数以百万计的人死于这种疾病。全世界都在关注一场人和人自相残杀的可怕战争，与此同时，死神却悄悄溜到了战场后方，溜进了那些人的家中，夺走了他们家人的性命。

第十六章

埃德·加诺威和弟弟拉克坚信，一个人健康还是生病，决定了他是快乐还是痛苦，会取得成功还是会遭遇失败。个人所获得的每一份收益都会增加公众的收益，所遭受的每一份损失都会成为公众的损失。拉克曾对埃德说，他觉得，只有公民身强体健，国家才能繁荣昌盛。拉克曾声称，人要想实现任何目标，至关重要的一点就是要保持健康，而人若是生了病，即使愿望再美好，目标再崇高，也很难实现。成为一名医生不仅意味着成为某个巨大机构的一分子，这个职业要求从业者始终辛苦工作，一直受苦受累，不断关心他人。兄弟俩最喜欢的教授皮尔斯医生曾对他们说："人们期望着医生去直面可怕的病魔，打碎死神的下巴，拔掉他的牙齿当作战利品。"

他俩都是军队里的战士，而敌人则是死神。私底下，加诺威觉得他们的工作不是救死扶伤，而是摧城拔寨；他知道，弟弟也有同样的感受。两人一起从医学院毕了业；加诺威依然记得，毕业典礼那天，兄弟俩都既高兴，又兴奋，皮尔斯医生站在大礼堂的最前面，看起来就像一位站在战舰甲板上的海军上将，在对着一群即将奔赴战场的水手演讲："我们身负守护他人健康的重任，这不仅是为了我们自己，也是为了他人的利益。倘若我们不负所托，履行了应尽的职责，我们便会像现在一样，继续发挥自己的长处，做个有用之人，人们就会健康长寿；倘若我们未能履行职责，我们就会被视作无能的庸医，人们就会身体抱恙，随之而来的便是痛苦与疾病。既然如此，那就让我们去证明自己是值得托付之人吧。"

那么，他弟弟对这种疾病的反应跟疾病本身一样，让加诺威焦虑得都失了眠，这难道有什么奇怪的吗？拉克曾给他写过一封信，信中他首次提到了那种奇怪的病毒，一个月以后，他又给加诺威寄了一封信。

"你也知道，我可以眼睁睁地看着几个人死去。（他们没提到他们母亲的名字，但他们总能想起她。）可是，眼睁睁地看着二三十个人死掉，眼睁睁地看着他们一个接一个地在几个小时内丧命，我实在是受不了。"埃德从来没有想象过拉克也会害怕。拉克骨子里就是个乐观的人，遇到任何事情，都不会退缩。加诺威最近收到的这封信可能是某个陌生人写的，那些他所熟悉的笔画变得难以辨认，似乎写得非常匆忙。他说出了自己的恐惧。加诺威知道，弟弟已经到了忍无可忍的地步。

他希望来到弟弟的身旁，为他分忧解难，甚至跟他一同赴死。可这里也需要埃德。在霍尔特县，尽管采取了种种抑制疫情的措施，疾病传播的势头丝毫不见减弱。那些有关病患死去的记忆，比任何梦魇都要可怕，将会一辈子在他脑海中挥之不去，直到死掉的那一刻。他的心墙随着病人的增多变得越来越高、越来越厚，他绝不允许自己把他们当作病人来看待。这些人不再是人，而成了一个个病例。他将笔记记在皮面笔记本中，随身装在胸前左边的口袋里，可他从来没有重读过里面的内容。疾病流行一个礼拜之后，加诺威便不再感情用事。只有他弟弟的信能够穿透他自己筑起的那堵心墙，而且仅限于信在他手中的时候。他没时间也没精力停下来去想现实有多么恐怖，他只希望能继续行动下去，哪怕没办法打碎死神的下巴，也要运用计谋与策略击败它。

太阳下山后，风刮得更猛了，屋侧小巷里的丁香和雪松的树枝发出“咔嗒、沙沙，咔嗒、沙沙”的响声，仿佛正在准备动身去往某处。加诺威停下脚步，在后院中央站了一会儿，抬头看了看银河中溢出的一道长长的光。在这个季节的晚些时候，他可以站在这里看到北极光。虽然他已经看过成百上千次了，可每当看到地平线上方弯曲、摇曳的道道光线时，他总是觉得很神奇。然而，今晚他还有正事要做，便未在院子里久留。他沿着第一街往前走，经过理发店和杂货铺，走向银行的密室，他知道村子里的长老们正在那里召开每月一次的会议。他并没有请求他们让自己在会上发表意见，但他知道他们会让他发言。他相信，他们不会喜欢他必须说的那些话，但他们都是些讲道理的人。经他游说，他们可能会相信他们所面临的种种危险。加诺威一边走着，一边练习说着他可能会用得上的一些话：“出于谨慎，我们必须在自己的阵地上对付敌人，摆脱那些陷我们于险境的危险。”将如今的情况描述为一场战斗能帮他说服他们，这不仅因为他自己将医学实践看作一种战争，还因为，在这段时间，战争在人们的心中占有很大的分量。如果他能让他们觉得自己是某个宏伟计划中必不可少的一部分，他们肯定会支持他。“我们必须将全部注意力和精力转化为切实可行的常识，我知道，你们每个人都拥有大量这样的常识，而且这也是整个社区所急需的。”

上个礼拜，他又失去了两位病人。他不太确定整个县里死了多少人，但他知道，失去病人的医生不止他一人。疾病席卷了全国。他希望委员会关闭学校。如果委员会能做得到这一点，他确信，即使有人会大声抗议，教堂也会妥协，进而取消各式各样的宗教仪式。

“我们不能在最需要上帝的时候放弃上帝！”加诺威可以想象长老们届时肯定会说出这样的话。也许最直言不讳地表达反对意见的人会是威廉·黑德洛。黑德洛是个小个子男人，常常穿一件巨大的外套，他的口袋里似乎装满了令人讨厌的怪癖。此人会将上帝加入讨论；加诺威知道，为了让委员会的其他成员支持他，他将面临一场恶战。自从去年春天美国加入了欧洲的那场战争，战争这个话题几乎吸引了这个社区里每一位公民的注意力。加诺威推测，在大多数社区里，情况也是如此。这场战争取代天气，成了人们聊天时的开场白。打个比方来说，它已经变成了一个自成一体的天气系统，一团高悬在地平线之上的黑云，一道道带着征兵通知、击中一个个家庭的之字形闪电，以及预示着更多危险即将到来的隆隆雷声。

长老们很难理解这种近在眼前的致命病毒给人们带来的新威胁。他们要么感到惊慌失措，要么试着去忽视其存在。在加诺威看来，他的任务便是引领他们相互妥协，达成共识。“我们必须严肃对待这种威胁。”他把外套挂在门边的挂钩上，脑海里练习着要说的这些话，“必须采取行之有效的行动来对抗它，必须坚强地去面对它。”他转过身来，面向围坐在橡木桌子旁的那些人。在那个漆黑的夜晚，在他的眼中，这群聚集在银行后面这个没有窗户的小房间里的人是那么脆弱、那么无辜，他感觉自己重任在肩，被如同枷锁一般的责任牢牢拴住了。

他只是想保护那些受他照顾的人。他不想等到内布拉斯加州当局慢吞吞地对这一威胁采取行动，他想现在就做些自己力所能及的事情。他知道，这种病毒正在人传人，虽然自己没办法阻止它传播，他希望至少能通过让人们彼此之间保持距离来减缓它的传播速度。他希望人们能像躲在掩体之后那样待在家中。对他来说，抗击病毒的战争跟与在欧洲进行的那场战争同样真实，同样致命。

加诺威对这群人说完话后，尼尔·波特问道：“你觉得这一切的幕后主使是德国人吗？”由于他就坐在煤气壁灯的正前方，加诺威只能看见他黑色的轮廓，可他知道，波特的眼睛会眯起来，他还知道，不管自己回答得有多么小心翼翼，波特已经有了自己的观点与意见。在这个社区生活了这么多年以后，他觉得自己知道这里的每个市民特有的怪癖，他将自己所受的种种痛苦都藏在了心里。

“我没办法证明这一点。”加诺威谨慎地说道，“我也没有理由相信……”

“我听说了一个生活在波士顿的女人的故事，”加诺威的话还没说完，波特便开始迅速而大声地说起话来，“她说她看见了一团云，很像人们说的在德国人释放毒气时飘浮在战壕上方的那种云。”波特知道自己吸引了坐在桌前的那些人的注意力。他也很享受这种受人瞩目的感觉。第一街上的那家理发店就是他开的，加诺威经常想，他之所以从事理发这一职业，是因为他喜欢人们坐在那里、动弹不得地听他发表高论。波特坐在椅子上，说话的时候身体前倾，双手在身前挥舞着，不知不觉中又模仿起了剪头发的那些动作。“她说，那团云看起来又黑又油腻，它从港口那边飘了过来，飘浮在码头上方。”他掌心向下，把双手放在了身前的桌子上，扫视了一圈围坐在桌子旁的那些人，“第二天，波士顿有一半的人都病了。病的病，死的死啊。”

房间里炸开了锅，大家纷纷说起话来。其余的人都暂时放下手中的事情，投入新的话题中去。

“我妹夫给我寄了一份费城那边的报纸。报纸的头版上说，德国人带着装满细菌的小瓶子沿着东海岸偷偷溜上了岸，在那些举办自由债券集会[1]的剧院里打开了那些瓶子。”

“要我说，问题出在我们用的德国产品上。”他们的声音忽高忽低，如同乌鸦的叫声，“德国人好多年前就在为这场战争做准备了。他们在

[1] 为了鼓舞民众的士气，号召更多民众购买自由债券，美国政府发起了一系列全国性的集会运动。一些著名的演员被政府征召鼓励群众购买自由债券，在全国各地巡回演出，参加了数以千计的债券集会。

我们这里种下了一颗种子，在我们中间种下了‘毁——灭——’的种子。”另一个声音也加入进来：“拜耳公司的阿司匹林也会要人的命。每吃一片他们做的药片，都是在给自己下毒。”围坐在桌旁的人们接二连三地点着头，如同起起伏伏的浪花一般。

“我认为你们都说错了。”坐在加诺威身旁的那个人悲伤地发表起意见来。他的声音比其他人的都高，打断了那些男中音，并坚持让别人听他说话。加诺威皱着眉，知道接下来会发生些什么。“这场瘟疫之所以会降临到我们身上，是因为我们自己犯下的种种恶行。”威廉·黑德洛用手背擦了擦鼻子，又从他那个装得下很多东西的大衣口袋中掏出了一本破旧的《圣经》。“《启示录》里说得很明白：世界会先遭遇战争，再遭遇饥荒，接下来，随着第四印的解除，将会出现一匹马，‘一匹死灰色的马，身骑此马者将被称为瘟——疫’。”说到“瘟疫”二字时，他拖长了声音，嗓音很沙哑，而且似乎被自己的这番断言吓坏了。他无力地坐回到座位上，闭上了眼睛。

加诺威盯着他看了一会儿，接着说道：“先生们，我求求你们，请保持冷静，大家还指望着你们能领导他们呢，如果你们不愿意给大家面子，那至少也给我一点面子吧，我真的累了。”他把手掌放到了胸前，“我等会儿还得再工作几个小时，之后才能回家。”他木然地冲他们微笑起来，觉得自己脸颊上的皮肤裂成了道道皱纹，“你们今晚的任务，并不是弄清楚最近威胁到我们社区安全的是什么，而是采取行动，来保护我们的社区。我再说一遍，首先，你们必须立即关闭学校。”

听到加诺威的这番话，菲利普·拉吕轻蔑地哼了一声：“没这个必要吧。”他是少数几个到目前为止一直保持沉默的人。加诺威看着他，等待着他给出解释。

“我们不能太娇惯这些孩子了。如果不让他们待在学校里，他们就会像吉卜赛人一样在街道上游荡，不知道会惹出些什么麻烦。我们不能让这些德国人来教我们该如何养育孩子。”

加诺威告诫自己，在对拉吕的话做出回应之前，得先深呼吸两次。他端详着拉吕颤抖的下巴，思考了一下皮肤组织老化过程中，其质地会发生什么样的变化。水分的缺失会导致皮肤的弹性下降，重力也会对皮肤产生相应的影响。拉吕在他生命中的大部分时间，都是个大块头，他似乎有暴饮暴食的嗜好，可他糟糕的健康状况——具体来说，他经常出现溃疡症状——改变了这一切。过去几年，他的体型缩水到几乎只有原先的一半，皮肤还没有适应皮囊之下这个缩小了的人。

“你对年轻人总是太过宽容，这是因为你自己没有孩子。”拉吕继续说道，“如果你有的话，那你的孩子一定会很软弱。”

加诺威克制住了冲动，没有将手伸到桌子对面，去拧一把这个老家伙下巴上松弛、晃荡的皮肤。

“也许你说的都是实话，”加诺威平静地说，“可是，内布拉斯加州的卫生部门已经鼓励所有学校封校停课，直到疫情得到控制为止。”

坐在拉吕旁边的尼尔·霍华德，像学生一样试探着举起了手。霍华德这个人很像老鼠，身体很单薄，过早地白了头发，而且不出所料，要了个像猫一样的女人。尽管如此，这对夫妻在将近十年的时间里，每隔一定的时间，就会生出一个孩子来，占据了加诺威一大部分的病人名额。虽然到目前为止，这场会议只是以非正式讨论的形式进行着，可霍华德还是等在那里，希望有人请他发言。加诺威既不喜欢他，也不讨厌他，他知道，由于缺乏睡眠，自己变得很容易生气，性子也很急。“有话快说，霍华德。”他不耐烦地说道。难道在座的每个人都这么迟钝吗?

“加诺威医生，情况真的像你说的那样严重吗？请恕我直言，我的意思是，战争当前，我们应该担心的，不应该是让年轻人得到更多的教育，同时不让那些制造恐慌情绪的人阻止我们完成任务吗？”

加诺威感觉被风沙迷了眼，便用指尖揉了揉眼睛。他知道，他看上去一定和自己感觉到的一样糟糕，不仅眼睛发红，而且眼袋突出。他意识到，今晚出门之前应该刮刮胡子的。他慢慢地将额头上的头发捋到一旁，继续往下说。

“就由我来回顾一下本地的情况吧。不到两个礼拜前，我头一回发现了这种病毒，自此以后，你们已经有五位邻居直接死于这种病毒。镇上有超过百分之五十的家庭感染，县医院一张空床位不剩，我们把两位病人安排在了平时存放扫帚和抹布的房间。单凭我一个人，是没办法满足病人的需求的。我们只能寄希望于控制疾病的传播上。内布拉斯加州已经发布警告，公共场所禁止五人以上的集会活动。除非情况有所改善，否则的话，在下个礼拜的这个时刻，举行这样的会议就是违法的。”他看了看围坐在桌边的人。他引起了他们的注意，并从他们的眼神里读到了恐惧，“先生们，你们没必要非得弄明白我说的话，只需行动起来就行了。你们必须关闭学校，必须保护那些托付给你们照顾的孩子。”

他并没有意识到自己发言时一直站着，甚至都没有意识到自己的声音很响亮，可是，他说完以后，房间里还回荡着他说的那些话。委员会的委员们一言不发地抬头看着他，看起来很惊讶。加诺威拿起自己的帽子，便转身离开了，走到门口的时候，他听见尼尔·霍华德说道：“在另行通知以前，所有支持遵照内布拉斯加州和埃德·加诺威医生的指示、关闭斯图尔特地区的学校的人，请表示赞成。”

他们沉默地同意了这个提议，但至少他们表明了态度。

“多数赞成，提议通过。”霍华德说。加诺威随手关上身后的那扇门，走到大街上，抬头看了看星星。一弯新月低垂在西边的夜空之中。对他来说，夜晚才刚刚开始。

“你们不会真的要我们取消教堂的礼拜仪式吧？”荣格尔斯神父站在加诺威和马车之间，车夫约翰·考普则坐在车上等候着。那场会议召开以后，不出一个礼拜，果真如加诺威所预料的那样，发生了种种事件。州政府已经宣布所有的集会均为违法行为，可社区里的一些人仍然不愿理会。神父站在加诺威面前，双臂交叉，两腿叉开，光滑的圆脸上流露着愤怒。

一个手无寸铁的警卫，加诺威一边想着，一边把包从左手换到了右手上。

“嗯。”加诺威说，“我们说的不是这个意思。”

荣格尔斯歪着头，看起来很困惑。他显然没有料到事情竟会如此顺利。可事实上，事情当然没有这么顺利。加诺威继续说道：“你可以一如既往地主持弥撒。可是，任何人都不允许参加。”

荣格尔斯用力地清了清嗓子，想要说话，可加诺威却举起了手：“指示已经说得很清楚了，荣格尔斯神父。危险也是显而易见的。州卫生委员会已经下达了命令，在另行通知之前，不得举行任何形式的室内以及室外的公共集会。神父，撇开我俩的分歧不谈，我同意委员会的决定，可是，哪怕我不同意他们的决定，事实依然是事实。这种疾病是致命的，必须立即采取严格措施来防止它进一步扩散。荣格尔斯神父，我还得去看病人，他们现在很需要我。再见。”加诺威与神父擦肩而过，他把帽子牢牢地戴在头上，似乎行进在狂风之中。他没有时间，也没有精力在特殊时期去跟神父打嘴仗。

然而，荣格尔斯神父并没有善罢甘休，他急匆匆地追上了医生：“医生啊，你的那些事实还真是宝贵呢。你总是躲在它们后面，把它们撒在那些会给你指明正道的人的路上。尽管你拒绝承认，但灵魂也是一种事实。我跟你一样，也从事着救人的行当。我关心的是他们是否能获得永生，我不会允许你逼迫我在如此关键的时刻放弃我的会众。我不会锁上教堂的大门，不会拒绝安慰那些受我照顾的饥饿灵魂。你不能，你可别指望我会服从这个让人无法接受的指令。”

此时，加诺威已经走到了马车跟前，约翰·考普正在收起缰绳，他的一只手握着控制杆，等医生在座位上一坐稳，他便会松开刹车。他受雇于医生，必须尽快把医生从一个地方送到另一个地方，这是他的职责所在。医生冲他点了点头，于是他甩动缰绳，啪地抽打在马屁股上，马儿迈起了轻快的步伐，两人也随即出发。神父急匆匆地走在马车一旁，他还没说完自己想说的话。他体格魁梧，却缺乏锻炼，很快便气喘吁吁起来。他的那身黑色长袍缠绕在他双腿之间，这让他走得更慢了。

“弥撒是一件神圣的事，加诺威医生。你至少在名义上还是一名天主教徒。你心里肯定也清楚，这道命令是一种亵渎，是对上帝的大不敬！”他紧紧捂着胸口，而加诺威也不忍心继续向前走了。

“约翰，”他大声喊道，“停一下。”

追上马车的时候，神父弯下了腰，手撑着膝盖，大口喘着气。

“荣格尔斯神父。”加诺威的声音有些发紧，他想避免冲突的愿望扼制住了他的愤怒，“如果你乐意的话，就请你想象一下，想象一下我们国家正处于战事之中。”就在几个月前，约翰·考普的弟弟同远征部队一道坐船去了法国，而此时，约翰·考普则扭头看着医生。“请想象一下，有一个非常强大狡猾的敌人，它有能力毁灭整个镇子、整个国家里的每一个人。请不要把它想象成一支军队，而是把它想象成一个沉默的杀手，我们用肉眼看不见它，可是能察觉到它的存在。请想象一下，它正在利用我们的生活方式、我们在必要时刻聚在一起的渴望来毁灭我们。请想象一下，它紧紧地粘在母亲们的裙子上，从一条裙子上偷偷溜到另一条裙子上，将病毒留在孩子们的肺部。”加诺威大声说道，尽管他已经告诫自己要克制了，“想象一下这一切吧，荣格尔斯神父！再想想连我都明白的基本信条：弥撒的圣礼无须教区的居民在场来彰显其神圣！”神父的脸变得很苍白，加诺威才头一回意识到这个男人其实特别年轻，他柔和的脸部轮廓一下便显出他内心里孩子气的那一面。坐在马车座位上的加诺威低头凝视着他，发现荣格尔斯很害怕，真的吓坏了。他觉得自己的怒火平息了下去。

“此时此刻，任何人、任何事都无法阻挡你挨个去拜访你的会众，就像任何人、任何事都无法阻挡我挨个去看望病人一样。”加诺威用更加柔和的语气继续说道，“他们需要你。”

荣格尔斯挺直了自己的背，他的那双大手无助地垂在身子两侧。加诺威向他脱帽致意，又冲着车夫点了点头，示意他马上出发。拉着马车的那匹马跑了起来，他大声冲神父喊道：“进病人家的时候，请拿手帕捂住脸，拜托了。”

荣格尔斯站在原地注视着远去的马车，直到路上扬起的尘土落地。

第十七章

弗里茨像是在浑水中游泳一样度日。大多数的日子里，天气都阴沉沉的；太阳似乎从未在黄昏来临前升起过，接下来是没有月亮的夜晚，在盏盏小灯照射不到的地方，是浓重而又危险的黑暗。他把土地分给了丹·莱亚伯和阿洛伊斯·鲍姆。有他俩帮忙，再加上他当兵的收入，他的家人也许不会挨饿。银行还在考虑该如何处理那些与他的土地有关的款项。(“我们乐意帮助我们的士兵们，沃格尔先生。你也拥有公民身份吗？”）阿洛伊斯的孙子——只比自己的儿子们大几岁，弗里茨想着不禁直打哆嗦——到时候会搬来与格尔达和孩子们做伴。他、格尔达以及家里三个年龄稍大的孩子可以及时把挤奶的活儿干完。格尔达先前便照顾起那些小鸡来了，至于那些她干不了的活儿，凯蒂已经长大，可以学着去做。雷已经六岁，也该丢下幼稚和愚蠢，可以帮妈妈不少忙了。虽然弗兰克比雷大，可他管教起来很费劲，若是没有人监督，他很难把活儿干好。雷似乎生来就老成，像是小孩的身体里住着一个大人。

弗里茨带着雷去了地里。他给雷示范如何在清除马蹄铁上的脏东西时让马抬起脚。他指了指马蹄上那块柔软的蹄楔[1]，那个部分需要保持健康，也需要仔细清理。雷弯下身子，凑到马蹄跟前，仔细看着父亲指给他看的地方。他伸出手去触摸马蹄上的“皮革垫”，弗里茨发现那孩子的手还没有马蹄子大，一时间，他觉得自己几乎要哭出来。他让马放下蹄子，带着男孩绕到马的另一条腿跟前，那条腿上有一块还没有愈合的伤疤，泛着光泽。他让雷留意那处伤疤，还告诉他，如果出现了异样，要立即去请阿洛伊斯过来看一眼。

“别让那里化脓了，听见没？”他对男孩说道，甚至在他自己听来，都觉得语气粗暴、愤怒。雷原本因为好奇而炯炯有神的眼睛，此刻黯淡了下来，那张圆圆的脸也变成了一张面具。弗里茨想抓着这个男孩，用力摇晃他的身体：“我要走了！”他想大声喊出来，“你得照顾你妈妈，照顾全家人！”他匆匆扭头看向别处，免得那孩子看到他红了眼眶。

他带着雷去了挂挽具的地方。他给雷看了看他专门给他做的凳子，这样一来，雷可以拿着那把凳子走遍牲口棚，去取那些他够不着的东西。他提醒雷，凳子的四条腿必须放在平坦的地面上，否则它有可能翻倒。“你干活儿时一定得小心点儿。”他说，“你妈妈可没工夫担心你。”

“就你一个人去吗？”雷问。弗里茨转过身来朝他走去，男孩却躲开了，但弗里茨并没有随之转身，而是伸出手，紧紧地将男孩抱在怀中，动作很迅速，以至于两人都倒在了稻草堆里。虽然雷努力地想要挣脱，

[1] 马、驴等动物蹄底的角质三角块。

可弗里茨并不愿意放手。他抱着儿子，把他的头紧紧地按在自己的胸口上。到最后，男孩不再踢腿反抗，两人躺在十月初的朦胧夜色中，一起哭着，却都不愿让对方看到自己的眼泪。

玉米可以掰了，黑麦也可以割了。绝大多数作物已经收割完毕，只有土豆还待人收割。土豆是根茎类作物，如今，成排的褐色藤蔓缠绕在一起，足以应付寒冷的夜晚。

“我打算从早上开始挖土豆。”弗里茨告诉格尔达，“到周末我就能把这活儿干完。”

如今，他俩就是这样交流的。聊的都是当天做了什么、第二天会做什么之类的事情，仿佛时间在两个方向上只延伸到这么远，而他们也不再拥有真实的过去或未来。

夜里，格尔达会把头发散开，她取下发卡，深色的头发像一股粗绳沿着她的脊背垂下来。睡觉前，弗里茨伸出手，将格尔达的头发缠在自己的手腕上，如同一条将他和她整夜绑在一起的手链。

那年秋天，悲伤与恐惧化作一种有形的存在，住到了沃格尔家的农场上。屋子里的每个房间都知道它长什么样，它则潜伏在牲口棚的隐蔽处。在果园里，它如影子一般，从一棵树上移动到另一棵树上。学校停课之后，孩子们待在家中和父母一起干活儿，他们出奇地安静，仿佛悲伤与恐惧所带来的无形而巨大的压力让他们陷入了一种停滞状态。一家人似乎发现他们被困在了一个陌生且无人居住的国度之中。

鲍姆夫妇顺路来拜访时，沃格尔夫妇觉得，他们的声音仿佛被困在了体内的某个幽深之处，也没什么话要对自己的邻居兼朋友说。阿洛伊斯转告完镇上的消息以后，弗里茨和格尔达一起不声不响地点了点头。对他们来说，那些消息就像是远方某个土著部落的故事。

“全都关门了，”阿洛伊斯说，“就像一座鬼镇。”在场的每一个大人都不自觉地四处张望起来，仿佛“鬼”这个字眼让他们想到了某种他们还不了解抑或不愿意记起的东西。

“路过火车站的时候，我看到查尔斯·伯克被人抬下了火车。”阿洛伊斯继续说道，“他在赖利堡生病了，所以他们就把他送回来了。”

“送回来等死吗？”玛格丽特问。她很快便用手捂住了嘴，仿佛想要收回这个问题，想要阻挡问题中暗含的恶意。格尔达看着朋友的脸，注意到她的眼袋很厚重，嘴唇也下垂得厉害。慢慢地，他们刚才说的那些话对她产生了某种新的意义。阿洛伊斯谈到的危险并非来自战争。她突然意识到，另一只怪兽已经侵入了他们的生活。以前，她脑子里只有弗里茨要离开这件事，这种病只存在于传闻中，只存在于阿洛伊斯热衷讲述的故事中。

“什么病？”格尔达问，“他到底得了什么病，怎么连命都快没了？”

见她如此好奇，阿洛伊斯和玛格丽特一起向她谈起了这种病毒，也谈起了德国摧毁美国的阴谋。对她来说，这些话都是无稽之谈。

“可是，德国人也会得这种病的，难道不是吗？”她想起了还没有痊愈的凯瑟琳，她的婆婆还在照顾着她，“他们也会死掉的，对不对？”

“如果你问我的话，我会说，这些所谓的阴谋都是胡说八道。”阿洛伊斯说，“我只不过是把我听到的那些话复述给你听。”

“不管是怎么回事，情况都很糟糕。”玛格丽特补充道，“在事态平息之前，你可得离镇子远一点，弗里茨。可别跑到镇上去，再把病传给格尔达。”

“他们说，如果情况一直恶化下去的话，他们就会封闭军营。”阿洛伊斯说，“按照医生的说法，那个叫伯克的小伙子也许是最后一个得了病、让回家的人了。”

弗里茨和格尔达一同把鲍姆夫妇送到马车跟前，看着这对老夫妻缓慢地爬上马车。玛格丽特大声对格尔达说道：“你要是觉得马上要生了，就派一个大一点的孩子来接我，好吗？到时候，我来之前会给医生和神父打电话。”

沃格尔夫妇挥手送别了鲍姆夫妇。格尔达转身看向西边，此时的天空中出现了一抹深深的粉色。她深吸了一口夜晚凉爽的空气，觉得胸口疼得很厉害。她没把这当回事，走进屋子开始准备晚餐，然后走出屋子帮忙挤奶。她注意到，一时间，弗里茨似乎有些迷茫。他先是走向了放机器的棚屋，又停下脚步，改变方向，朝奶牛所在的牲口棚走去。她想走到他面前，让他抱着她，可她实在太累了，而且莫名其妙地觉得浑身疼痛。她还有活儿要干，没空去做其他事情。

第十八章

有时候，她觉得房间里的空气就像转个不停的旋涡，她自己则被卷入其中。她被一种既看不见又无法阻挡的力量推着在炉子、操作台、桌子间打转。她被那旋涡卷到了炉子旁，看了看炉灶里的煤球烧得怎么样了，把烤肉放到架子上，开始小火烘烤，又关上了烤箱门；紧接着，这股力量又旋转着将她推到了操作台前，她用手掂量着把面粉放进陶碗里，混着水揉成面团；然后她转身走到橱柜前，想都没想，看都没看，便从橱柜里拿出一沓盘子，摆在了桌上。她之所以这么做，是因为那股力量将她推到了炉子前。她之所以那么做，是因为那股力量将她卷到了操作台前。此刻，她身后的桌子上放着的面团越变越大，发出了怦怦的心跳声——又或者说，那心跳声是她自己发出的？无论如何，该做的事情还有很多，得做好饭，洗好衣服，熨好衣服，在桌上把盘子摆好，把饭盛到盘子里，还得转身回到抽水机前，将一切重新来一遍。有时太阳落下山，不见了踪影，这时候的她最大的感受并不是累，而是头晕目眩。这间厨房、这些孩子、那个男人，就像万花筒里不同的浅色色块，她无法将他们一一区分开来。

她没有料到，事情会朝这个方向发展。她父亲让她不要嫁给这个男人，这个穷鬼。他警告她，如果她跟着这个穷鬼来到这里，他俩准会落得不好的下场。父亲把农场分给了他的儿子们，每人一百六十英亩地，这样一来，他就把他们留在了自己身边，也让他们过上了富裕的生活。至于他的女儿们，他则拿现金打发走了她们，可他没有意识到，她们身处这样一片新大陆，一旦手里有了钱，便可以购置自己想要的东西，可以做出自己的选择。格尔达买了机器，买了牲口，还选择了她的穷鬼。父亲的那番警告是什么意思，她已经无从想象了。他们待在这座农场上，干着农活，彼此做伴，难道这就是所谓的“不好的下场”吗？

姐姐伊丽莎白去世十五年后，格尔达遇见了弗里茨・沃格尔。在一个阳光明媚、天气清爽的早晨，他邀请她在做完弥撒之后一起散个步，她毫不犹豫地答应了，不过她知道，父亲不会同意她这么做。可是，人不应该是孑然一身的。在圣・米迦勒教堂内，弗里茨的家人与沃格尔的家人分别坐在过道的两侧。沃格尔一家依然彼此说德语，他们只能磕磕绊绊地讲一些格尔达的父亲——一个二代移民——可以信手拈来的英文短语。可是，在那个时候，格尔达的追求并未停留在语言层面。在她娘家的那栋屋子里，人们吵吵嚷嚷，自吹自擂，给所有东西起名字，但似乎都言之无物。

那天早上，弗里茨和格尔达避开教堂外的人群，在通往墓地的小路上走了很久。他们走到墓地门口的时候，弗里茨一言不发，牵起了格尔达的手。她的手在他的手里显得特别小，有那么一会儿，她觉得自己又变成了一个小女孩，就像以前的她一样——那时候，她还没有躺在姐姐临终前躺着的床榻下面的木地板上。初次约会的那个早上，他们没有说话。可是，啊，她的手被他的手握着，即使是现在，这段回忆也会让她变得很虚弱。她没有得病，却有种大病初愈的感觉，她父亲叫她名字的时候，她并没有回头。

而现在，她在这里，在这间厨房里打着转，踏着木地板，穿梭在炉子、操作台、桌子以及抽水机之间。如果她闭上双眼，她可能会变成自己的母亲，或是她亲爱的伊丽莎白。她父亲到底在害怕什么？她的叛逆又给她带来了什么？

第一次痉挛出现在晚饭过后，她弯腰提水壶去洗刷的时候。她知道这意味着什么，毕竟这是她的第五个孩子，不过这种陌生的疼痛感还是让她很惊讶。她从没有经历过这样的疼痛。一开始，痉挛出现在体表，仿佛肚皮正在移动着，以适应即将出生的小生命。接下来，肌肉开始发紧，先是背部，接着是躯干周围，仿佛一双十指张开的手在不断挤压着她。

弗里茨和孩子们在门口挤作一团，穿起了外套和靴子，甚至连六岁的雷也可以轻而易举地把土豆从沙土里刨出来，不过，格尔达知道，得花更多时间来照看利奥，而这个季节已经进入了尾声，弗里茨实际上不太乐意花这么多时间照看他。他用这种方法来给她搭把手。他知道她能干活儿的时间很有限，每到这个阶段，他的脾气都会变得很差，可与此同时，他也会变得讨人喜欢。然而，她今天想要——什么？她到底想要什么？她焦躁不安，觉得像是被关在了笼子里。她不愿意感受这种痛苦。从昨晚开始，就在鲍姆夫妇走后不久，她开始感受到每个关节的移动，仿佛骨头之间在互相摩擦。她的皮肤一碰就觉得疼。甚至连眼珠转动的时候，她都觉得眼里像是进了沙子。今天，她每次呼吸都会觉得胸口疼。她知道，自己的脸颊发烫是出于自身原因，而非身前的炉子。

“我不会生病的。”此前，她一边对自己说，一边将炖熟的菜舀到碗里摆在家人面前。她相信，这只是从鲍姆夫妇那里听来的消息引起的担心所致。她一心一意地扑在了要干的活儿上，并没有想到在火车上与凯瑟琳见面这回事。

晚饭过后，弗里茨和孩子们出门去了地里，格尔达则一手扶着肚子清理着桌子。痉挛让她直不起腰来，可痉挛结束之后，她便直起身子，继续忙碌起来。她将面包碗[1]里的酵母加热以后放到一旁，与此同时，从牛奶中分离出奶油，存放在井房中冷藏。第二次痉挛很久之后才会出现，她知道这个夜晚注定会很难熬。她失去了时间观念，专注于自身，心无杂念地干着活儿。牛群不耐烦地叫着，提醒她该挤奶了。尽管她已经暖和得冒了汗，汗水使得衣服紧紧地贴在了她背上，出门前她还是披上了那件硕大的羊毛外套。

[1] 一种圆形的面包，中间有很大一部分被挖掉，做成碗的形状。

她走向牲口棚，只能看清眼前的几步路。她一打开门，奶牛便挤着来到了挤奶时常待的位置。她从年纪最小的奶牛贝丝开始，之所以这么做，并不是因为贝丝的叫声最响亮，而是因为它离她最近，不到万不得已，她是一步也不想走。她把凳子挪到这头身型巨大的奶牛身旁，把头靠在温暖的牛皮上，牢牢抓住了奶头。她的指关节因为用力而疼痛着；奶牛不耐烦地跺着脚，踢翻了奶桶。格尔达把奶桶扶正，再次尝试给贝丝挤奶。连呼吸都会疼，她哭了起来。

弗里茨从田垄间抬起头，看见阿洛伊斯匆匆忙忙地穿过田地，向他走了过来。这位老人跌跌撞撞地穿过了种着土豆的小山丘，在旷野之中，他那瘦削的身躯看起来异常脆弱。见他正挥舞着一张报纸，弗里茨觉得心里一沉。他想，报纸上一定没什么好消息。他让孩子们继续干活儿，自己则走向了阿洛伊斯。他的头疼了一整个下午，而现在，他走着走着，注意到呼吸的时候胸口也很疼。他盘算了下距离体检的天数，以及还有多少没有干的活儿。他可不想生病。

“弗里茨！”阿洛伊斯一边向他靠近，一边大声叫道，好像要引起弗里茨的注意。弗里茨忍住不耐烦，挥了挥手。他这个人生来就是个急性子，而且身体上的不适——不管他愿不愿意承认——让他更急躁了。两人见面时，他皱了皱眉头。天气渐渐转冷，一大早便刮起了北风，到现在还没有停下来。北风把弗里茨的帽子刮到了地上，他立即转过身去抓，但阿洛伊斯动作更快，一脚踩住了帽子。他把帽子捡起来，在腿上拍了两下，弄掉鞋子留在帽檐上的沙子。

“我早就跟你说过，这事准会发生！”阿洛伊斯兴奋地说道，“我昨天就说了！”他拿着报纸在弗里茨面前晃了晃，不过并没有告诉弗里茨他指的是哪一篇文章。

“你跟我说过什么，阿洛伊斯？我听不懂你在说些什么。”弗里茨忍住了冲动，没有立即走开。如果阿洛伊斯只是想跟他分享一些最新的小道消息，那么他一点也不想听。他还得干活儿呢。

“跟军营有关！”阿洛伊斯大叫道，“他们封闭了军营！军队已经因为流感停转了！”

“什么？”弗里茨难以置信地问道，“你这话是什么意思？”

阿洛伊斯终于不再挥舞那份奥马哈当地的报纸，一动不动地拿着，指了指头版上的一篇文章。“美国陆军宪兵首席参谋官取消征兵召集令。”标题如是写道，“军营公开宣布进入隔离期，14200名男子奉命离开营地。”弗里茨没戴老花镜，所以没办法把这篇文章读下去，可即使戴着老花镜，他的视线也会是模糊的。他扭过头去，不再看阿洛伊斯，用手背擦了擦眼睛，看着还在干活儿的孩子们。凯蒂让利奥一直待在她身旁，她伸手举着篮子，好让他把土豆放进去。雷在他俩身前忙活着，看起来很有干劲，想要多干一点，干得再快一点，把所有该干的活儿都干完。弗里茨胸口疼得差点让他窒息，他开始干咳，咳得很痛苦。“这可是个好消息，阿洛伊斯。”他喘了口气，说道，“可这也不会帮我把土豆从地里挖出来啊。”弗里茨回到地里干起活儿来，直到阿洛伊斯回到自己的地界之后，弗里茨才想到应该对他说一声谢谢的。他思考着该怎么把这件事告诉格尔达，不过他想不出来具体会对她说些什么。他只是一直想象着格尔达听他说完后脸上的表情。

马儿们知道回牲口棚的路，弗里茨便让它们自行回家。马车装得满满当当，已经坐不下孩子们了，他只好留下来，陪他们一起往回走。他们所有人都特别安静，甚至连踩到路边干草的时候也听不见脚步声。唯一能听见的声响便是风声，风声既凌厉，又凄凉。风吹过林子和草地，发出了沙沙的声音。他们走到自家院子附近的时候，弗里茨抬起头，看见马儿们正耐心地站在牲口棚旁。挨着牲口棚的牛圈空空荡荡，所以他知道奶牛正在牲口棚内等着有人来给它们挤奶。他知道自己养的那些动物都很守规矩，这让他的生活变得更加轻松，因此他觉得很欣喜。他朝马儿们走去，打算领着它们走到可以卸车的地方去，差一点没看到格尔达。她瘫倒在门口，身子倚着门框，一半在牲口棚里，一半在阴影之中。她的鼻子正在流血。

弗里茨从未有过如此恐惧的感觉。一时间，他觉得自己全身麻痹，说不出话来。他张大嘴巴，把手伸向她，仿佛被困在了梦魇之中，动弹不得，也发不出任何声音。“妈妈，你怎么了？”雷大声叫唤起来。儿子的声音让他清醒了过来，他冲向格尔达，跪在了她身旁。

“弗里茨，”她小声说道，“对不起。我本想把奶挤完，可我实在是太累了，我连桶都提不起来了。”她用手背擦了擦鼻子，但似乎不知道自己擦掉的是鼻血，“我实在是太累了，弗里茨，太累了。”她把头靠在他身上，“请不要离开我。”

“我不会离开你的，我保证。”弗里茨说。他想对她说点什么，却不记得想说的是什么了。他把她从地上抱起来，勉强把她抱进家里。三个年纪稍大的孩子站在一旁，目送着他俩远去。利奥靠在凯蒂的腿上。一道光斜射在他们身上，他们似乎被封存在了琥珀之中，仿佛他们会一直待在那里，等待着下一个重要时刻的到来。

第十九章

这天早上，透过窗子还能看见月亮，门厅尽头的电话发出了两声刺耳的铃响。埃德·加诺威醒了过来，发现自己躺在楼梯口，不知道该拿月亮以及急促的铃声怎么办。他的妻子与他擦身而过，跑下楼梯，一时间，他吓了一跳，不知道她是谁，甚至不知道是什么东西跑了过去。她的白色睡衣飘动着，通常扎成发髻的头发也松开了，散落在她的后背上，一缕缕头发如同翅膀一般扇动着。她悄无声息，动作迅速，简直像个幽灵。银色的光透过窗子射进屋里，将他周围的房间——这个他非常熟悉的房间，他的房间——变成了某种虚无缥缈、超凡脱俗之物。

*我在哪儿？*他把手掌放在墙上。墙上的灰泥摸起来又滑又凉。他把手往下一滑，碰到了多年以前他自己钉在墙上的护墙板，手指摸到了一颗方形钉子的钉帽，然后又在钉子上方的几英寸处摸到了另一个钉帽。

*我想起来我在哪里了，*他想起来了，*我也想起来现在是什么时候了。*他也猜出了电话为何会响起。至于是谁打的电话，并不重要。他用手摸了摸脸，脸颊上的胡楂很刺手，挠得他拇指上的一处伤疤直痒痒。他把

手放在喉咙上，摸到了颈动脉，感受着自己心脏如鼓点一般稳定的跳动。他闭上眼睛，在脑海中想象着那群死者、那群将死之人，最后是那些面色苍白、担惊受怕的幸存者。几个小时前，他刚在一名年轻士兵的胸前涂了些膏药，到现在，那膏药的气味还残留在他手上。那人发着高烧，床上冒着热气，仿佛着了火。每次呼吸，他的胸口都会咯咯作响；每次咳嗽，他都会疼得大喊出来，这种痛无从安抚，也无从解释。就像其他病患一样，那个男人退回到自己的世界中，从饱受疾病折磨的人变成了传播疾病的人，除了自己所遭受的痛苦与折磨，他什么都感受不到。“查尔斯？”加诺威曾喊着他的名字，“查尔斯·伯克，你能听见我说话吗？”那位年轻人盯着医生，眼神空洞，目光失去了焦点。唯一能证明他还活着的只有他那发烫的身体以及胸口传来的咯咯声。负责照顾他的那名年轻女子也快不行了，她的脸跟躺在床上的那个人一样苍白。加诺威知道，她迟早也会死于这种疾病。

“两个小时换一次药。”加诺威轻声对她说道，他的脸离她的脸很近，好让她能听见他的话，“试着让他喝点水，如果他咽不下去，就用湿布给他擦擦嘴。”他给她做了下示范，仿佛正在跟一个听不懂英文的外国人说话。“听明白了吗？”他问。那名脸色苍白的年轻女子看着他，露出了害怕的表情。一缕缕金发从固定头发的条状发夹上散开，无力地垂在她的脸上。在昏暗的光线之中，她的双眼如同大理石一样闪耀着黑色的光芒。沉默许久之后，她点了点头，可是，正当他准备转身离开时，她突然伸出手，抓住了医生的胳膊，她的指甲如同小小的荆棘刺一般扎入了他的手腕之中。

“他会死吗？”她小声问道。

医生看了看床上的那个男人。他并没有在那男人身上看到发绀的迹象，可凭着经验，医生知道那男人有可能突然走到生命的尽头，在数小时内死掉，也有可能战胜死神，在次日醒来。此时的加诺威对任何事情都没有把握。

“我不知道。”他轻声说道。

“他才二十五岁啊。”她生气地低声说道，“我们就要结婚了。”

他轻轻地掰开她的手，说他还会回来的。“我现在得走了。”他想告诉她，还有其他病人，可他知道，她不会听他的解释。她的世界因为男人的病变得越来越小，如今，她的世界只有这个房间这么大，只在这个男人吃力的一呼一吸之间。墙上挂着的玻璃画框反射着摇曳的火光，黑暗如同他人的迫切需求一样，紧贴在窗户上。

也许是他们打来的电话，加诺威想，又或许是他们的邻居，他们邻居的邻居打来的电话。不论是镇上还是乡下，不论是富人还是穷人，不论是爱国人士还是外国人，都没有人能够在这场疫情中幸免。

有些人把这种疾病叫作“魔鬼”，这个名字似乎跟其他名字毫无区别，不过它公认的名字是“流感”。然而，这种流感不同于加诺威这辈子见过的任何一种流感。也许它不同于曾出现过的任何一种流感。它是一种致命的恶性病毒，几乎在本质上就很邪恶。一般来说，流感和肺炎会夺走年迈体虚者的性命，而年轻力壮和身强体健者能够承受住自然界更为严厉的惩罚。这是人体生物学，甚至是所有生物学中的一个事实：能够活下来的都是最强壮的。进化的本质要求如此。如果不这样，恐怕一个物种在演变为较为复杂的形态之前就会消亡。人类是一种高度发达、形态复杂的物种——加诺威发现自己在等妻子挂电话的这段时间，与徘徊在眼前的无名黑影就这些观点展开了争论。这种流感，这个魔鬼，实在让人摸不着头脑。它来势汹汹，动作迅猛，最重要的是，杀死了很多不该被它夺走性命的人。这个国家——整个世界——正在以惊人而可怕的速度失去健康的年轻人。他想，一开始是战争，现在则是这场流感。

啊，是的，他想起自己身在何处了。该起床了，他转身回到房间，穿上衣服，点亮梳妆台上的灯，将凉水倒入床头柜上的盆子里。一些水从盆里溅了出来，他看都没看一眼，便伸手去拿毛巾，想把溅出来的水擦干，可他的手摸到的不是布，而是纸。他没再去想溅落的水，而是走近光源，想看看手里拿着的是什么东西，不过他其实无须借助灯光也能清楚地知道手里的东西是什么。他重读了一遍两天前收到的弟弟的来信，那封信正好与查尔斯·伯克一起到了镇上。拉克早就知道隔离期即将来临，于是给哥哥寄了最后一封长信。加诺威一直都很欣赏拉克科学的眼光和逻辑清晰的文笔。可是，他最近收到的这封信读起来却仿佛出自某个陌生人之手。

这里有超过五千人生了病。我们把他们安排在兵营里的折叠床上，尸体则堆在了马厩中。连护士，尤其是那些新手护士也感染了。根据最近一次统计，死了十六个人。我的意思是，这还只是死去的护士的人数。已经数不清楚到底死了多少病人，得有成百上千个人。不能把他们埋了，因为殡仪员没办法及时备好棺材。埃德，我没办法用文字来描述我周围到底有多恐怖。我希望你能帮帮我，你是个好人，也是个好医生。这里的病人实在是太多了。我们已经无能为力了。夜晚降临之前，我们就会接受隔离观察了，这封信也许不会送到你手中。你听说了吗？最后一批征召入伍的人正奉命离开营地。欧洲那边迫切需要他们，可每一天，全国上下的营地里都有数以百计的人丧命。还记得我们曾经想弄明白天堂和地狱的本质到底是什么吗？你说你不相信任何未经证明的东西。如果你愿意把我目睹的一切当作证据，那么我觉得我已经找到了你想要的证据。大草原似乎已经变成了一个小型地狱，恶魔则是一种我们无法阻挡的病毒。既然我已经遇见了恶魔，那么我现在正等待着上帝的到来。

加诺威向窗外看去，看见桑德希尔兹在昏暗的天空下绵延向西。他是在那样的环境中长大的：他父亲在切里县安了家，并在那里建了一个足够大的牧场，成功地让他的众多儿子里至少有两个走出乡野，来到一片新天地；这位老人总爱说，在这片新天地里，“干活儿要不了他们的命，而且如果干得好，拿到的收入也不会让他们饿肚子”。

他觉得，自此以后，他便过上了好日子。他接生了不少孩子，接好了不少断骨，割了不少脓肿，切除了一些恶性肿瘤；没办法及时处理某些病症的时候，他便交由别人处理。学习生理解剖学让他明白每个器官、每个细胞，都会发挥自己相应的功能，通过研究这些功能，他可以明白生命的奥义。活着之所以神秘，是因为人缺乏远见，理解能力有限。他坚信，如果他能够看得更清楚一点，他就会理解万事万物。他用指尖揉了揉眉骨和太阳穴，看了看另一只手中的信件。他再一次意识到，自己这么些年来始终相信的那些东西根本不是真的。疾病出现之前，战争爆发了，一些参战的士兵尚未抵达战场便丢了性命，甚至在这个时候，战争仍然在继续着。将美国卷入大西洋对岸那场可怕战争的那股力量丝毫没有减弱的迹象，而如今，疾病又向战争的大后方发起了攻击。加诺威认为，不管出于什么样的原因，现代战争中无节制的杀戮行为都是不正当的；也不管有怎样的解释，都无法使如今这个被魔鬼般的流感侵袭的世界安稳下来。

他放下那封信，转过身去听妻子在楼梯尽头说着些什么。她的声音里带着疲惫、恼怒，以及恐惧。

“我会告诉他的。”她说。

“嗯，他会去那里的。

“马上就去。马上，我能说的只有这么多了。”

听筒被轻轻地放回了原位，接着，她脚下的楼梯传来吱吱的响声。

“是伯克家打来的吗？”她走进卧室时，他问道。

“是沃格尔家打来的。”她答道。

听到妻子提到这个名字，他觉得自己的身体晃了晃，仿佛蹚过小溪时脚踩在了一块松动的石头上。他提醒自己，是谁打来的电话一点也不重要。

“是格尔达吗？”他先是问了一句，又清了清嗓子补充道，“是沃格尔夫人吗？”

他的妻子从衣柜里拿出一条裤子，递给他。

“据我所知，是他们全家打过来的。”她说道，“打电话的实际上是他们的一位邻居。他们都病了。沃格尔夫人要生了。”她就这样站着，既没有面对他，也没有转过身去，她的双臂环抱着自己的肩膀，仿佛想要驱走寒意。她弯曲的脊椎承载着岁月留下的哀伤。“你得快点儿。”她轻声说道。

一阵风吹了过来，带着雨夹雪的清新气味，吹得人抖擞起精神，吹得树枝哗哗作响。约翰·考普驾着马车来到了医生家门口，这时候，唤醒医生的月亮被云遮住了。埃德爬到马车的座位上，盯着灯光光圈外的那片黑暗。

他想到了死神，想到了自己正走向死神。脑海中的这幅画面让他感到不寒而栗，他一边示意约翰赶紧出发，一边试图摆脱这种恐惧感。约翰啪的一声甩动缰绳，抽了马屁股几下，马儿便向前一跃，与此同时，他产生了一种挥之不去的感觉，觉得他们并没有朝东向沃格尔家的农场驶去，而是驶向了一个完全未知的方向，驶向了这个即将发生变化的世界的又一个清晨。

电话是从鲍姆家，而不是沃格尔家打来的。总机接线员听不太明白鲍姆先生说的话，他的德国口音太重了，而且英语也说得乱七八糟。(“这些人怎么就学不会说标准的英文呢？”露西·迈尔斯想道。)她以为他说他的妻子快要生了。

“这不可能，鲍姆先生。”露西缓慢而大声地说道，“你的妻子至少有六十岁了吧？”二十五岁的露西坚信，不论在哪一天，不论是跟谁交谈，她比他们都要更了解生活。她一边翻着白眼，一边听鲍姆先生再次说起话来。

“不，”鲍姆先生耐心地说着，说话声很含糊，“不，不。”露西不明白他为什么要给 99 号[1] 打电话。加诺威医生家的分机号是 47，而麦格恩医生家的分机号是 27。她记下了所有的分机号码。

“是沃格尔夫人。”鲍姆先生继续说道，不过他把“沃格尔”读成了“福克尔”，这个词一直卡在他的喉咙深处，他差点把它给咽了下去，“她快要生孩子了。她需要看医生。她病了。病了。他们全家都病了。流感。”

这个可怕的字眼终于穿过露西自以为听到的那些话，传到了她的耳畔。“沃格尔夫人是要生孩子了呢，还是得了流感？”她慢慢地问道。

“是的。”鲍姆先生如释重负地说道，“是的。”

露西按下接线总机上的开关，给医生打电话。“让他自己琢磨去吧。”她喃喃自语道，“我可没工夫伺候他们。”

---

[1] 上文中，鲍姆先生用德语连说了两个“不，不”(Nein. Nein.)，发音跟英文的“九九”(nine nine)相同，所以接线员露西误以为他想给 99 号分机打电话。

接电话的是米兰达·加诺威。当时太阳还未升起，她希望埃德能够得到足够的休息，不过电话的声音还是吵醒了他。虽然醒了过来，可他实在是太累了，他站在楼梯顶端，凝视着黑漆漆的楼下。楼下的电话响着，那架势仿佛是扑向他的怪物，她根本保护不了他。

“马上。”她对鲍姆先生说，“他马上就过去。”

她轻轻地把听筒放回电话底座上，转身朝楼梯走去。黑暗逼近了楼梯平台旁的窗户，灯笼一旁映出了她模糊的影子。“再睡会儿吧。”她小声说道，可她头顶的地板嘎吱响了起来，她知道他准备再次出门了。她非常欣赏他的那股干劲，可她也总告诉他，那股干劲会要了他的命。可是，还没到时候呢，那天早上她祈祷道，还没到时候呢。

他的脸出现在了楼梯顶端，看起来毫无血色。

“是伯克家打来的吗？”他问。

“是沃格尔家打来的。”她答道。

在黑暗中，她没能看清他的表情，但她看见他的手紧紧抓住了楼梯扶手，还注意到他很快便转过身去，做好了出发的准备。他的马车缓缓驶出了视线，此后，她在窗前站了很久很久，一副既无奈又绝望的样子。

一只猫头鹰从沃格尔农场的某个角落南边的沟渠里飞了起来，爪子里抓着一只老鼠。它低空飞过大路，把马儿和约翰·考普都吓了一跳。飞过防护林背面那一小块土豆地的时候，它一直保持着低空飞行。约翰看着那只猫头鹰缓慢地飞行着，注意到了那些种满了土豆的山丘上一点动静也没有。那一小块土豆地里有将近一半的土豆还没来得及收获。约翰注意到，收获的季节到了，弗里茨·沃格尔却落后了。他用缰绳轻轻地拍了拍马儿的臀部，催促它们赶紧奔向小路尽头的弗里茨家。他第一次注意到，身旁的加诺威医生坐得笔直，把包紧紧地抱在大腿上，眼睛睁得大大的。

“你没事吧，医生？”他问道。

加诺威看着他。在马车灯笼昏暗的光线下，他的脸色看起来紧张、阴沉。自接受这份工作以来，他第一次在医生的眼里看到了类似恐惧的情绪。“你病了吗？”他小声问道。

“没有。”加诺威摇了摇头，接着，他似乎强迫自己放松了一下肩膀，“她怀孕了，你知道的吧？”他朝沃格尔家的房子点了点头。他没必要继续往下说。两人都知道感染这种病毒的孕妇不可能活下来。约翰又看了看那栋房子，想象着他们马上就要见到的两个逝去的生命——一个是母亲，一个是宝宝，然后在胸前画了个十字。他引导着马儿靠近房子，坐在马车上等着医生行动起来。一阵微风将臭鼬发出的臭味吹到他们面前，可那股味道非常淡，又离他们太远，因此他们没把它放在心上。黎明前的光线似流水一般，勾勒出了树木的轮廓，它们的形状让约翰想到了那些士兵。他的弟弟正在这里和法国之间他不知道的某个地方。他在林子里挑了一棵瘦得像小男孩的小树，暗自祈祷弟弟一切安好。

“我母亲至死都是个勇敢的人。”加诺威轻声说道。他像块石头一样，一动不动地坐在约翰身旁。一只公鸡在远处打起鸣来，它的叫声被风吹树木的沙沙声和摇摆声掩盖了过去。几只鸟儿鸣叫了起来——约翰从来就分辨不清叫声来自哪只鸟儿——随着他们周围的空气变得越发稀薄，野生生物发出的声音似乎也变得越发响亮。约翰扭头看向医生，等着他继续说下去，或者下车行动起来。这位杰出的医生身上那种无穷无尽的能量，那种像穿衣服一样穿在身上的能量消失了。不知怎的，他似乎已经放弃了。

“你需要什么东西吗，医生？”约翰柔声问道。

加诺威看着他，说道：“不，什么也不需要。我的意思是，我只……”他左手抓紧提包，挪了挪身子，准备下车，将一只脚踏在了脚镫上。他顿了一下，笨拙地转身面向车夫，“谢谢你，约翰，我……”他朝那栋房子看去，“我觉得之前没把话跟你说清楚。非常感谢你能送我到这里来。”他清了清嗓子，“同时也非常感谢你能送我去我必须去的每个地方。”

约翰动了动手中的缰绳。这样的谈话让他很紧张。男人们的行事风格便是如此：他们完成必须完成的工作，只做不说。约翰举起帽子，又放了下来。他用眼角的余光看了看医生。他看见医生还在看他，医生的右脚踩在马车的脚镫上，左脚依然在马车上。很明显，他在等待着某种回应。

“要不我来帮你提包吧，医生？”他说话的声音比他设想中的要大，“你先在这儿稍等片刻，我把马拴好，再来帮你拿着那些兴许派得上用场的东西。”约翰把缰绳系在栅栏上，然后熟练而迅速地拉起了刹车杆。

“不用了，”加诺威抬手制止了他，“我不需要帮忙，我只想要你明白我的心意。”他迅速下了马车，转身朝那栋房子走去。“你能休息的时候就尽量休息，”他扭头说道，“今天一定会很难熬。”

他面前的房子是一栋两层高、装有护墙楔形板的白色房子，带有黑色的装饰品以及百叶窗。百叶窗也只是起到了装饰的作用，没有办法合上，也没办法抵御恶劣的天气，每次看到它们，医生总觉得它们与农场上的其他事物格格不入，毕竟这里的一切都很实用。甚至连格尔达种的那些花花草草也是如此，每年春天，她都会特意在菜园子边上种上大量的金盏花，以防止虫害，此外，她还种了大量常见的、几乎不需要浇水和照料的植物。农场所奉行的功利主义颇具美感，没有任何东西被浪费掉，也没有任何东西毫无用处。加诺威想知道是谁相中了这样的百叶窗，是弗里茨呢，还是格尔达？

厨房的窗户里灯火通明，屋子后面的那间卧室的窗户里微光闪烁，但房子余下的部分看起来一片漆黑。楼上唯一的光亮来自月亮，月光从一扇窗户射了进去，又从另一扇窗户射了出来。加诺威知道，房子里有一个男人、一个女人、四个孩子。他们的邻居打电话说沃格尔一家生了病。“他们都病了。”鲍姆曾如是说道，“至于沃格尔夫人，她还怀着孕呢，你知道的吧？”匆忙之中，他的德国口音变得很重，恐惧则让他的嗓门儿变得特别洪亮。即使离他们那么远，加诺威也能听见鲍姆先生和他妻子的谈话：“我老婆说她马上就要生了。”

加诺威回想着鲍姆说的那些话，这时，格尔达的面孔浮现在了他的脑海之中，他看见了她的那双褐色眼睛，看起来既友善，又美丽。因为恐惧，他胃里一阵翻江倒海，差一点将早餐吐出来。他站在门口，举着手准备敲门，可突然间，他呆在了那里，感觉自己脖子周围的肌肉绷紧了。一时间，他感觉仿佛有一条条蛇要将他勒死。他知道，只有动起来，他才能获救：往前冲，别停下来，从死神的嘴里抢回战利品。可那些悲伤、沉重的情绪压得他迈不开步子。“我们都是军队里的战士，我们的敌人是死神。”他听见弟弟这么说道。他敲了敲门，不等回应便推门进了屋子。

门边的地板上堆着靴子和外套。煤油壁灯微弱的光，照亮了整个厨房，借着灯光，加诺威看到一个身形瘦削的女人正跪在炉子后面附近的一个木箱子旁。

“是你吗，格尔达？”他问道。见到她下了床，他感到很惊讶，可那个转身面向他的人并不是格尔达。他认出来那女人是玛格丽特·鲍姆。老妇人并没有起身跟他打招呼，而是指了指那个木箱子。

“我没办法把他给弄出来。”玛格丽特说，“他在发烧，可一旦我试着接近他，他就会尖叫起来，紧紧地抓着箱子边缘不松手。”加诺威往前走了几步，仔细地看着那个笼罩在阴影中的箱子。他只能勉强看出来小男孩的轮廓。“这是哪个孩子？”他问。

“是雷。”她说，“男孩子中的老二。他不敢回他自己的床上去，因为他说人们都是在床上得病的，他怕自己也会这么死掉。我试着告诉他那不是真的，可他就是不听我的话。”

老妇人站了起来，看起来身体很僵硬："他们都病了，加诺威医生，不止他一个。"

"那格尔达呢？"

她点点头："羊水还没破，不过她已经准备好发力生孩子了。"

"你先去找她，我安顿好孩子们以后就过去。"他非常了解格尔达，知道得先把孩子们照顾好，她才会同意他来给她接生。他拿起玛格丽特刚才跪在身下的那张毯子，俯身把它盖在了男孩身上。他摸了摸男孩的额头，柔声对他说起话来，就像对野生动物一样。男孩抽泣着，有气无力地推开医生的手，可医生还是俯下身子，趁着他还没来得及抓住箱子边缘，一下子把他抱了起来。他小小的身躯颤抖着，像是被敲击过的音叉一样。他无力地扭来扭去，想要挣脱，可他病得太重了。折腾了一会儿后，他咳嗽了起来，等到他喘过气来的时候，医生已经把他放到了床上，让他待在他兄弟的身旁。两个男孩在床上翻来覆去，一阵一阵的，但都没有试图下床。加诺威将凯蒂从两兄弟身旁的地板上抱了起来，把她安顿在门厅对面她自己的床上。最小的那个男孩还待在四周有高高的围栏的婴儿床里，他在床上翻来覆去，呻吟着，仿佛正在做噩梦。

加诺威给年纪稍大的几个孩子吃了几片药，又把阿司匹林捣成碎末，掺进蜂蜜水中，喂给了最小的孩子喝，最后还让他们喝了一点水。最难伺候的是年纪最大的那个男孩。他已经烧得神志不清了，不停地把吃进嘴里的药片吐出来。"吃起来像火一样！"他哭了起来。

加诺威懂的德语很有限。“不，不是火。”他答道，“这药会把火给灭掉。”最后，他挨着那男孩坐到了床上，把男孩的头靠在了他的膝盖上。“这些药片会让你舒服一些。”他小声说道，“不再觉得像着火了一样。”那男孩太过虚弱，没办法挣扎太久，而加诺威则身经百战，很擅长对付那些不配合的病人。那男孩发着高烧，怒气冲冲，眼里直冒火，可他最终还是吞下了药片。

格尔达的屋里一点动静也没有，这让他感到很不安。这么多年的接生经验告诉他，他没办法预测女性对分娩疼痛做出的反应。他认识一些非常有教养的女子，她们在生孩子的时候会化身成为咒骂个不停的女鬼，而那些平常吵吵嚷嚷、举止粗鲁的女人生孩子时却仿佛一下子变成了哑巴。

之前，格尔达在产房里从不会一声不吭，也不会大声叫嚷。他之所以喜欢为她接生，是因为她在生孩子的时候，会逐渐放下拘束，展现出幽默风趣的一面。分娩时，她管他叫“医生”，只有在这种时候，也只有出自她口，他才会欣然接受这个称呼。每一次，她都会变得无拘无束，滔滔不绝，把孩子们以及弗里茨的趣事讲给他听。开始讲故事之前，她总是对他说：“嘘！不要把这个故事告诉别人。”分娩过程似乎让她很是陶醉。痉挛发作得最厉害的时候，她总是一言不发，紧紧咬住枕头，不让自己尖叫出来，不过，一到需要用力把孩子推出来时，她也不害怕发出咕哝声来。

她总是先喘口气，然后对他说：“哎呀，医生，在见过这种场面以后，你还能含情脉脉地看着一个女人，你是怎么做到的？”

“因为这种场面我见多了啊。”他总是这么回答她。

一旦生完孩子、缝好线，她会重新变得矜持起来，甚至单单提到“乳房”这个词也会让她脸红得像个少女。

自从他进了屋里，他便时不时地听到弗里茨的咳嗽声，可格尔达那边一点动静也没有；他不太确定进入产房之后会看到怎样的场景。如果她的皮肤已经开始发青发紫——这表明她出现了发绀症状——那么他知道，她不可能活下来了。若是出现这种情况，如果胎儿想要活命，如果胎儿到现在还活着，那么他得当机立断，赶紧把胎儿从她体内取出来。

加诺威很高兴当他扶着病情严重的弗里茨走出格尔达躺着的那间屋子时，他一个问题也没问。他走进屋子的时候，弗里茨正坐在床边的地板上，头靠着格尔达的肩膀。这个大块头德国人烧得特别厉害，加诺威不需要听诊器，就能听出他肺里面的积液越来越多了。加诺威勉强将他从地板上扶了起来。弗里茨大声呻吟道：“我的头！我的头快要裂开了！”

“我等会儿给你弄点儿头痛药，不过我们得先把你给弄出去。”

“不，”弗里茨说着转身回到了格尔达身旁，“她需要我。”

加诺威示意玛格丽特过来帮他，他让玛格丽特架着弗里茨的另一只胳膊，他和玛格丽特合力扶着弗里茨转过身来，朝客厅走去，最终让弗里茨平躺在客厅里的长沙发上。他的脚耷拉在沙发边上，几乎没办法在沙发上翻身。加诺威想，虽然不尽如人意，但在这种情况下，他们最好也只能做到这种地步了。

加诺威将毯子往上拉到弗里茨的下巴处，然后终于答道：“你说得对，弗里茨，格尔达需要你，她需要你挺住，活下去。你还得养家糊口呢。”他轻轻地拍了拍这个大个子的胸口，接着转身走向厨房旁边的那个房间，格尔达正躺在里面。

他走进房间的时候，格尔达正在出血。这是最糟糕的症状之一，加诺威当时便确信，格尔达永远没机会把腹中的孩子抱在怀里了。

那个孩子——那种加诺威自以为已经克制住的、特别而私密的悲痛情绪，此刻又猛然涌上心头——那个孩子不可能活下来了。格尔达脸色苍白，反着光，从她鼻子里流出来的血汇进了她的耳朵里。黏膜出血——毕业后，他便没再想到过“鼻出血”这个术语，直到这场流感袭来——是这种怪病的一大显著特征。他无法判断她的耳朵是否也在出血。有些病人会耳鼻出血，有些人会吐血，还有一些病人会在短短几分钟内因为严重内出血而死掉。看到这样一幕，甚至连他也会感到非常恐惧，而这对目睹这一幕的其他家庭成员来说，将会是一生难忘的创伤。弗里茨病得太严重，没办法待在她身旁，这让加诺威感到很庆幸。

加诺威把灯举到格尔达脸旁，擦掉她脸上和耳朵里的血，凑近检查她是否还在出血。突然，格尔达的眼睛猛地睁开了，身体不受控制地在床上扭动。混合了血的羊水从她双腿间涌出，把床都浸湿了。格尔达的脸十分扭曲，她异常费劲地呻吟了起来。

“玛格丽特！”加诺威大声叫喊道，“我需要你马上来这里！”没时间在格尔达和孩子间做出选择了。孩子即将出生，而此刻，加诺威无能为力，只能听天由命。

荣格尔斯神父拿着香和圣水来到了沃格尔家，他一走进那个房间，加诺威医生便知道，这位神父从来没有参与过分娩，或许他从来没见过裸体的女人。神父将他那串念珠举在身前，仿佛正在试图击退强大的撒旦。他一直盯着天花板看，加诺威知道，他这么做，不是为了眼望上帝，而是为了不去看那具需要他帮助的肉体。房间里弥漫着异常浓烈的血和排泄物的气味，此外，熏香的味道则刺痛了加诺威的眼睛。他曾出现在许多临终涂油礼[1]的现场——即使在正常时期，临终涂油礼这种圣礼也常见于病房之中，可在过去的一个月，他太多次听别人提起这种仪式，多得他数都数不过来。如今，那些拉丁经文他已经熟稔于心，甚至在睡梦中也能把它们念出来。

通常，加诺威既不欢迎也不嫉妒荣格尔斯出现在病房之中。此前，荣格尔斯老是觉得加诺威不够尊重他，便怀恨在心，两人也总是因此打起嘴仗来，可这一次，荣格尔斯走进房间的时候，加诺威觉得自己心里有一团火，一种类似于嫉妒的东西。他意识到了这一点，但他也知道自己不该产生这种感受。他试着不去看荣格尔斯，仿佛这样做会减弱神父

[1] 天主教的神父往往给临终的人或病人施行涂油礼，油代表着圣灵。行礼期间，病重和垂死的教徒会当着神父的面做最终的忏悔，忏悔以后，神父给其身体涂上圣油，这样一来，教徒就把自己的灵魂和身体全部交给了上帝，静候死亡的来临。

在房间里施礼的效果，可是，他能用眼角的余光瞥到神父正在盲目地挥舞着十字架，眼睛一直盯着天花板，没去看那具正在接受他祝福的身体。给格尔达的眼睛、耳朵、嘴巴、双脚涂油的时候，神父并没有看着她，而是扭头看向了别处。加诺威产生了一股冲动，想要推开荣格尔斯，保护格尔达免受某种他弄不明白的东西的伤害。

某一次，在和加诺威交流的时候，荣格尔斯居高临下地向他解释道，临终涂油礼的作用在于减轻疾病带来的痛苦，增强罪人抵御诱惑的能力，净化灵魂中残留的罪孽，并且在上帝认为时机恰当的时候让人恢复健康。“哪怕你去问强大的上帝，”加诺威答复道，“他都会觉得这件事太过复杂。”

如今看来，这些讨论似乎是发生在很久以前的事情了。

可是，这一天，他没有时间去考虑复杂的圣礼或是科学。他还有正事要做，不论有没有荣格尔斯的帮助，他都得做。孩子很快便生了下来，在那一刻，格尔达不需要任何人的帮助。那个小女婴顺顺利利地从格尔达体内滑落到加诺威等待着她的双手中。她如此迅速地降临到这个世界上，以至于他一开始以为出了什么严重的问题，手里捧着的那个“东西”也不是他期待中的婴儿。格尔达只用了一次力，婴儿的头便露了出来；格尔达第二次用力的时候，那个有着一头黑发的婴儿便团着身子躺在了他的掌心之中。她小小的拳头攥在脸边，仿佛刚擦掉从产道中出来时附在眼睛上面的婴儿皮脂。她睁大眼睛，扭动着小小的身躯，似乎不想错过哪怕一秒钟上帝所赋予的自由而又珍贵的生命。

加诺威呼吸着新生儿身体散发的那种难以形容的清爽气味，双手捧着她小小的血肉之躯，心里觉得不可思议，惊奇不已。她圆圆的屁股舒舒服服地紧贴着他的手掌心，脐带在他的手腕上跳动着。他觉得，这里只有他和这个婴儿，周围的房间渐渐消失，自己正面对着一个他看不见也理解不了的人或东西。

*死者不会给自己的寿衣扣上纽扣。*他的脑海中浮现出了这样一句话，可这句话并非出自他之口。

他又吸了一口气。熏香的味道和宗教仪式的气息包围着他。他觉得有人正密切注视着他，这种感觉变得越发强烈。此刻也是他女儿出生的时刻——那个小女孩完美的身体变成了这个女婴完美的身体。这个女婴变成了他自己的孩子，她的身子湿湿的、滑滑的，正舒舒服服地躺在他的双手之中。甚至在格尔达的孩子在他手中展开生命的时候，他依然可以感受到自己的女儿还活着，永远地活着。她活着，一直一直活着。

死者不会给自己的寿衣扣上纽扣。

他自私地借助仪式把自己的小女儿一直留在这个世界上。每年她生日那天，他都会带着她回到她死去的那一刻。他从来没有给过她一个起点，却总是将她留在终点。此时此刻，他将格尔达的孩子裹在柔软的薄棉布中。此时此刻，当着那个陌生的人或东西的面，他为自己女儿的寿衣扣上纽扣，放手让她离开。他爱她，所以才会放手让她离开。甚至在他将这具扭动着、呼吸着的婴儿抱在胸前的时候，他还是放手让她离开了。

“加诺威医生，你没事吧？”玛格丽特在他身旁小声问道。她手中拿着早就给孩子准备好的毯子。加诺威看着她，觉得整个人因为新生命带来的希望而容光焕发，这个生命比他想象中的美妙得多。可是，看到玛格丽特烧得通红的眼睛，他又害怕起来。

“不，玛格丽特。”他轻声且坚定地说道，“你碰过的任何东西都不能碰这个婴儿。”玛格丽特微微垂下肩膀，没有和医生争辩。她知道自己病了，也知道那意味着什么，她低着头，指了指加诺威身旁的梳妆台：“那里还有些毯子。”

加诺威轻轻地将孩子包好，转身面向荣格尔斯。他把小家伙紧紧抱在怀里，神父低声念起了洗礼的祷词，又在婴儿的额头上画了个十字。神父忙完之后，加诺威闭上眼睛，试图从自己这辈子学到的知识中寻找答案。他知道，只有一种办法能救这个孩子，那就是让她远离格尔达。他觉得格尔达没救了。他做了自己唯一能做的事。

“带上孩子，”他对神父说道，语气异常虔诚，“你和约翰带着孩子去镇上，去盖恩斯夫人那儿。她是个寡妇，能帮得上忙。”荣格尔斯向后退了一步。“这是这个孩子最后的机会了。”加诺威说，“我们必须带她离开这所房子，远离这种疾病。”

荣格尔斯低下了头，也许是在祈祷。过了一会儿，他伸出僵硬的双臂，加诺威把孩子放在神父粗壮的手臂上，希望他能把手臂弯到胸前，把婴儿抱在怀中，可神父却走出了房间，双臂像木板一样直直地伸在面前。

随后，加诺威将注意力转向格尔达。她咳嗽了起来，不过血已经止住了。开始缝线之前，他捧起她的双脚，检查脚上是否有发青发紫的现象。房里的光线昏暗，他不确定自己的观察是否准确；可他确定，在抚摸着她发黑的脚背时，他的内心满是悲伤。他和她单独待在昏暗的光线下。透过窗帘的缝隙，他看见屋外阳光灿烂，已经过午了。

房间外很安静。加诺威听到有人在外面走动，他知道，玛格丽特找了另一个邻居来接替她。这些人的善良刺痛了他的眼睛。他一边小心翼翼地缝着线，一边温柔地对格尔达说着话，尽管他知道她听不见。

“格尔达，你生了个漂亮的小女孩。”他告诉她，“她有一头浓密的黑发，还长了一双杏眼，和你的眼睛非常像。这双眼睛现在还是蓝色的，不过也很黑，就像午夜一样。我敢打赌，它们到时候会变成棕色。”

格尔达呻吟着，想要说话：“神父。”

“嗯，”他答道，“嗯，神父来过了。”格尔达随即安静了下来，加诺威则注意到了这一变化。她全都明白，他想，而我还在努力学习之中。他想起了她前几次分娩的情景，希望她能在此刻醒过来，他们能重新回到医生与病人的关系。他觉得自己必须抓紧时间对她说些什么。他很想跟她说说自己的孩子，跟她说说那个把女儿带回自己身边的仪式。他想告诉她，在她格尔达的帮助下，他已经放手，让他的孩子离开了。

“我从来没有跟人讲过这件事。”他说道，声音像轻柔的呢喃，传进了发着高烧、痛苦不堪的格尔达的耳中。她听不明白他在说些什么，可他的声音就像穿透黑暗的一束亮光，成了她弥留之际可以牢牢抓住的生命的绳索。

考普和荣格尔斯为到底该坐神父的汽车还是医生的马车这件事起了争执，过了一会儿，他们又为谁来驾驶争执起来。荣格尔斯既不愿意让出驾驶座，也不愿意把孩子交给考普，考普累得不愿跟他多费口舌，最终他做出了让步，让神父来做决定。

“我可以开汽车，我也可以驾马车，我甚至还可以照顾你抱着的那个宝宝，看你抱她的那副模样，仿佛抱着什么你碰都不想碰的东西似的。”考普生气地说道，“虽然医生让你来负责，可他也没有说你什么事都必须亲力亲为啊。”

荣格尔斯在院子里打着转，先看向汽车，再看向马车，最后看向了约翰。他的黑色长袍随微风飘动，缠住了他的双腿。

“还是坐我的汽车吧，”他最终说道，“更暖和些。你说你知道怎么开车？”考普点了点头，不过他说的不全是实情。他和他的弟弟一起开过几次车，弟弟开车时，他观察得很仔细。虽然约翰瘸了腿走不快，但也许正因为这一点，他身上才会有一种特质，让他非常擅长驾驶各类陆上交通工具。只用看上一小会儿，他就知道该做些什么、该怎么做。

“那么，我们出发吧。”神父像小孩子一样噘了噘嘴。考普为他打开车门，等他坐好以后才发动引擎。神父怎么也猜不到，这是约翰头一回坐上驾驶座。他开得小心翼翼，生怕突然刹车会让孩子飞出荣格尔斯神父的怀抱，撞到挡风玻璃，不过他开起汽车来也很有自信。让他挣扎不已的与其说是那辆汽车，倒不如说是他的内疚感，不过再过几个小时，他就会把这方面的担忧抛到脑后。

他们很快便走完了两英里的路，抵达了镇上，这样的速度让约翰兴奋不已。在他看来，他们好像才刚离开沃格尔家，可一转眼，他们便停在了盖恩斯夫人那栋白色的小平房之前。他没空担心盖恩斯夫人会不会收下孩子。他只是在履行自己的职责，而且做得很出色。他想起了妻子，打算把他开车去镇上的这段刺激经历讲给她听。他微笑着把车停好，对荣格尔斯说道：“你待在这儿别动，我先跑过去告诉她我们为什么会找她。”

如果约翰更加慢条斯理地表明来意，慢慢让她明白当时的状况有多么严重，也许那女人就不会突然当着他的面把门关上。事实上，他说了句“流感”，而她则说了句“不”，随即，约翰便独自一人站在门廊上，背后吹着冷风。

他能怪罪她吗？她在劳埃德·保尔森还是个婴儿的时候便认识他了，而他是第一个死于这种病的人。直到听说他死了，她才知道他病了。她在斯图尔特生活了四十年，教了二十年的钢琴。她知道上个月去世的所有人的名字，还知道其中大部分人性格中特有的那些怪癖——比方说，某个人执意要侧着身子坐在钢琴凳上，而另一个人的一只耳朵不灵。他们曾经都很健康。某天下午，她和三位朋友玩了桥牌，可第二天，其中一个人就死掉了，另一个人差点死掉，过后再也没能完全康复。是的，盖恩斯夫人很害怕，她活了这么久，还没遇到过比这场流感更让她害怕的事情。荣格尔斯神父怀里抱着的并不是一个婴儿，而是一场瘟疫，她不想把自己也掺和进去。

约翰·考普慢慢地走回到汽车前，他站在那里，低头看着荣格尔斯怀里的婴儿。约翰把刚才发生的事情告诉荣格尔斯神父之后，神父的脸唰地一下就变白了。

“我们接下来怎么办？”约翰问道。

荣格尔斯隔着挡风玻璃盯着外面看了一会儿，然后说道：“你不是有老婆吗，约翰？我们去找她吧。”

约翰从汽车旁边走开，仿佛荣格尔斯推了他一把。他摇了摇头：“啊，不行，我们不能这么做。我可以打包票，我的克里斯蒂娜是个好人，可她并不想染上这种流感。”他想到了自家屋后的棚屋里的那张小床。每天离开的时候，透过厨房桌子上方的玻璃，他总能看见孩子们在朝他挥手。他们把嘴唇紧紧贴在玻璃上，他也把嘴唇紧紧贴在玻璃的另一面，在他辞掉这份危险的工作之前，克里斯蒂娜最多允许他离自己的孩子这么近。

“不，克里斯蒂娜不行。”他又说了一遍。他不愿意与神父分享这些回忆，至少不愿意在忏悔室之外做这种事，因为这样一来，他在说这番话的时候就必须直视着神父的眼睛。他把手放在车顶上，先是朝街上看了看，然后又低头看了看汽车。

“镇上有个新寡妇，”他说道，“我的意思是，她不是最近才死了丈夫。”他因为口误而红了脸。镇上可不止一个新寡妇。“我的意思是，她刚来镇上不久。她在克罗格的店铺里工作。”

“戴维斯夫人！”荣格尔斯说道，“是的，那位女士之前住在克罗格的店铺后面！她现在住在教堂另一边的那栋盐盒屋[1]里。是的，戴维斯夫人会帮我们的。”约翰冲到驾驶座上，再次发动了汽车。

十月的这一天，天空很蓝，又像漂白过似的，幸运的是，天气还算暖和。两个男人驱车行走在这样的日子里，既感到恐惧，又怀有一丝希望。婴儿已经出生将近一个小时了，还没有吃过任何东西。约翰用眼角的余光看了看她，惊恐地意识到他们带着的可能是一个无家可归的孤儿，抑或是一具小小的尸体。她怎么不哭呢？他很好奇。

这一次，他下车花时间整理了自己的衣服和头发。他摸了摸下巴，心想着要是那天早上有空刮刮胡子就好了。敲门之前，他组织了一下语言，希望之后说出的某句话能够激起那位女士的同情心。

他还没敲完门，埃米莉·戴维斯便开了门。她肯定一直等在门背后，等着他来敲门。她穿着一条厚厚的藏青色羊毛连衣裙，连衣裙的扣子一直扣到她的脖子上，腰部收得很紧。她眼睛外侧的线条很柔和，眼皮略有些下垂，看起来没有应该有的亲切，反而像是被帘子遮住了似的。约翰摘下帽子，拿在胸前说话。他很快吸取了教训，没有犯同样的错误。他

[1] 一种木屋，多见于新英格兰。分为前后两个部分，前有二层，后仅一层，都有斜顶，中间有烟囱。类似于盛盐的盒子，因此得名。

把情况从头到尾仔细地解释了一遍，甚至还提到这是他第一次驾驶小汽车。他希望能让她意识到当下的情况相当罕见，而且非常紧急。等到他终于住嘴的时候，他只觉得口干舌燥，便咽了口唾沫，还弄出了声音。

“情况就是这样的。”他说，“我们需要你的帮助。”

他说话的时候，埃米莉·戴维斯仔细地看着他的脸。他说完之后，她朝那辆汽车看去，坐在车上的荣格尔斯朝她点了点头，像是在鼓励她似的。

“你刚才说这孩子是谁的？”她问。

“是沃格尔夫妇，也就是弗里茨·沃格尔和格尔达·沃格尔的孩子。”他一边说着，一边点头表示赞同自己的回答，“你肯定认识他们，他们跟克罗格的店铺有生意来往。弗里茨是个大块头。”他举起手来，比画着弗里茨比他高多少，“格尔达是个可爱的女人，头发好像是黑色的？已经有了三个还是四个孩子，我不记得具体有几个了，不过她是个好妈妈。”他不住地点着头，希望这一表示肯定的动作能够帮助她找出他想听到的答案。

她深吸了一口气，双臂交叉放在了胸前。然后她微笑了起来，笑得很奇怪：“你说你们手上有个德国人的小孩需要人来照顾？”

约翰感到一阵寒意袭上心头，他试着回忆自己听到的那些关于埃米莉·戴维斯的传闻。她刚来镇上不久，不过她在这里有亲戚，难道不是吗？他这个人从不听信那些流言蜚语，而现在，他反倒后悔了。他回头看了看在车里等候着的荣格尔斯，心里琢磨着是不是应该由比自己更懂人情世故的神父出面敲门。

“呃，是的，女士。”他慢慢说道，“沃格尔夫妇都是德国人，这一点毋庸置疑，不过他们都是好人。”他重新戴上帽子，然后又摘了下来。埃米莉·戴维斯似乎咬着嘴唇内侧看向了那辆汽车，神父和孩子还在车上等着。“我跟你说，”她说着一步迈到了门廊上，约翰不得不后退了几步，“你赶紧把这个小德国佬从我的地盘带走。我可不希望我的房子沾上细菌。”说罢，她走进屋里，砰的一声关上外面那扇门，并从里面上了锁。

约翰站在那里，盯着紧闭的房门，不确定接下来该做些什么。这一天已经足够漫长，他已经有好几个礼拜没能睡个好觉了，可那孩子还需要帮助，而他则又累又怕。天哪，他觉得眼睛辣辣的，他这是在流眼泪吗？一想到这儿，他便觉得很愤怒，转过身快步走向汽车旁；他走起路来一瘸一拐，非常显眼，可这并没有让他的速度慢下来。

正如约翰所料，克里斯蒂娜对他说了“不”。她得保护自己的家人。

“约翰，你怎么能对我提出这种要求呢？”她说话的声音很小，以免孩子们听到她不得不说的那番话。孩子们的脸紧紧贴在玻璃窗上，试图看清楚约翰抱在怀里的东西是什么——那是一捆会动的法兰绒。

“我们带着她去了盖恩斯夫人家。”他说，“可是她拒绝了我们，她很害怕。然后我们又带着她去了戴维斯夫人家。”他不知该如何告诉妻子在那个门廊上发生的事情，也不知该如何描述他在那女人的脸上看到的表情，“克里斯蒂娜，我该怎么办呢？我总不能把这孩子丢到大街上去吧，是不是？”

克里斯蒂娜看了看他，又看了看他怀里的孩子。她并没有靠近他们，可她的态度似乎变柔和了。看到她垂下的肩膀、略微松动的嘴唇，约翰便知道，成了，她会帮助他们。他向她走了过去。她举起一只手说："等一下，先——等一下。"她转身走到门廊边上，背对着他低下了头。再次转过身来的时候，她伸手接过孩子，眼里没有任何怀疑。"去吧。"她说道，"医生还需要你呢。"

她没有告诉任何人她祈祷了些什么。甚至连约翰也不清楚当时她心中的真实想法，不过，多年以来，反复被提及的是：在做出决定的那一刻，她不是在向圣母祈祷，而是在跟她谈判。可想而知，那时候的她表情有些不太自然，活像一个任性的女儿。据说，她是这样说的："请保护好我的孩子，我来照顾这个孩子，我会把她从满是流感病毒的房子里带走，我会把她当作自己的孩子来照顾，但你也得救救我们，仁慈的圣母，请救救我们。"

当时的他们怎么可能知道谈判本身就是一种奇迹呢？沃格尔一家、鲍姆一家、考普一家、加诺威一家，他们全都不知道，而且也许永远不会知道，在1918年的那个秋天，全球有五分之一的人口感染了这种病毒。其传播速度之快、毒性之大，甚至让病房里身经百战、经验老到的医生都感到不安。有些病人早上生病，夜里就死掉了。还有些病人会在高烧、疼痛以及肺部积液或者肾脏衰竭的状态下苦撑数日，然后死去。虽然医学界和宗教人士做出了种种努力，死神还是张开血盆大口，借着这种魔鬼流感的势头，迅速夺走了超过五千万人的性命，与这个数字比起来，那场让他们害怕不已的战争导致的死亡人数只能算是小巫见大巫。

尽管考普一家欣然接纳的孩子的家人都得病了，但考普一家从未因感染病毒而患病。他们失去了许多邻居和朋友。考普夫人的某个堂兄弟在发烧数个小时后便死掉了。约翰站在自家屋前的门廊上，四处张望着眼前的街道，却看不到一个未受病毒侵扰的人家。考普一家非常欢迎那个孩子，而且很爱她，等到该把她送回沃格尔家的时候，他们给她穿上了一件点缀着蓝色圆点的白色礼服，喜气洋洋地带着她回到了沃格尔家的农场。

没有人知道那孩子回家的确切日期，可是，如果你将家庭故事的模板置于世界的历史长河之中，你就会惊讶地发现，原来，希望之光自始至终都在闪耀着，奇迹也一直存在，最终变成一种传承。

就在沃格尔一家团聚的那个礼拜，各大报纸的头版头条中均出现了“战争宣告结束”的字样。将近四年之后，整个世界不仅厌倦了残酷的战争，而且也无力继续将这场战争打下去。那种魔鬼病毒沿着行军路线肆无忌惮地席卷了全世界。在美国，几乎所有的军营都被隔离了。这场流感的威力不亚于其他决定性因素，至少暂时迫使那些参战的国家低了头。

第二十章

格尔达在一个黑暗的地方醒来。一束光在远处摇曳。她想起自己正在乘船旅行。船快要靠岸的时候，她才终于恢复了记忆，意识到踏上河岸就意味着和亲人死别，于是她奋力挣扎着返回，拒绝再次登上这片干涸的陆地。

她父亲抛下了她。她很清楚这一点，哪怕她所处的房间很暗，所有的声音听起来既压抑，又遥远。她害怕遭人遗弃，这种感觉就像一根与她内心深处相连的绳子，拉扯着她，让她保持清醒，可是，船却一直晃来晃去，诱使她重新进入梦乡。她违背了自己的意愿，起身面朝着光明与声音所在的方向，试图大声喊叫。她的声音嘶哑且沉闷。他会回来找我的，她告诉自己；可哪怕这句话印在了她脑海中，她也知道这不是真的。她父亲将她留在了这条船上，船正在渡过一条未知的河流。毫无疑问，她独身一人。眼皮仿佛被沉甸甸的硬币压着，她睁不开眼，悲伤也让她失了声。她咳嗽了起来。甚至在她的心脏裂成发光的碎片时，她的身体还在挣扎，想要喘口气。疼。疼痛是那么剧烈，铺天盖地，她什么都不知道，她什么都不是，只是一具发热且痛苦的躯体。她扭来扭去，挣扎着想要摆脱此时此刻，摆脱这只正将她撕扯得支离破碎的野兽。她无处可去。每时每刻，每个动作都会将她压垮。

她再次起身，面朝光明所在的方向，这时候，她正躺在伊丽莎白的床下。虽然什么也看不见，但她还是闻出了产房的味道。她怎么会觉得自己能忘掉这些尖叫声，伊丽莎白发出的尖叫声呢？这痛苦、悲伤、刺耳的哀号将一直跟随着她。然而，这一次，她会把手伸向伊丽莎白。她会完整地说出伊丽莎白试图教她的那段祷告词。她会大声祷告。这一次，圣母会听见她的祷告。格尔达会变成伊丽莎白，而这一次，格尔达和她的祷告会拯救伊丽莎白。格尔达拼了命地祷告，一边呼吸，一边小声说道："啊，最最仁慈的……不会袖手旁观。"

格尔达祷告着，仿佛血从身体里流了出来。她满脑子里只有伊丽莎白教她的那段祷告词。只有她自己。祷告将会拯救这个孩子。

太晚了，太晚了。她的肺，她的脑袋，她的每一块肌肉都疼得厉害。

那孩子离她而去的时候，格尔达睡着了，她太虚弱，甚至没有力气把手伸向这个新生命。船摇晃得太厉害，她也跟着晃了起来。她让黑暗吞噬了自己。

过了一会儿——几个小时，还是几天？这并不重要——她听见了一个男人的声音，那声音抑扬顿挫，可她知道，那不可能是真的。人死之后，万籁俱寂。她漂呀漂，觉得离那个声音更近了一些，仿佛那男人的声音是连接一个世界与另一个世界的纽带。虽然她不明白他在说些什么，可她知道，他在谈论“失去”这个话题。她知道，他的话里含着悲伤；她离属于此时此刻的岸边更近了一些，这时候，她想起了自己刚出生的孩子。那个声音告诉她，孩子已经死了，悲伤让她痛苦万分，她再次拒绝靠岸。不，她不会下船登上那片悲伤的土地。她继续漂呀漂，可现在，摇晃着的不再是船，而是一列奔驰着的火车。那个戴着黑色卷边毡帽的男人正坐在她身旁，她想对他说些什么。他滚下了长长的路堤，鲜血染红了白色的雪地，甚至在那个时候，她依然伸出手来，想要抓住他的胳膊。

加诺威医生的声音唤醒了她。他的脸凑到了她的脸边，他温暖的气息拂过了她的脸颊。她闻到了苹果香甜的气味。她睁开眼，发现他正在朝她微笑。

“你醒过来了，格尔达。”他小声说道，“你终于醒过来了，你实在是太坚强了。”他把胳膊伸到她腋下，扶她坐了起来，“来喝点儿汤，恢复一下体力。”

她闭上眼，没有张嘴去接他送到她唇边的温热的汤水。这种东西是给活着的人喝的，对脆弱的她来说，它们派不上任何用场。死亡太过沉重。她一直都知道，自己会很难走出丧子之痛，那种悲痛的情绪非同寻常，它会穿着黑色的长袍，手持弯刀，送她去另一个世界。她和伊丽莎白一样，如果自己的孩子不在了，那么她也不会在世上独活。滚烫的泪水顺着她的眼角流了下来，周围再次摇晃起来，晃着晃着，她又一次被拉回黑暗之中。

这次，唤醒她的是弗里茨的声音。确实是他的声音，可在某些方面，听起来又像是某个陌生人的声音。他很虚弱，好像每说一个字，每吸一口气都要付出巨大的代价。“格尔达，”他温柔地说道，“考普夫人说那孩子一天比一天健壮，还说她几乎就没怎么哭过。”

亲爱的弗里茨，一想起他，她便觉得悲伤。他还不清楚那孩子的情况。不过他很坚强，比她坚强得多，哪怕失去这个孩子，他也能活下去。他跟格尔达不一样。她知道他很爱孩子们，可他一直在往前走。他属于外部世界，并不是真的为了孩子们而活。她坚信，他就是这么一个人，但她并不恨他，只是把这个事实当作两人之间的不同之处。他到时候会找到照顾孩子们的合适人选；也许他会和另一个女人再生几个孩子。至于格尔达，她根本不可能活下去。她活在这个世界的过去，如今，她只存在于别人的记忆中。

她又一次越漂越远，父亲带她坐的那条船现在摇晃得没有那么剧烈了，那种疼痛的感觉也有所缓解。她只感觉到隐隐的痛，高烧也退了些。

不知睡了多久之后，她突然惊醒过来。房间再次暗了下来，可她能看到厨房里的灯光。屋子里满是黑咖啡以及煎培根的香味。她渴得都记不起来水的味道了，她的嘴唇干裂，她觉得上面满是伤痕。

她闭上眼，立即开始用散发着薰衣草香味的毛巾清洗姐姐美丽的身体。残留在姐姐身上几十年之久的血渍慢慢褪去，出现在眼前的是格尔达曾全心全意爱着的年轻女子。她把一条白色的亚麻连衣裙从伊丽莎白的头上套下去，把她的头发披在肩上，又抓起她冷冰冰的手。那个S形的伤疤在伊丽莎白粉嫩的手掌中闪闪发光，格尔达摸到它的时候，伊丽莎白小声对她说道：“格尔达，格尔达。庇护，庇护。”

她太累了。她想休息，于是希望姐姐能像曾经许诺的那样，为她提供庇护，可等她再次睁开眼，却发现自己正盯着床脚旁的一面镜子看。镜子里盯着她看的那双眼睛是深褐色的。伊丽莎白的眼睛是灰色的，深灰色，像父亲的眼睛。

格尔达。庇护。

门外传来了敲门声，接着，有人迈着轻快的脚步朝门口跑去。她听见凯蒂在说话，男孩们开始唠叨个不停。每个人的高音各有特色，又如此相似、如此熟悉。格尔达太过虚弱，没力气哭出来，可她真的很想哭。得知孩子们还活着，而且活得很好，她很想如释重负地哭出来。虽然她刚出生的孩子不在了，可她另外几个大孩子还陪在她身边。她用手掌紧紧捂住眼睛，强忍着不哭出来，结果咳嗽了起来。加诺威医生正陪在她身旁。

“好样的，沃格尔夫人！你醒了。”他从黑色的提包里拿出看病的仪器来，仔细地看着她的脸，“我们会打败这家伙的，格尔达。你和我会赢得这场战斗。”他轻声说着话，仿佛在对一只受到惊吓的动物说话。格尔达挣扎着坐了起来。

“弗里茨？”格尔达说出名字时，她的嘴唇裂开了，流起血来。她疼得眼中泛起泪水，不敢再继续说下去。万一她听错了，说话的人不是他，那该怎么办？也许他也已经死了。她环顾房间，开始意识到自己已经回归了原来的生活。这时她回想起来，这场疾病夺走了许多人的性命。整个镇子都被感染了。他们关闭了学校、教堂，还有店铺。那一切似乎发生在很久以前，仿佛是另一种截然不同的生活，连生活的主角也是别人。

要是她连弗里茨也失去了，那该怎么办？

“他壮得跟头牛似的。”加诺威医生说，“有点儿像头病牛，不过病牛也是牛。他染上了肺炎，我几乎得把他绑起来，才能让他老老实实照顾自己。你的那些好心的邻居帮忙把农场打理得井井有条。丹·莱亚伯和他雇来的帮手甚至把土豆也收了。”格尔达想起来了，她见过弗里茨和孩子们从装满土豆的马车旁向她走来。还得挤奶呢，格尔达想知道最后是谁挤的奶。加诺威漫无边际地闲扯着，告诉格尔达谁做了什么、做了多久。他还告诉她，自从那个孩子出生以来，他便经常来看望她。“我本以为你会染上这种流感。”他柔声说道。他听着她的呼吸，将听诊器的听筒贴在她背上。“可我看见你的脸上渐渐有了血色，这给了我希望。”

“那个孩子……”格尔达小声说了一句。她深吸了一口气，打了个寒战。她想知道荣格尔斯有没有及时赶到他们家，给她的小家伙施洗礼。她想知道他们把孩子埋在了哪里，可她问不出口。“那个孩子，”她又小声说道，“那个孩子受洗了吗？”

“啊，是的，荣格尔斯说话算话，已经来过了。”加诺威回想起孩子出生那天神父的种种表现。当时，荣格尔斯神父目不转睛地盯着天花板，不敢看着格尔达，要知道，他可是在给她的孩子施洗礼呢。一想到这儿，医生便大笑起来。他们永远做不了朋友，可却学会了并肩作战，一起对抗死神。“要是那天他不在的话，我还真不知道我们会做出些什么事来。”他顿了顿，不知道他指的是洗礼，还是神父当天的种种行为。他把这段记忆留在心中，仔细斟酌着其中的奥秘，这是属于他的秘密。“你知道吗？”他最后说道，“我真觉得考普一家爱上了你的小宝贝。考普夫人今天早上告诉我，她是她照顾过的最乖的宝宝。她还说，如果所有的宝宝都像她那么乖，她愿意生上一打。她从来不哭闹，哪怕肚子饿了也很少大哭。她只是睁着她的那双大眼睛，观察着周围的一切——我有没有跟你说过她长得很像你？”

加诺威一边说着话，一边把东西放回包里。他还得去见别的病人，不过，最为恐惧的时刻已经过去，如今这个世界正在复归平静。

格尔达咳嗽起来，挣扎着想要呼吸。她不太确定自己是否听明白了他的话。“那孩子还活着吗？我的孩子？”她试图站起来，不过双腿软得使不上劲。加诺威停下来，目瞪口呆地看了看她。

“你还不知道吗？”他在她身旁坐了下来，“天哪，我亲爱的格尔达。”

她知道自己会如何面对悲伤，所以她本以为他的话会治愈她心中的创伤。是的，她很快乐，也很释然，但也感受到了某些别的东西。她摸了摸手掌心上的那块伤疤，房间里弥漫着薰衣草的香气。

她想了想自己像呼吸一样做的那些祷告。她回想起了自己乘船的那段经历，回想起了她父亲的背影，也回想起了她在痛苦与悲伤中渡过的那条宽阔的河流。虽然她听到此时此刻自己哭着笑着问什么时候能见到那个孩子，什么时候可以抱抱那个小家伙，可她还是有种感觉，仿佛自己身体的一部分正站在河对岸，从远处回望着她、她的家人，以及他们的喜悦和悲伤。她身体的一部分现在生活在另一个世界之中，直到她这具同时身为母亲、爱人、女性的躯体最终躺下去不再起来，她才能再度造访那个世界。最终，悲痛所留下的伤痕像花一般绽放开来，变成了一门只有现在的她才能理解的语言。

床头的那面墙上挂着一个十字架，地板上铺了一条用破布料编织而成的地毯，身旁的那张桌子上放着一个白色杯子；屋外，一匹马正在嘶鸣，火车的轰鸣声回荡在矮草遍野的草原上空，一辆汽车驶过一条将会变为高速公路的道路，一棵树的根沿着她姐姐的腿骨延伸着。

他们都在问：让她感到如此害怕的，到底是什么，到底是什么，到底是什么？

致谢

我想感谢的人可以列一份名单，就像所有这类名单一样，我首先要感谢我的父母——弗洛伊德·格特尔特和克里斯汀·格特尔特，以及我的兄弟姐妹——林达·考尔霍夫、琼·吉尔布雷思、桑德拉·贝茨、杜安·格特尔特、拉里·格特尔特以及芭芭拉·沃特曼。我还要感谢我们这个大家庭中的其他成员——我亲爱的叔叔阿姨、表兄弟姐妹、侄儿侄女，以及姻亲等。我的家人中有许多讲故事的高手，也有许多善于倾听的听众。这个世界需要这两类人。

我同样很感谢帕姆·巴杰、玛吉·塞泽尔、玛丽·皮弗、特怀拉·汉森、凯利·马迪根，以及许许多多的其他作家朋友。这么多年来，他们既给了我支持，也给了我鼓励，他们中有与我一同执教于内布拉斯加州大学创意写作艺术硕士项目的诸位同人。

我非常感谢内布拉斯加州艺术委员会、基梅尔·哈丁·纳尔逊中心，以及布拉什溪艺术基金会在时间与金钱方面给予我的支持。

最后，我想感谢我的丈夫戴夫·休梅克以及我的孩子瑞安和蕾娜。他们是我所有故事的核心，我这一生的重心所在。

FONGHONG
凤凰联动出品